王毅萍隨筆集

像女人一樣
去戰鬥

自序　讓歲月白髮蒼蒼去吧

　　轉眼又是歲末，正是冬寒襲人的時節。早晨，伴夫攜子，在古剎新宇的銀杏樹下，在香火繚繞的廟宇殿堂裡，看幾樹蠟梅浮香，聽數聲鼓磬迎新，千頭萬緒一時竟不知從何說起。還是借林清玄的《茶三味》，就從眼前的這一味，當下的這一念契入吧。此時，空靈純靜，舉家團圓，雖是尋常百姓平淡的日子，但家和人安，心中便常懷感恩之心，也願天下人都幸福平安。

　　一年的歲月匆匆過去了，回首去年，雖然有心浮氣躁的迷茫，但是，人生的態度始終是積極向上的。還是林清玄的話：茶的滋味、禪的滋味、詩的滋味、生活的滋味是等無差別的，對於心靈的更細膩、更柔軟、更提升，從哪一個入口處進去都是好的。

　　行走在黃葉滿地的寂靜公園裡，不由想起殘疾作家史鐵生的一篇散文〈我與地壇〉。史鐵生搖著輪椅在荒蕪的地壇裡留連了好多年，他苦苦思索的是：為什麼活著？無情的殘疾讓作家心灰意冷，他要為自己的生存和發展找到理由。思緒萬千的史鐵生終於突破了感性的瓶頸，在親人和朋友的幫助下，他悟到了活著和寫作的理由，他後來在文學上的成就證實了他作為一個人的價值，從這個意義上講，他的思索決定了他的成功。

　　想想自己，轉眼間走進社會已經十幾年，屈指算來，從事過的行業也算是不少，曾在棉紡廠看織布機織出經緯，曾在台虎鉗上讓銼刀磨去凹凸。無論是企業興衰還是工作的變遷，人生的

履歷翻起來也有了幾張的內容。可我一直無法整理、無法記錄、無法思索，只因我離生活太近太近，身在其中而無法面對，零距離是審視不清的，無論是看自己還是看社會。在現實生活裡來來往往，總會有一些思想的碎片在腦海中浮動，但是它們就像落如水中的花瓣，很快就隨著歲月的河水漂流而去，盪起的只是一絲漣漪。浮躁地行走、浮躁地閱讀、浮躁地生活，什麼時候能靜下來，聽聽心的聲音？

每天早晨，急急忙忙趕時間去上班，去車庫取車時，總能見到看車庫的女人在門口洗洗涮涮。綠色的塑膠盆裡，有時候是女兒粉紅色的外套，有時候是丈夫的牛仔褲，看著她那麼靜靜地用清水漂淨一切塵埃，彷彿讓人感覺到歲月的流淌是那麼的平靜和從容，心中不知為何竟會泛起一絲絲的羨慕。想起那段兼職的生涯，那忙碌讓人如陀螺一般轉著不能停，不是為了讓那薄薄的錢包變厚一點，只是為了讓自己的人生軌跡劃出一段不同以往的弧線，讓自己在白髮蒼蒼的時候有一些值得回味的地方。

前不久去參加了一個「文學青年」的聚會，「文學青年」這個詞在現實生活中已經帶有貶意了，有點酸，還有點迂。雖然沒有美酒佳餚、咖啡香茗助興，有同樣愛好的人在一起還是快樂的。可是，不合適宜的我說起了李肇正的小說《永遠不說再見》，彷彿一語成讖，李肇正寫完這篇小說竟英年早逝了。在這本小說裡，文學青年的精英代表淪落到城市的貧民區，和三陪女們為伍。天天吃速食麵，渴望著三陪女能請他吃上一頓火鍋，吃了軟飯還要靠三陪女們用對文化人的景仰來支撐著自己的精神世界。做著文學夢的文學青年可以看看這本小說。好在，來聚會的

文學青年們都是業餘愛好，都有可以養活自己的工作，那麼，就讓我們奢侈一回，來談談文學吧。

在這寂靜的公園裡，我讀史鐵生，也讀自己。公園的一角，有人把落了滿地的枯葉掃到一起，點起了一把火，不知從哪個角落裡飄來歌聲：「我坐在這裡看時間流過……」，心無端地被牽了一下。雖然沒為自己的惰性找到藉口，但是我還是對自己說，活著就是給歲月留下一首歌，不管是壯懷激烈還是淺吟低唱。日子總會如水一般流去不返，就讓歲月白髮蒼蒼去吧！

謹以此文代序。

像 ^{女人}一樣去 戰鬥

CONTENTS

二｜美食人生

三｜閱讀人生

|四|行走人生

五 印象人生

一

感悟人生

面對世界的獨唱

　　我看韓寒編輯的雜誌《獨唱團》，有一種要收藏的衝動，我經常像個紙簍子一樣收藏報紙、雜誌和書，包括80年代的《散文》和《小說月報》，編輯過的喜歡版面，發表過豆腐乾的報紙……那是一個曾經的紙媒人和文學青年對漢字的熱愛。漸漸地，這些熾烈的欲望淡定了，我沒有想過這其間有怎麼樣的心緒變化——我早就過了自憐自艾的年齡。

　　韓寒的博客，我經常看，我佩服年輕人的敏銳、真實、睿智，最難得的是，是他文字底色裡中對人類的悲憫之心和對社會的關愛之意，這樣廣博和深刻的善意，我在王小波的雜文裡感受得到。我這樣泛泛一談也就是直覺中的認識，事實上我沒看過韓寒的一部小說。不是對他的文字的不信任，而是，我一直覺得他是小孩，他那個年齡我回不去了，我的世界他還沒走到。可看了他在雜誌上連載的《我想和世界談談》，我想說，不是那麼一回事。在對社會的認知和判斷上，他完全可以做我這個中年人的前輩。我在他的文字裡，在他編輯的文字裡，看到了漢字即將前往的方向，看到了漢字自身可以儲備的思想。這思想讓我顫慄，激動，和感動。

　　《獨唱團》的出現是具有一種象徵意義的，在這裡，漢字和圖片在舞蹈，按著自己的節拍，扭胯，擺臀。我猶喜這些照片，整幅的——一個五大三粗的男人，肚皮微腆，皮膚黧黑，滿面滄桑，可他，居然在嗅一小枝野花。這讓人想到了什麼，是猛虎嗅

玫瑰？是鐵漢柔情？還是殺伐後的一絲不忍？還有小小孩童王子喬的詩──「誰也沒有看見過風，不用說你和我了，但是紙幣在飄的時候，我們知道風在算錢。」如此機智的神來之筆，讓人駭笑且會心，漢字構起的意象鋪天蓋地。看看這一篇吧，〈好疼的金聖歎〉，將沉重如鐵的歷史拉到現實的懷裡親昵了一番，你還不能把它歸結到惡搞，超現代的漢語表達，於直截了當中有一種直面現實的幽默和灑脫──世界很大，歷史很長，沒什麼人沒什麼事是了不得的。如此寓莊重於嬉皮的文字表達，不是甯財神，不是和菜頭，不是連嶽，居然是個年輕美女的作品。她叫咪蒙，有著陽光笑容的女孩。還有些小說未及細看，總之，是一些現實生活裡的記錄，直面現實，沒有粉飾。

　　韓寒說，我想和世界談談。年輕人的勇氣和新銳，在標題裡都鋒芒畢露。而人到中年的我們，早就沒有這樣的膽識和欲望了。從小長大的朋友回蕪小聚，皆事業有成──有公司有別墅有私家車有菲傭，而我，拿出的是我那兩本書。其中一本書，書商的定義為長銷書。長銷書是對應暢銷書而言的。我從來都沒確定過有人能看得下去這本小說，但，這總是我秋天之後的收成吧？即使，不甚飽滿。發小們依然給了我一些鼓勵，我知道，這些鼓勵是善意的真誠的，我能給自己交代的是，生命的某些日子裡，我沒有讓它白白過去……這是歲月的收穫，也是我這樣一個生命個體對著世界的獨唱。

從諾貝爾到奧斯卡

不知道在哪裡看到這樣一句話，現在卻找不到出處了。大意是：諾貝爾文學獎獎勵的是文學現象，獲獎的作家不過是偶然被選中而已。個人很同意這樣的說法。不管外國人是不是認「文無第一、武無第二」的理，但要從全球那麼多國家的作家和作品裡，脫穎而出，基本上就和中五百萬大獎的機率差不多。

剛剛獲獎的那個法國的什麼文學家，原諒我沒記住他的名字，他的作品本來是倉庫裡的積壓品，被評上獎以後立馬脫銷，這個現象很有點意思。每年，諾貝爾文學獎一揭曉，中國的文學界、新聞界都要集體胃痙攣一次。作家圈，就像沸騰的鍋粥，潛出來的全是指責、批判；新聞界也不甘寂寞，每年，從文學老祖母桃莉絲‧萊辛，到帕慕克（Ohan Pamuk）的《我的名字叫紅》（Benim Adim Kirmizi），再到今年的英俊法國人，再邊緣的人也知道文學界出大事了——中國文學和中國足球一樣，被罰出界了。

其實諾貝爾離我們也不是太遠，前不久，就在報上看過新聞，安徽的什麼什麼詩人有望得到諾貝爾文學獎，如果如果，這事萬一成了真的，想想吧，中國人該怎麼激動，安徽人該怎麼自豪啊！估計那個詩人對中國文學的貢獻，不是李白也是杜甫了。但，一轉折肯定沒好事情，我不知道，這個安徽的詩人現在還能不能心靜靜地繼續寫自己的詩？反正，他和過去一樣，又被甩回原來的生活軌道，該幹嗎幹嗎。難道，按外國人的標準選出來的

作家作品，對中國人就那麼重要嗎？還有一層意思，我希望我能表達清楚，那就是，獲得諾貝爾文學獎是值得自豪的事情，但有十三億人、有自己國情的中國人不該有自己的文學價值評判嗎？非要跟著外國人的後面追風？

　　不但中國的作家有煩惱，中國的導演也有煩惱。沒看張藝謀嗎？一次次衝刺奧斯卡，總是鎩羽而歸。不管如何揣摩外國人心思，黃金甲也好，英雄也罷，通通成了唬不成外國人、笑死了中國人的廣告片。美則美矣，但骨子裡卻缺乏了中國真正的元素，缺少了一種悲天憫人的人文精神，除了驚人的陣勢，炫目的色彩，剩下的就是故弄玄虛的賣弄。看七十九屆奧斯卡獲獎電影《神鬼無間》（The departed），不過爾爾，但卻獲獎了。光頭靚頸的李奧納多真是好命。《鐵達尼號》（Titanic）獲奧斯卡獎是該應的，那麼宏大、慘絕的題材，那麼多人的努力，而再演《神鬼無間》，居然又是輕鬆奪冠，何況，美國的《神鬼無間》脫胎於香港的《無間道》，故事內容驚人相似，居然，後來者居上，人家得獎了。

　　《神鬼無間》線索是簡單的兩條線，臥底警方和黑幫的兩個警察，各自受著良心的責備和煎熬，做著不想做，卻不得不做的事情。影片中的暗喻也是明顯的，舉個例子，馬利文警長的夢想是進入上層社會，代表的意象就是他住處對面的鵝黃色圓頂的州議會房頂，最後，他死在血泊裡，遠景拉出，鵝黃色圓頂的州議會房頂，牆頭有一隻老鼠溜過，寓意馬警長也不過是像鼠輩一樣，從欲望的邊緣溜達了一圈，一切都結束了……

　　連我都要為中國的導演抱屈，設置了那麼多紛繁的花樣，不抵人家一個這麼簡單的暗示。但，唯有簡單，才鬆弛有度，能讓

觀眾或者評委在影片外靜靜地想一想問題，想一想自己。而中國
的大片太熱鬧了，恨不得把所有的元素都往一個鍋裡悶，結果成
了四不像的大雜燴。

　　諾貝爾也好，奧斯卡也好，自有他的傳奇之處。說句套話，
唯有民族的，才是世界的。我從來都沒懷疑過張藝謀們的才華，
只是，過猶不及，太聰明了，反倒被誤了。

說小資道小資　誰是小資？

　　幾年前，你若是被人稱為小資，很可以沾沾自喜一番——好歹與時尚接了一回軌。而如今，要是還有人叫你小資，那是在罵你矯情吶！

　　當我第一次喝那一塊錢一包的即溶咖啡的時候，就無可奈何地被人烙上了「小資」的烙印，天可憐見，俺這個出生貧苦人家的孩子怎麼能算小資？就是那杯廉價的咖啡，也是我用來提神的，希望它能讓我支撐住沉重如石頭的眼皮，活躍一下呆滯如死水的思維，寫完那無聊枯燥的文案。

　　喝咖啡，向來被認為是小資的典型標誌。而我一直說不清是「卡其布諾」還是「卡布其諾」，影視明星袁泉在舞臺上唱：「一個人的晚上喝著拿鐵……」咖啡名叫拿鐵，很奇怪，但過癮，我把它想像成有質感的飲料，柔軟的心與堅硬的拿鐵相遇，一段都市情感故事就此鋪開。

　　關於小資，世人有不同的定義。有人居然把李漁和袁枚都劃到小資陣營裡去了，因為據他們說，《閒情偶記》和《隨園食單》裡記錄的生活太講究太顯擺。而我所能接受的是張愛玲所說的：「錢太多了，就用不著考慮；完全沒有錢，也用不著考慮了，我這種拘拘束束的苦樂是屬於小資產階級的」。我不能否認，當我盤算著口袋裡的錢，準備用它在新百或者商之都降價的時候，給家裡每個人都買上一套柔軟暖和的名牌保暖內衣，我那種苦樂就是拘拘束束的！那種計較是甜蜜的，熨帖的，因

為錢是自己辛苦賺來的，所以換回的物質所蘊涵的情意也重些似的。

每天上下班，只要不下雨，我都要穿過被辦公樓包圍著的一個小小的、寂靜的天井院子，那裡有兩株小小的桂花樹，沿著彎彎的石徑栽了許多茶花、杜鵑花，院角還有顆大而肥的芭蕉。桂花開的時候，我從樹下走過，有時候會抬手輕輕從花枝上抹下一把金色的桂花，然而貼近了聞，花香卻是淡了，不如在風中飄蕩的時候更怡人。這幾天，一朵朵嬌豔的粉色茶花也悄然開了，在墨綠的樹叢裡，這裡一朵，那裡一朵，看著它們，我的心是欣喜而羞慚的。欣喜，是因為被花草四季更替的自然力量折服；羞慚，是因為我想起一位哲人說的——想想鄉下農民困苦的生活，那些城裡人風花雪月的小資情調是多麼淺薄！我不能不同意他的觀點，又無法拒絕自然的美，所以，即使對於精神上的享樂，我也是拘拘束束的，既想扮高尚，本質上還是自私——在快樂的時候，沒有想到天下還有千萬的受苦人。

有人說，蕪湖是江南小城，有小山小水小瓜子，有許多小文人在寫小資文章，我很不服氣這樣的說法。但，從我個人來說，既沒有苦難沉重的童年，又沒有驚心動魄的閱歷，更沒有王小波憂患意識的高度和廣度，所以，我只能寫點小情小趣的小資文章去小度自己——起碼能賺點稿費。寫文章的人，從某種意義上說是掌握了一種話語權，當他們的筆鋒指向世間不平事的時候，其自身都儼然一個思想和行為的聖者，事實如你我所知，我們的皮袍下面都能榨出一個「小」字來，我希望，我自己能正視自己的「小」。

三八芸娘

　　其實我是不敢冒天下之大不韙，把「中國文學及歷史上一個最可愛的女人」稱為三八的，嗯，我的本意是想在三八節的時候說說好女人芸娘。

　　清代沈復所著的自傳體散文集《浮生六記》，歷來被古往今來的文人雅士所推崇，古有曾國藩等名流續作校點，現有林語堂等大家的翻譯推薦，林語堂在為此書作序時云，要把這對中國夫妻恬淡美好的生活介紹到西方去。沈復和芸娘的感情更被羨豔者賦予了「迴腸盪氣、蝕骨消魂、生死不渝、伉儷情深」等眾多溢美之詞。

　　讓我們先來追念一下芸娘的典型事蹟吧，按下其溫柔、恬淡、聰明、善良、孝順、賢良等諸多美德暫且不表，她嚇我一個跟頭的是看中了一個年輕貌美的歌伎憨園，心心念念地想讓丈夫納她為妾，其夫沈復自然半推半就，孰料，憨園中途被「有力者」奪去，芸娘激憤成病，活活把自己小命搭上了。賢慧至此，自然博得天下男人一片讚譽之聲，卻讓天下女人不知道說什麼好了。其實為夫納妾並非芸娘一人能為，君不見《紅樓夢》裡，邢夫人就屁顛顛地親自去找賈母的大丫鬟鴛鴦，想讓她給大老爺做姨娘，結果躁了一鼻子灰去，還被賈母一針見血地指出「賢慧過了頭」，其實那榮寧二府誰不知邢夫人順從老爺是以求自保。我就尋思那芸娘和邢夫人都是為夫求妾，口碑差別咋那麼大呢？依我的小人之心，那芸娘固然和邢夫人不是一個檔次，但取悅丈

夫的心多少有一點類似的吧？從推素雲入夫懷任其摸索到為夫尋妾，都有點為自己「稻粱謀」的意思，我就不信她那如白雪般晶瑩的心裡沒有一點酸意？一點不酸的那還叫女人嗎？

　　我的案頭就有一本《浮生六記》，裝幀得很精美，有幾分古意，有幾分意趣，通篇意境之飄逸、辭藻之清麗讓人賞心悅目，可是我就像條蛇，被文中那句話打中了七寸，再也抬不起頭來仰望沈復和芸娘那被奉為經典的夫婦感情，古往今來的雅士們為什麼從來就沒有人在這本薄薄的小書裡，看出過芸娘的可悲與委屈來？芸娘的七情六欲在這本言情聖品裡被壓成扁平的白紙，且看芸娘臨終托孤、勸夫再娶那段吧，她的痛腸欲裂和慘然大慟，其中雖然有生離死別的痛楚，但多少也有心不甘情不願的無奈，深知其心的沈復安慰她說：斷無再續之理……果然說到做到，且看：「芸只有一子，不得延其嗣續耶！亦為之浩歎，贈餘一妾，重入春夢。」不娶妻，納妾，還是別人送的，且理由充分──為了多子多孫。中國的文字與倫理被用到極致，想來芸娘死也瞑目了，到底占了個正房太太的牌位。

　　還是紅樓裡的藕官說得明白：死了老婆再娶也是常情，只是不要把那死了的丟了不提就是情深意重了。沈復對其妻的感情自然有知己之重，只是，嫖妓與納妾一樣沒耽誤的他，也可以被奉為中國古典愛情的楷模，足見那時婦女地位之低下了，女人們沒有自己的經濟地位和社會地位，再怎麼聰明賢德，也永遠都只能是男人的影子吧。

像女人那樣去戰鬥

　　自黃健翔在世界盃上飆出那海豚音後，他的那本《像男人一樣去戰鬥》立馬就擺上了暢銷書的書台。有人詮釋「像男人那樣去戰鬥」，需要的是血性、創造性和平常心。而黃健翔自己則說——在生活這個戰場上，並非只需要舞刀弄槍或赤膊上陣，「戰鬥」也包含著隱忍、克制、寬容與從容不迫，有時，微笑著面對一切，也是一種戰鬥。

　　這些話讀來，似乎與戰鬥者是男是女關係不大，男人如是，女人不是嗎？要說中國的男人不容易，中國的女人其實更不容易。做女強人吧，怕照顧不了家庭；家務操勞得多，老得也快；有條件做全職太太吧，又怕將來只是一場空；單身吧，伴隨的只有孤獨和寂寞。

　　男人戰鬥是——敢怒，敢言，敢做，敢當。

　　女人的戰鬥呢——孩子、家庭、事業，一個都不能少。

　　女人的戰鬥，沒有硝煙，但更加殘酷，在職場上，她不會因為是女性而可以讓自己的工作完成的比別人遜色，在家庭裡，也許她要比男性分擔更多的家庭事務；在心理生理上，她也許會比男人衰老的更快。

　　池莉在日記中寫道：「一個女人，應該細緻地與一切美好事物共度時光。包括小小的成就感，包括從容的態度，包括能夠把事情做得漂亮而產生的自我滿足與自豪感。」這是只有女人自己可以心領神會的小小得意。池莉出道以來，受到的批評並不少，

小市民文學、市井作家等等，包括那本毀譽參半的《有了快感你就喊》，而她則對自己說：無論別人說什麼，堅決不回應，任人評說。這種從容淡定的定力，是多少鬚眉男子都做不到的。這也是女性特有的韌性戰鬥，池莉用自己的實力，在文壇裡為自己爭得了一席之地。女人在職場，都會遇到這樣那樣的不如意，「一哭二鬧三上吊」是行不通的，此時女性內心如果充滿自信、從容、大度，就能保持內心的平衡和進取的方向，這樣的戰鬥不淩厲，溫柔的招式下，玉女劍、蘭花指，依然能登上光明頂。

喜歡張艾嘉那內斂沉靜的微笑，嘴角噙著的那份自信讓人過目難忘。在電影界打拚出一片天地的她，忽遇愛子別綁匪搶劫的非常事件，沉著冷靜的她與綁匪鬥智鬥勇，最後愛子成功地被解救，這驚心動魄的智慧之戰，讓女人的母性光輝照耀到極致。

常常會被一些平凡的或者不平凡的女性所感動，她們對工作的負責，她們對孩子的盡心，她們對愛情的執著。或許，我們有時候都不會認為自己是個成功者，黃健翔在序中說：「一個人，只要戰勝自己，做好自己，他就是勝利的。」我感覺，這段話裡的「他」完全可以換成「她」。在我看來，「戰鬥」是一種不放棄的姿勢，是一種面對生活形式的勇敢態度。千變萬化的生活絕不會只有一個模式，內心的安寧恬靜滿足，我想是女人戰鬥的終極目標。

人生如雨不堪滴

陳曉旭走了，她的生命歷程竟然比她所扮演的林黛玉還具有傳奇性，幾十年前她飾演的角色彷彿給她的生命烙上了悲劇的宿命色彩，先是與角色的氣質吻合──沒有比她更能體現出黛玉的寡歡與憂鬱了；然後是在商場上的崛起，成了億萬富翁，再然後是皈依佛門，直至五月十三日患乳腺癌而去……對於她的離去，世人的嗟歎只是自身的感受，對於一個已經皈依佛門的人來說，她，是去了極樂世界。

前些日子，娟子的離去也給周圍的朋友留下了許多感傷的話題。娟子走的那天，我們剛好拿到當當網送來的《普羅旺斯寫真集》，似乎是冥冥中娟子給我們留下的最後紀念。那是娟子在時尚雜誌《美食與美酒》做編輯部主任時出的一本美食集，也是她的第一本書。在這本集子裡，娟子展現給我們的法蘭西的美酒、美食離我們的生活的確有點遠，但遙望一種理想的生活情景也是一件樂事，不是嗎？何況，她是我們蕪湖人項立剛的妻子。我在想，世界上每天都有人離去，為什麼娟子的離去讓我們那麼多人感傷？她那樣一個熱愛生活、熱愛工作的美食記者，竟然患了胃癌，這殘酷的現實本就讓人心生悲涼，更何況，那麼多人的祝福和家人全力以赴的醫治都沒能留下她的生命。一個如花一樣的生命在病魔的摧殘下，在短短的半年裡就枯萎了，現實就那麼殘酷地把一個美好的東西毀滅了給我們看。看著她的幼子懷抱著她的遺像，照片上她一身緋紅，笑靨

如花，一如她春節時在鳳凰台接受採訪時的淡定從容，情景交替，讓最心硬的人都為之動容。

陳曉旭和娟子都是英年早逝，生命的無常怎能不讓人感傷著生命的短促和炎涼？逝去的人已經安息，而留給親人的哀傷卻不知道何時才能平息？朋友微雲在父親患上癌症以後迅速憔悴下去，精神上的痛苦對於人的摧殘是那麼的無情。她的眉宇臉龐整日都籠著愁雲，似乎每絲肌肉都痛苦地揪在一起，舒展不開。在父親離去兩年後，她的精神才擺脫了萎頓，漸漸恢復了正常的精神狀態。她曾經對我說，看著父親受著刀剮般的病痛煎熬，而你卻無能為力，眼睜睜地看著他燈枯油盡，形銷骨立，生命如游絲般地被病魔抽走，那種感覺讓人痛不欲生。

讀蔣捷的《虞美人》，三段聽雨的場景就概括了人的一生——「少年聽雨歌樓上，紅燭昏羅帳。壯年聽雨客舟中，江闊雲低斷雁叫西風。而今聽雨僧廬下，鬢也星星也，悲歡離合總無情，一任階前點滴到天明。」是啊，人生如雨不堪滴，轉眼年暮白髮生。在有限的生命裡，我們又能做點什麼？

王小波在《我的精神家園裡》提到維特根斯坦臨終時曾經說：告訴他們，我度過了美好的一生，而司湯達則說，活過，愛過，寫過。王小波寫到，我很怕在死後落到什麼都說不出的結果，所以正在努力的工作。我很理解他的心情——生命，惟其短暫，所以珍惜！所以努力！

近觀于丹

「論語」今說，于丹不是當今第一人，早幾年就見過李澤厚的《論語今讀》，老實說，沒能讀通也沒能讀完。李澤厚著作的專業性、準確性是于丹無可比擬的，但他卻沒能像于丹一樣火起來，究竟是什麼原因呢？我想，大約是《論語今讀》是專家寫給學者看的，即使是譯意，與一般讀者而言，也還是晦澀難懂。而于丹的《論語心得》不同，她的「論語」是用大白話說給老百姓聽的，不需要多麼高深的文化。從這個意義上說，于丹所做的事情是磨稻為米，煮飯為食，她從她個人的理解，用現代人的思維詮釋了中國古代的經典文化，潤澤了許多國人早已乾涸的那眼心泉。至於被少數人詬病的誤讀之處，我以為，以其傳播的中國傳統文化中的精華在現今社會產生的積極意義而言，可謂瑕不掩瑜。

說起來，像我這樣年紀的人，不大容易做明星的狂熱「粉絲」，但不是「魚丸」的我，還是去聽了于丹的講課。如果袒露一下真實的心跡，那是因為，我可以用一個冠冕堂皇的理由暫離每日固守的辦公桌——我是去參與一項本城的文化盛事。雖然號稱不追星，于丹鞠躬時的翩翩風度還是讓我有些興奮，只是她講課時所舉的例子，似乎都有些耳熟。比如蘇東坡與佛印、比如出世與入世、比如刺蝟與豪豬⋯⋯當她的發言被場內聽眾的掌聲與笑聲打斷的時候，我甚至產生了些許的羞愧：于丹不會因此看輕了本城市民的文化素養吧？畢竟她舉的例子過於淺顯了。

　　于丹的現場表現毋用多言，不外乎《百家講壇》的現場版。但說起她的為人行事，我有位師長對她頗不以為然。據說，有一則報導雲，于丹在參加一次慈善活動中，只捐獻了三本書，分文未掏，她的行為引起一片譁然。事後，于丹解釋說，她在其他的場合捐獻了多少多少云云。大約這位師長不太願意聽信于丹的解釋，他對于丹的反感也由此而生。除此之外，于丹應該沒有其他「劣跡」讓人生厭。事實上，于丹作為學術超女走紅之後，批評之聲就從來沒有平息過，即使是作秀，她回應批評者的大度和風度，也讓人敬服。

　　還是說回于丹參加的慈善活動，其背後的花絮內幕我們是通過媒體知道的，事實究竟如何，我們都沒有親眼所見，也沒有深入調查過，就因為一個矇著霧遮著紗的負面新聞，我們就否定一個人的人品德行，是不是過於武斷？再說，關於名人捐獻，曾經引發不少爭議，劉翔、李連傑等都受過這樣的道德拷問，名人應該捐獻多少？應該在什麼樣的場合下捐獻？如果都要一一符合世人的道德標準，試問，我們將以誰的道德底線為準？最後一點，即使于丹沒有言表一致，做社會慈善的道德楷模，其人性自身有待完善，而因此就要全盤抹殺她傳播中國傳統文化的功德，我們在指責她的同時，有沒有捫心自問，我們又為傳播文化做過什麼？對於慈善事業，我們又捐獻了多少？

借屍還魂的「畫皮」

「趙薇喝了周迅的毒酒，青絲變白雪，面若白紙……」突然有被擊中的感覺，也就一會兒功夫，若是心情與電影合拍，可以流一流淚——被偉大愛情雷著了，震驚了，悲傷了。想來，這效果是導演所要的，讓觀眾感動。然而，觀眾笑場。畢竟是娛樂時代啊，這千瘡百孔的劇情騙得了誰呢？

《畫皮》，用的是聊齋的名字，裝狐妖的周迅剝下臉皮化妝，也就一分鐘的鏡頭，借聊齋的「屍」還現代影片的「魂」而已。然而聰明，沒有這一分鐘，電影就成了出身不明的野丫頭，而現在，是出身名門的大家閨秀。古典名著、當紅明星、戰爭凶殺、懸疑情變，該有的元素全有了；三角戀愛已經不過癮，現在是六角。一對小夫妻，兩個老情人，還有兩個妖怪，再加上降魔者。幾個人要死要活的，想不熱鬧都難。

看別人寫現代人怎麼分手，極其幽默。分手，要把咖啡潑他臉上，別玩那套虛的，什麼分手以後還是朋友；或者，搶佔制高點，蹬人遠比被人蹬痛快，即使被郎搶先說了分手，也要裝著妾早有此意的樣子，等人走遠了，把咖啡潑自己臉上。看到這裡不由一樂，就該這樣吧？現代女混混就是比古代怨婦強，好大的事，不就愛情嘛，天下何處無芳草，沒芳草也有藍天六必治吧？

而影片中不是，趙薇演的王夫人佩茹，賢淑穩重。為了愛情，甘願為夫納妾，甘願喝下毒酒變妖，為千夫所指含冤而死；而尖下巴、大眼睛的周迅，天生就該裝狐媚子的，只可惜聲音晦

澀，讓狐狸精的妖嬈打了點折扣。但狐狸精也不含糊，被人間真情感動，用千年道行換回眾人的性命，羽化而去，打回原形。兩個女主演，雖未超越自己的過去，但到底演技不俗，可謂棋逢對手，旗鼓相當。而戲份也不少的「降魔者」孫儷，實打實就是個死跑龍套的，該去降妖的時候降妖，該去戀愛時候戀愛，沒其他的路好走。

　　兩個男主角，也沒什麼出彩的地方。陳坤帥，輪廓鮮明，和趙薇有夫妻相，但從頭到尾就知道睜著大眼睛，盯著狐狸精看。可夫人一死，立馬就變成情痴了，家也不要了，兵也不帶了，殉情，一刀把自己插死了。倒是他的豔夢更真實些；甄子丹傻，扮相也邋遢，白占了一個男主角的位置，只會傻呼呼咧著嘴笑。

　　結尾是圓滿了。人歸人，妖歸妖，塵歸塵，土歸土。只是疑惑，眼睜睜看著丈夫移情狐狸精的王夫人，怎麼還能心無芥蒂地純情下去？而白天夢裡都忘不了小唯的王生，怎麼會滿足生命中只有一個佩茹？編劇若是想成全觀眾，不如讓佩茹和勇哥走吧，反正是娛樂，要不然，下次王生再碰上個什麼精，王夫人可不得再死一回？

林黛玉和劉姥姥誰快樂

　　《紅樓夢》裡，黛玉和劉姥姥都有一段與花有關的描寫，對比一下，很是有趣。周瑞家的給賈府的各位小姐送宮花，到黛玉這裡，黛玉賭氣說：我就知道，別人不挑剩下的不給我！周瑞家的一聲不言語。不言語，是一種看似恭敬實則不以為然──黛玉雖是小姐，畢竟是客居的。而劉姥姥呢，二進大觀園的時候，被鴛鴦插了一頭的菊花，卻還自我解嘲說：我這頭不知修的什麼福氣。看看，這就是兩種人生處世態度──劉姥姥比黛玉聰明，知道給自己定位，就是個告窮求助的親戚。黛玉卻沒那麼坦然，剔透如她，還有妙玉，探春，未必不知道自己在賈府中的微妙地位，但是驕傲的她們不肯面對，心裡的那點小疙瘩被她們無限放大了，這才有了黛玉葬花、妙玉奉茶、探春責母……

　　高鶚續書的時候，把巧姐許配給了什麼周家的地主，可是，按曹雪芹前面的描寫，她應該嫁給劉姥姥的外孫板兒了。這個時候的劉姥姥已經不是含羞忍辱求告的窮親戚，而是向落難賈府伸出援助之手的老朋友。她和王熙鳳的微妙關係可以說的上是一種心知肚明的友誼，兩個聰明人的惺惺相惜。再說黛玉，雖然時不時的耍點小姐脾氣，說到底還是孩子樣的賭氣，她的內心並沒有太深的主子奴才之見，這才有了她和紫鵑的姊妹之情，這樣的感情如冬日裡的一星爐火，給了她些許溫暖。病危時的黛玉感受到的人情，是真真切切的徹骨之寒，這是劉姥姥不曾體驗過的。

　　那天在 QQ 換上了這樣的個性簽名：「林黛玉和劉姥姥誰快樂？」誰知這個簡單的問題把那潛水一千年的老妖都釣出了水面，不管是男是女，是老是少，答案出奇地一致：當然是劉姥姥快樂！我就納悶了，這劉姥姥和黛玉的生活境況可謂天壤之別，雖說黛玉的葬花吟裡說：一年三百六十日，風刀霜劍嚴相逼。那多半是她的心理感受，與吃喝都要發愁的劉姥姥相比，她的基本生存條件還是可以保障的。但是，為什麼她就沒劉姥姥過得快樂呢？

　　無論是黛玉和劉姥姥，被人欺或者被人戲皆是因為地位，增廣賢文裡有句話：不信請看筵中酒，杯杯先敬有錢人。也就是說，敬的皆是地位或者金錢，若是黛玉想通了這些，也許就會和劉姥姥一樣快樂吧？天地之間，誰比誰更卑微啊！

隨緣花草

梔子花總在初夏的時候開的。

合肥朋友來的日子正好——天陰著，偶爾，有一兩點白白的太陽光露出來，因而不熱，還有些清涼的氣息，要知道這已經是五月天了。這樣的天氣，天高著藍著，風輕著柔著，若是無瑣事羈絆，心，可以輕鬆的飛起來呢。

我們就在濱江公園的綠化帶裡看到了梔子花。是女友先發現的，有些驚喜的聲音：「看，梔子花開了！」三個人湊在一起細細打量，引得路過的一對老人也伸頭來看，但表情有點淡淡的，好像我們少見多怪似的。

一些細密的心思就如水一樣，在心裡流起來。一朵花，有它自身無法選擇的生長環境，比如這棵梔子花，就生在了好地方。它的前面是湯湯長江，後面是峭拔如雲的天主教堂，這兩處具有無限廣闊意義的景致，成了它的背景——一條江，一座教堂，一朵含苞欲放的梔子花，意象飽滿的像這初夏的天氣，只待一點點熱烈的陽光，便是燦若素錦的人生好畫。

梔子花剛開始打花骨朵，翠綠色的葉子，將花苞包得緊緊的，它日日夜夜在汲取著雨露精華，如果你願意想像，它就像一個默默勵志的灰姑娘。安靜，低調，你聽不到花苞內的躁動與喧囂。有那麼一天，那些雪白的花瓣就突然掙脫了綠色的胞衣，一瓣瓣無所顧忌地伸展開來，香馥宜人，如詩如畫。

　　單位裡有個小花園，所多的就是梔子花，梔子花是小葉的，和她豐盈飽滿的姊妹相比，別有一番玲瓏秀氣。女友曾到單位來找我，我帶她穿過我日日走過的小花園，在那片濃密碧綠的梔子花叢中，有星星點點的小白梔子花散落其間，她回去寫：「我們低頭尋找，兩個看花的人滿是欣喜。」我不知道她有無寓意，但我知道有些想法我們是可以意會的，無論是栽在哪塊土地上，無論自身是如何低微平凡，我們都會開出自己的花。

　　這都是我自己一瞬間的想法，事實上，梔子花並沒有成為我們濱江之遊的話題，它被我們不經意間留在了那塊綠化帶上。

　　我們從吉和廣場進去，正面對著長江，站在那裡，長江像畫卷一樣鋪展在我們的眼前，豁然開朗。如果是有時間，我是很喜歡到江邊看水的。憑欄眺望，水天一色，一望無際。心若是一隻船，帆就會被風漲的鼓鼓的，順流而下。

　　合肥朋友說，如果濱江公園在合肥，她會經常去看江的。我在心裡笑了，有誰不喜歡這樣闊朗大氣的景色呢？我們初識在合肥逍遙津，這次，是第二次相見。若是不留意，你未必能發現她眉宇間的篤定與堅毅，雖然不及詳談，但是她那單槍匹馬一路打拼過來的歷程，比一朵花的奮力開放還要艱難的多吧？她的 QQ 簽名居然也是與花有關的：「我是一朵不開花的花，尚未學會開放，就已習於凋零。」有些傷感是不是？我彷彿在她那開朗的笑顏背後看到了一絲落寞的憂傷。我們是自己的園丁，那一點落寞憂傷，像土一樣被翻到了地下，當成了養分，來年，再繼續生根發芽。

　　都說是三春去後諸芳盡，其實夏日的花事也從來不寂寞，你看，有滿架薔薇一院香，有石榴開遍透簾明，有謝卻海棠飛盡絮……

　　我總覺得，寫歌詞的人都是詩人，就連一些歌名，也浸滿了生活滋味，比如，莫文蔚的〈盛夏的果實〉，寫愛情的。但有些語境，與心情契合。在這夏日的香氣裡，你可以想起我們的曾經，想起我們的過往……

　　楊萬里在〈夏日絕句〉寫道：「不但春妍夏亦佳，隨緣花草是生涯。」花草隨緣，是順季節順地勢而動，不放任，也不放棄。這彷彿是人生的一個偈子，需要我們用一輩子的時間去參悟。

誰能享齊人之福？

當我試圖給那個到別人祖墳偷吃祭品的傢伙找點帶浪漫色彩東東的時候，我發現，除了他滿嘴角油水面對他的一妻一妾說謊的狼狼相，實在是乏善可陳。從古到今，人們似乎都忘了要鄙視一下這個丟盡了男人臉面的齊人，口口相傳的只是他「有一妻一妾」之福份。想想吧，雖然是良人不能讓人仰望終身，但是妻妾相擁而泣的親昵場面會不會讓良人看著有些甜蜜呢？當然，這只是我一相情願的想像，那個餓昏了頭的齊人可能一肚子怨氣，憑我揣測，齊人一定是被妻妾吃窮的。

話雖如此，可還是有人說，齊人之福是天下男子內心湧動不寧的嚮往，舜帝擁有娥皇女英的榜樣作用就不必說了，村上也曾說過：「我的夢裡是擁有雙胞胎女朋友……」而雅各和席勒乾乾脆脆就把嚮往落到了實處。就連女子也有二者得兼之貪念，李碧華筆下的青蛇說，每個女人希望她生命中有兩個男人——許仙和法海。法海是用盡千方百計博他偶一歡心的金漆神像，生世伶候他稍假詞色，仰之彌高；許仙是依依挽手，細細畫眉的美少年，給你講最好聽的話語來熨帖心靈。

我的朋友阿齊可沒有上述大師們那麼好運，當他在 QQ 那頭把他的故事告訴我的時候，我很不嚴肅地大笑，曰：恭喜你盡享齊人之福！而阿齊像個哀怨的女人似地說：「人家都痛苦死了，你還笑話我」。他執意要把他的心當成一塊黃橋燒餅，不烤成兩面焦黃不算完：和老婆在一起的時候，感覺對不起她。和她在一

起的時候，感覺對不起老婆。這樣和情人交往了四年，被良心煎熬的阿齊惶惶不可終日。

戰勝不了自己道德觀的阿齊茫然了，齊人之福在他那裡永遠只會是齊人之苦，除非他現在就開始追隨羅素，這位哲學家竟然說：「美好的生活離不開自我約束，但是與其約束那豐富而廣闊的愛情，倒不如約束那狹窄而充滿敵意的妒忌之心。」這樣的理論在西方也遭到激烈抗議，最終還導致羅素失去了紐約城市大學的教授職務。所以，即使阿齊願意當這個洋人的學生，他的妻未必能接受這個「見了穿裙子的就要追」的性開放先驅者的理論，約束約束自己的嫉妒心……

對羅素推崇備至的王小波，在性道德評判上，似乎並不贊成羅素。他的觀點是傳統的，但又顧及到人性。在小說《黃金時代》，他筆下的性價值已經中性化了。王小波的妻子、社會學家李銀河曾經說過：「在我看來，性道德的底線就是自願、不傷害他人。」而阿齊即使套用這個比較寬容的道德觀念來說，也還是傷害了其妻的感情，除非他不介意、而他妻子也願意和別的男人到小山上敦敦偉大的友誼，這麼對阿齊說的時候，我估計阿齊已經滿腔怒火，隔著電腦拍案而起了，所以，我趕緊關了電腦，逃之夭夭……

天下第一怨婦

據學者專家考證，中國有文字記載的第一怨婦詞寫的是「氓」的老婆。且看詩經《詩經・衛風・氓》，那個氓泡妞的手法也算高段了——「氓之蚩蚩，抱布貿絲。匪來貿絲，來即我謀。」如桑葉青翠的女子「載笑載言」進了氓家——「三歲為婦，靡室勞矣；夙興夜寐，靡有朝矣。」如此辛苦的她得到了什麼結果呢？「士也罔極，二三其德。……言既遂矣，至於暴矣。」這個如桑樹從繁茂到凋落的弱女子，其骨氣實在令人敬重：「靜言思之，躬自悼矣」，她的冷靜與決絕讓人心生哀憐。只是她後面的境況無從得知，一般而言，她為他獨善其身的可能性比較大。在那個年代，她的一生算是毀在氓手裡了。

讓人吃驚的是幾千年過去了，詩經裡的愛情故事版本竟然沒有升級。在喧囂的城市裡，我們經常可以見到幽雅的少婦，躲進小樓成怨婦，跟自己的生命較勁。連氓妻的決絕都做不到——你若「反是不思」我馬上與你「亦已焉哉」。而是心甘情願地找個「棄婦」或是「怨婦」的角色讓自己演。

我混跡的 BBS，有段時間總是充溢著一股哀怨之氣，那自然多是些怨婦們發的帖子。有的如古井裡幽靈的呼吸，幽幽的，淡淡的，絲縷不絕；有的則咬牙切齒，披頭散髮，把捉姦在床的故事也當小說，如旗幟般招搖著，末尾不忘附一句：此乃真實的故事，當事人就是某某某，真讓人轉頭不忍卒讀。物不平則鳴，只是一股腦把自己與不堪的往事下死命糾纏在一起，再打個死結，

實在是與己無益。有時候看不過了，難免廉價地同情一把，用
《氓》的故事勸她們——「士之耽兮，猶可說也。女之耽兮，不
可說也。」其實，這句話也淺薄的很了，誰說女子耽了就不可說
了？比如洪晃。

洪晃是誰？此女年過不惑，時尚雜誌出版人，專欄寫手，因
其言語行為豪放不羈，被人稱為名門痞女。與其有關係的人都是
大大的有名——外祖父是著名的愛國民主人士章士釗，母親是女
外交官章含之，前夫是中國著名導演陳凱歌。經歷了婚姻變故的
她，眼看著前任老公陳凱歌與大美女陳紅才子佳人出雙入對烈火
烹油繁花似錦，她是最有資格作怨婦歎的，或臨風灑淚，或對月
哀憐，只恨此情不長久。然而她不，洪晃在接受記者採訪時說：
他看著我難受，我看著他也難受。既然這樣那就別在一塊兒過
了。這個離婚的決定，是洪晃主動提出來的。她說，我是比較能
豁得出去的人，必須按自己的想法活，再說，兩個人的婚姻的失
敗，兩個人都有責任。你必須明白這不是別人的錯，這就是你自
己感情上的一次失敗。

如今，陳凱歌早就淡出了洪晃的視線，按照洪晃的個性如
果她再鬧出點動靜，我一點都不奇怪，因為她是個為自己活的女
人。我不知道有多少男人會喜歡她的作派——貌不驚人、抽菸，
像大老爺們一樣直爽地說話。可是，做為一個社會角色，她的事
業無可挑剔，非常出色。

氓之妻與洪晃，這兩個間隔幾千年的女性對感情的處置能不
能讓我們明白一個道理，在婦女解放的今天，有的女性還是自願
被一道無形的繩索束縛著，那道繩索就是自甘弱流，因而才會自
憐自艾，將一曲怨婦詩從古吟到今……

鬢微霜，又何妨

關於中年，是看了姚鄂梅的小說《忽然中年》才突然有了觸動，小說裡寫的中年男女夫妻，不過是人到中年的窘境，官場的，情場的，在作者的筆下是從容平靜的述說，然而刻骨。可不就是這樣嗎？關於中年，關於人性。曾經的意氣風發，曾經的春風得意，曾經的桃紅柳綠……一點點地抓不住了。

還記得張愛玲《連環套》裡的霓喜嗎？十四歲時瘦小憔悴；十八歲開始長大美麗，臉上的顏色，像攙了寶石粉似的，分外鮮煥；等過了三十，漸漸發胖了，渾身熟極而流的扭捏挑撥也帶點悍然之氣；而近四十，站在湯姆生桌前，突然就洩了氣。「湯姆生即刻意會到她這種感覺，她在他面前驀地萎縮下去，失去了從前吸引過他的那種悍然的美。」霓喜之前的美是被一種自信撐著，等失去了這種自信，氣韻也就蕩然無存了。

女友們聚會，阿紫開始穿橙紅、桃紅，而阿夏呢，還有定力穿珠灰、鹹菜色，到底年輕幾歲。而我，早幾年就開始穿大紅大綠了，想當年，也曾不是鐵灰就是藏青，現在，偶爾把灰色西裝翻出來穿一回，務必要襯鮮豔的內衣或者翻出搶眼的衣領，可是，這又有什麼關係呢？記得那年單位遊浙西大峽谷，在山頂上休息喝茶的時候，眼見著依山拾階而上的一位老太太，鬢髮如銀，寧靜平和，穿一件銀灰色的羊毛衫，下面是深灰色的薄呢裙，手臂上搭著一件鮮豔的格子外套，脖子上還戴著項鏈，老太太的氣質，吸引了我們所有人的目光……

　　老年人或者中年人，都打年輕人那裡路過，而年輕人誰不往中年和老年的路上奔？年輕多好啊。沒有比梁實秋把中年和年輕對比的那麼刻薄又那麼真切的了：「哪個年青女子不是飽滿豐潤得像一顆牛奶葡萄，一彈就破的樣子？哪個年青女子不是玲瓏矯健得像一隻燕子，跳動得那麼輕靈？到了中年，全變了。曲線還存在，但滿不是那麼回事，該凹入的部份變成了凸出，該凸出的部份變成了凹入，牛奶葡萄要變成為金絲蜜棗，燕子要變鵪鶉⋯⋯」梁實秋其實老了也會滿臉皺紋，據說，他臨死的時候，絕望地大喊：救救我，我要活，給我大量的氧⋯⋯在這個時候，死比老還要可怕吧？

　　我領會梁先生寫《人到中年》，文章的主旨是後面的話──四十開始生活，不算晚，問題在「生活」二字如何詮釋。中年的妙趣，在於相當的認識人生，認識自己，從而作自己所能作的事，享受自己所能享受的生活。有了這樣的心態做底，似乎就有了在鬧市中出世或入世的自由意境。

　　極喜歡蘇軾的〈江城子　密州出獵〉：老夫聊發少年狂，左牽黃，右擎蒼⋯⋯曾經把「會挽雕弓如滿月，西北望，射天狼。」做為個性簽名掛在 QQ 上，朋友笑我豪情萬丈，其實我是想玩玩射覆的遊戲，謎底就是：「鬢微霜，又何妨！」

對著春天微笑

「春天的花匠，在提著水桶。你看，那是一把飛翔的鐵鍬……」

這是朋友一首沒寫完的詩，他說很久沒寫詩了，看到春的萌動、勃發，久違的詩心也在復甦發酵。四季更替的自然界是詩意的，而詩的意象裡有著勞動著的人，那是可以讓人從心裡往外發出會心微笑的，猶如我讀這首看似無稽但卻有趣詩時的微笑。在春天裡，不慵懶、不頹廢、不無聊、不鬱悶，像一個手執噴水壺的花匠，開始勞動。勞動於人，恰如水於枯萎的植物，可以使人鮮活，然後，詩意的生活，詩意的勞動。

四月芳菲，花事正鬧。曲廊花架上的紫蘿，一日復一日地茂盛起來，大團大團的淡紫，大塊大塊的深綠，皴染出一幅春之水粉畫。草地上，桃花是粉白的紅，李花是淡綠的白，遠處傳來割草機隆隆的割草聲，看不見勞動著的花匠，只嗅到空氣中芳草的清香，濃冽的，帶有絲絲甜味的青氣，彷彿被切斷的草莖裡冒出的大大小小的綠色氣泡，蒸騰而上，一圈圈地向四周發散。不知道勞作中的花匠有沒有對著春天微笑？多半他是疲憊的，困頓的，像我們經常看到的花匠一樣，戴著發黃的草帽，穿著寬大的舊衣，低頭忙碌著。他也許不知道，春天，在他粗糙的手摩挲下，就像被童話裡的魔杖點過，翩翩地，隨著習習的暖風，把綠意和明媚送回人間。生活對於他是沉重的，他無暇檢閱他創造的

美，更難有對著春天微笑的心境。其實，我們有幾個人能微笑著工作，詩意地勞動呢？

左手拇指的腱鞘又開始隱隱作疼，那是在工廠裡挫毛刺時留下的暗疾。左手抓住鑄造的小零件，右手持七寸小挫刀，上下左右，翻飛舞動，像古龍小說裡的劍客，飛快地使出七刀，一個漂亮的活兒就幹完了，就像劍客殺掉了一個仇人。初時的我從來沒有想像過，飛濺的鐵粉鋼屑會有什麼美，沒有想像過，手下的鑄鐵物件有什麼詩意，倒是車間窗外的香樟樹綠了又黃，黃了又綠……勞動間歇，端一張油漆斑駁的椅子，放在芭蕉樹下，背自考科目中的古詩：「昔我往矣，楊柳依依。今來我思，雨雪霏霏……」或許，一點詩心也就在那時，潛入細無聲。書香如柔化劑，軟化了鋼鐵般堅硬的勞動，翻過去的日子，不能說是活色生香的畫本，卻也是飽滿充實的記錄。

讀朱以撒的散文《等待清潔》，一個鄉間秀才，穿著短衫上山劈柴，一身大汗擔著回家，有鄰人相求要寫一幅字，秀才並不著忙，沐浴更衣後，待氣定神閑才磨墨落筆，飛龍走蛇……朱以撒在文裡稱道的是古人大把閒暇的美好時光，是文人雅士等待清潔的高潔情操，我卻從中領會到勞動和詩意結合後的精神昇華。烏申斯基曾經說過：「愉快只是幸福的伴隨現象，愉快如果不伴隨以勞動，那麼它不僅會迅速地失去價值，而且也會迅速地使人們的心靈墮落下來。」所以，我想，生活不能沒有勞動，勞動不能沒有詩意——只要你願意。

幹什麼都是好的

「前世不修，生在徽州」——一直是粗線條性格的父親，很少有溫情地回憶少年時光的時候，不記得什麼時候，父親卻意味深長地說過這句俗語。於是，這句話在我的腦海裡，就衍生出這樣的勞動場景：一群赤腳的少年，在山道上拖著長長的、青青的毛竹，毛竹們在山下被紮成竹排，沿著清澈的新安江，順流漂出大山。後來，與毛竹一起漂到各個城市的，有父親，還有父親當年的夥伴們。

城市裡的父親，回家鄉的次數屈指可數，那些辛苦勞作的場景，漸漸遠離了父親的日常生活。很難猜測，在辦公室裡撥著算盤的父親，有沒有回憶過在山上勞作的情景。第一次隨父親回鄉，我已經到了父親當年走出大山的年紀。在連綿的山窪間，在藍天白雲下，突然看到一片平展的稻田，這樣一大坪用石頭壘起的水田，有青青的秧苗在蓬勃生長，一種對勞動的敬意油然而生。

黝黑而瘦削的姑姑，無疑要比城裡的父親更勞碌，更辛苦，但很難說，她收穫時候的快樂會小於城裡人的快樂。可是，與當年父親捨棄了粉牆黛瓦、綠竹紅鵑的山居生活一樣，從徽州的老民居裡，走出越來越多的年輕人，他們沿著父輩當年走過的山道，融入山下五光十色的霓虹燈裡。

曾看見一位小有名氣的作家，在文章裡寫，每當被塵世裡的喧囂困擾的時候，都要回到家鄉去走一走，田野、草坡、野花，以及田埂上走過的長辮子姑娘，都會讓他蒙垢的心緒清朗起來。

他希望，在他煩悶的時候，家鄉的小景，家鄉的姑娘，永遠會在這裡……看到此，不由腹誹，文人，真是敏感又自私，自己享受了城市的繁華，偏要讓別人在日漸寂寥的鄉村生活。但轉念又想，在高山的稻田下，我不也一樣沉浸於山野之美，而忽視了姑姑那滿臉的汗水？究竟，怎樣的勞動才是富足又美好的？

　　因了對王小波雜文的喜歡，這幾年，在胡思亂想一些問題的時候，總要想到——王小波是如何看待這個問題的？在《工作與人生》中，王小波告訴我們：「幹什麼都是好的；但要幹出個樣子來，這才是人的價值和尊嚴所在。」

　　因為時世、因為機遇，人們所從事的未必是自己所喜歡的工作，但若是把工作當成受罪，那就失去了快樂最主要的源泉，人生態度也會因此變得灰暗……很巧合，當下熱播的一部電視劇《當家的女人》，剛好是王小波這句話的一個佐證。劇中的女主角菊香，錯過了做城裡人的機會，在劇中經歷了種種挫折的她，依然以激情洋溢的生活態度，在那片貧瘠的黃土地上，建立起豐足理想的農村新生活。「幹什麼都是好的。」這句話從小處說，決定了你的生活快樂指數，從大處說，它也決定了我們生存環境的和諧。

寫好千字文

文友說，她之所以寫作，是因為喜歡寫，寫的時候有快樂的感覺。反省一下自己，似乎在敲字的時候並沒有快樂的感覺，很早的時候，看到自己的文字變成鉛字是快樂的，而做了近十年的所謂記者編輯後，變成鉛字後的快樂感覺愈發淡了，相反的是，見報後自己都不敢再看。那麼，唯一一點快樂就是拿到稿費了，雖然少，但還是很開心的，說寫文章全是為了錢這不全是真的，但有錢更好，誰會拒絕錢呢？

但，我們的寫作全都是為了那些許的稿費嗎？顯然不是，即使沒有稿費，我們依然會寫，像過去在論壇上寫。我一直認為，過去論壇上的朋友，有許多人更具寫作的天分，但他們拒絕為他人、為稿費寫作，不願意把自己的思緒框在報紙需要的範本裡。出於自己的職業習慣，我很適應這樣的妥協，我知道報紙的副刊需要什麼樣文章。我能在一千字的時候戛然而止──想長也長不了。

有個論壇，那裡匯集的幾乎是全部為了稿費而寫作的人，他們每天不斷地轟炸全國各地的副刊編輯的郵箱，曾經有個朋友驕傲地告訴我，這個論壇的文友佔據了全國副刊的半壁江山，他們自己也默認了業內對他們非主流寫手的定義，他們寫出了許多明眼人一眼就可以看出的虛構文章，報紙需要什麼他們就寫什麼，文章裡總有點小故事，總有點小感悟，如果不是職業寫手，誰能天天有那些奇遇？誰能天天有那麼多想法呢？但他們都是些聰明人，其中也有些佼佼者闖出了自己的路。

　　本能上，我希望自己能區別於這些職業寫手，希望能給寫作戴上一頂高尚點的帽子，不是為寫而寫、混點稿費。雖然在細節上學會了虛擬、模糊，但我還是遵循著散文隨筆不要虛構的原則。但在我，一個在生活中還算膽小謹慎的人，是不大敢把自己的所作所為寫出來任人評說，況且，即使敢寫，閱歷也有限。那麼，路就越走越窄，越寫越脫離生活了。

　　史鐵生、王小波都思索過為什麼寫作，如何寫作這個問題，我是個小人物，聒噪文學，絮叨寫作，實在是很令人羞愧的事情。而且，寫作對我而言未必是件快樂的事情，我經常拒絕進入寫作的狀態。但人在業餘時間總要有點愛好，或打麻將、或跳舞、或園藝……而我的業餘愛好就是看書寫字聽音樂，看起來有點往自己臉上貼金，但事實如此，也沒什麼好迴避的了。

　　確定了寫作在人生存在的合理性，下一步要解決的是怎麼寫，寫什麼的問題。周圍有一百個人，就有一百個寫作態度，為自己寫，為讀者寫，是其中分歧比較大的問題。文友的觀點是——我用我筆寫我心，冷暖自知就可以了，能有知音讀懂更好。但我一直認為如果是為報紙寫千字文的話，一是要通俗易懂，二是要傳播資訊，畢竟報紙是速食文學，好看、容易消化為上。也有老師不屑千字文這樣的文體，我想依他們的實力，寫點有分量的精品長文是沒錯的，但作為雜誌散文這樣的純文學，在中國，在現代，還有多少讀者？還有多少市場呢？報紙較為雜誌，更接近百姓，寫好千字文，於社會傳播思想和知識方面而言，多少還有點現實意義。

　　最後一點困惑的是，寫成什麼樣？能寫到什麼程度？有時候，在博客的鏈結上轉來轉去，真的有絕望的感覺——那麼多寫

作的人，那麼多寫得好的人，而且，如此這般，他們也還未能超越中外經典文章的高度。真的懷疑自己有沒有寫作的天分，還有沒有必要寫下去。

去年夏天登九華山的時候，一貫缺乏運動的我，居然順利到達山頂，同伴們都氣喘吁吁，而我卻氣息平靜，他們不知道，每登上一級石梯，我都會念一句：阿彌陀佛！現在想來，未必是菩薩保佑我，而是我在攀登的時候，用氣均勻，不緩不急，平靜專注，不去想上面還有多少臺階，只管一步一句踏步上前，總能到達朝聖的目的地。

用誰的酒杯倒自己的酒

　　文友「青青李子」在新浪博客上寫了篇博文，題目很搶眼，「二〇〇七年十大美女作家」，圖文並茂，結果被推薦到新浪首頁，一下子就點擊上萬、回帖上千。這邊廂，網友有讚的、有罵的，有看美女作家玉腿的，有批美女作家抄襲的；那邊廂，策劃這一鬧劇的「青青李子」沒事偷著樂──好歹也在全網民前混了個臉熟。而這女作家排行榜，就如他自己所說，不比女作家實力，只看女作家姿色，純屬娛樂大眾。文學，在當今許多時候，早就扮不成居高臨下教導大眾的角色了。中國作協會員趙麗華寫梨花體詩了，只要會敲回車鍵，誰都可以當詩人；腦癱美女寫手安意如出幾本書了，只要會抄會編，誰都可以當暢銷作家……

　　生活裡，幾個女友經常在一起小聚，雖然都喜歡文字，但絕口不提寫作，以言必及張愛玲、紅樓夢為恥。平心而論，我也認為這樣的交往更為正常，如果幾個女人開口巴爾扎克，閉口村上春樹，有點嚇人。與張愛玲「出名要趁早」的大膽相比，女友們似乎都是淡泊名利的淑女，沒有「好風憑藉力，送我上青天」的野心。平日裡，寫點心情文字調節情緒，寫點時尚文章賺點稿費，寫作於我們而言，首先是自身的怡然與快樂。王小波也贊同：寫作要寫到有趣為至。只是我想，他說的有趣應該是大眾感到有趣，而不僅是個人的自娛。

　　曾經看過巫昂、畫眉等女子的文章，大膽，潑辣，她們不憚於世人的目光與評判，她們有自己的為文主張與道德底線，只

是這樣的寫法，讀起來痛快，但過於刺激，容易讓人產生疲憊。而毛尖、潔塵、錢紅麗、閆紅這些專欄女作家，另闢了一種受市場歡迎的寫作方式。潔塵曾經說：「我的創作就是建立在書本影像上的二度創作。我這個人經歷單薄，題材狹窄，而且我也不願意將自己的經歷與人分享，實際上我的創作就是一個轉換，借他人的酒杯倒我自己的酒。」很妙的比喻，於是，有了毛尖的《慢慢微笑》，有了潔塵的《日本耳語》，有了錢紅麗的《詩經別意》，有了閆紅的《誤讀紅樓》。蕪湖的女性寫手，大多是羞於將自己暴露在眾目睽睽之下的，那麼，我們準備用誰的酒杯倒自己的酒呢？

　　當代中國女作家，還是有很多敢於用自己的酒杯倒自己的酒的。讀方方的《萬箭穿心》、遲子建的《親親土豆》，讓我寫起了西德女作家安娜對魯迅的評價：「他俯拾中國那些微不足道的人物，和著涕淚，予他們生命。」也許，庸常生活本身不缺乏優秀的題材，而是要看寫作者自身有沒有足夠的勇敢，有沒有敏銳的發現，有沒有廣博的悲憫！

從「小瀋陽」走紅說起

　　春晚的小品《不差錢》，非但成就了小瀋陽，還讓趙本山的師徒們，以及東北那土掉了渣的「二人轉」成了一個國人關注的文化現象。正方反方交鋒激烈，有的說，小瀋陽不男不女，俗不可耐；有的說，《不差錢》搞笑幽默，觀眾愛看。無論哪種觀點，小瀋陽的人氣一路飆升是不爭的事實。而且，「劉老根大舞臺」也水漲船高，轉出了東北，舞進了北京，場場火爆。王蒙為此撰文，題目就是〈趙本山的「文化革命」〉。用自稱「純爺們」的小瀋陽的話來說：這是為什麼呢？

　　王蒙文中的一句話，值得深思，他說：「趙本山不僅是文藝演出現象，而且是文化體制改革的一個典型的現象。」趙本山們，用自己獨特的藝術表現方式，為普通百姓，在主流媒體上，爭得了一個表現真實自我的機會。的確，趙本山的小品，沒有人為地拔高生活中的人物，他把農民式的狡點和淳樸，忽悠到了極致。讓人們在發出會心微笑的同時，也想到自己——誰敢說你在生活裡就比臺上的人聰明？誰敢說自己沒被人忽悠過又沒忽悠過別人？我想，正因為趙本山的小品貼近生活、貼近群眾、貼近實際，才能成為十幾年來的春晚觀眾最喜歡的明星吧？

　　也有人提出，趙本山小品有局限性，「二人轉」的內容上也有不少低俗之處。觀眾除了開懷大笑之外，還需要其他更高層次的精神需求和更有品位的藝術享受，這對於有志創作的文學愛好者來說，無疑是提供了一個比「劉老根舞臺」更大的舞臺。

　　曾經，文友們為純文學市場的萎縮而憂心，為文學是大眾還是小眾的而爭辯。靜思這個問題，也許，我們應該在內心問一問：我們究竟為什麼而寫？究竟寫給誰看？

　　三十年前創刊的《讀書》雜誌，是一本「以書為中心的思想文化評論刊物」，這樣一本精英讀物，將刊物的讀者對象固定為：讀書界中級以上的知識份子。我想《讀書》之所以三十年來在出版物裡獨樹一幟，與其準確的定位、鮮明的特色不無關係。這，也給了我們一種啟示：如果，我們是給報紙寫千字文，就要考慮到在快節奏的現代生活下，讀者更適合看的是什麼內容、多少字數的稿件？也許，短平快、小而精的文章，更能適合資訊大爆炸時代的讀者需求。正因為如此，報紙副刊上，出現了段子、筆記、博客、心情等較於報紙傳統副刊更活潑、更通俗的文字，滿足各類讀者的不同閱讀需求。

　　我們曾經擔憂，在大眾通俗文學大行其道的同時，小眾的純文學會不會淹沒在商業大潮當中。一個寫作者，到底是應該做人類靈魂工程師？還是應該做一個文字匠人？我們在習文之初，不是堅信魯迅的寫作理念——能宣彼妙音，傳其靈覺，以美善吾人之性情，崇大吾人之思理者嗎？難道那些速食文學就能替代我們的文學理想嗎？

　　茅盾文學獎的得主麥家曾經說：「今天，文學的艱難和寂寞令人沮喪，文學的力量已經降到最低點，人們必須彎下腰，跪下來，趴下來，才能感受到文學微弱的力量。」如果說，目前的狀況，讓當代的文學的中堅力量都感到沮喪的話，他的長篇小說《暗算》改編電視劇的成功，會不會給我們一個啟發：隨著時代的發展，文學作品的形式也會隨之產生一場變革。

　　楚辭、漢賦、唐詩、宋詞、元曲、明清小說，到了當代，也許，影視作品會以其更為豐富的表現形式、更為直接的視聽表達，達到一個創作和收穫的巔峰。

　　對於舞臺和螢幕來說，以人為本，就是以觀眾為本。在當下的時代背景下，在特定的文化氛圍裡，為觀眾提供最喜聞樂見的文藝作品。《潛伏》在各大電視臺的熱播，創造了中國影視業的一個奇蹟。一部歌頌地下黨的主旋律作品，既做到了寓教於樂，又做到了深入人心……前段時間在蕪湖上映的《南京南京》，將一個在螢幕上出現過多少次的抗日題材，拍出了新意，引發了人們對戰爭更深層次的思考，在國內外引起轟動。還有《我的團長我的團》、《士兵突擊》等，這些影視劇，不正是以觀眾為本，滿足了最廣大人民群眾精神文化需求，隨著時代發展而創作出的優秀作品嗎？

　　影視作品如此，文學作品也是如此。滋潤我們心靈的文字，永遠會有它的一片天空。影視劇有他的粉絲團；《讀者》、《知音》有他的擁躉者；《散文》和《小說月報》肯定也有他的讀者群。各種文學作品各有各的受眾，各有各的趣味，相容發展，並行不悖。這猶如觀眾需要通俗的趙本山小品，也需要高雅的郎朗鋼琴音樂會，道理是一樣一樣的。

點火燃冰的李銀河

　　李銀河的博客關閉了評論功能！這位王小波的遺孀提出了一些關於性觀念的驚世駭俗的言論後，快要被中國人的口水淹死了。其最新發佈的博客內容多少顯得有些悲壯、落寞與無奈：「雖千萬人，吾往矣……」

　　失去了王小波光芒照耀的李銀河，就像月亮失去了太陽——黯然無光。即使是王小波門下的走狗們，看著李銀河沒有章法、沒有鋪墊、沒有邏輯急匆匆拋出的一系列衝擊中國當代性觀念的種種言論，也是欲助無門，何況這些人自己未必同意李銀河的觀念。李銀河對於「多邊戀」、「一夜情」等敏感問題所持的肯定態度缺乏科學的論證和可信的說服力，按中國目前的性觀念發展的速度，這些應該局限於學術研究而非向大眾普及。最近，廣東一位女學者名叫魯英的，就公開「叫板」李銀河，魯英說「我贊成觀點的多元交鋒，但反對某些學者、知名人士或權威直接通過互聯網及其他方式，將聚眾淫亂罪過時、賣淫嫖娼非罪化、一夜情沒有問題等有爭議性的觀點向社會傳播。」魯英甚至將此上升到法律的高度——「李銀河的一些觀點，已不是衝擊國人的觀念的問題，而是挑戰法律。」如果說魯英的反擊還是學術界的質疑，另一位教授的話就更直白，他說，如果誰教導我的女兒「聚會淫亂」是合法的，符合人倫的，我用大嘴巴抽她。雖然此教授多少曲解了李銀河的原意，但是更能代表當下中國人對於性觀念的心態。

　　李銀河欲拾起王小波留下的長矛，呼嘯著向中國傳統性觀念這龐大的風車衝去，只是，她的力量是那麼的微小，在這塊堅冰面前，她的努力就像點燃了一根火柴，那麼微弱。事實上，王小波自己對於性的觀念還沒有成熟，他的許多理論的基礎來源於羅素，而羅素的一些理論在西方也受到了抵制。但至少王小波已經形成了這樣一個基本的觀點，那就是：性，就是人類活動的一部分，是人類人為地給它穿上了淫穢、神祕等外衣，他筆下的王二性史也在力圖使人們回歸性的本來面目。這需要多少年的努力才能讓世人接受？況且，王小波並非簡單地肯定「一夜情」和否定「一夫一妻制」，他比李銀河知道，中國多少年來形成的性道德和倫理對社會秩序所起的穩定作用也是不言而喻的，人性在大多數時候都不可能被無條件彰顯。

　　向中國性觀念舉起火柴的並非李銀河一人，無論是有意識的還是無意識的，這些人所做的事情，都是在撼動中國性觀念的根基。比如賈平凹《廢都》裡的那些方框，比如衛慧的《上海寶貝》，比如木子美的《遺情書》，無論世人是鄙視還是譴責，我們所能看到的是，這些文字與它的主人們已經公然地出現了。對於中國人形成什麼樣的性觀念是合法、合適的，社會與時間自然會給出答案。李銀河與其拋出那幾條貌似前衛的口號式的性開放觀點，還不如一心歸門裡，安心做些系統性研究，或者創造一個「王二」式的人物，讓王小波這個中國文化符號式人物的作用慢慢深入人心。

河莉秀觸動了國人的哪根神經

　　河莉秀，韓國明星，一個美豔不可方物的絕色尤物。世界上美女太多了，可是，像她這樣的變性美女實在是絕無僅有。河莉秀二○○一年進軍娛樂圈，憑藉著比女人還美麗的臉龐，比女人還性感的身材，比女人還嫵媚的舉止迅速走紅。

　　前段時間有媒體報導，河莉秀前經紀人陳孝志指控河莉秀歧視華人，說河莉秀在臺灣演出期間，不願吃中國菜，還批評說：「這是人吃的菜嗎？」對於陳孝志的曝料，河莉秀的韓方經紀人文熙雲出面否認沒有這回事，並怒斥陳孝志做人不厚道。

　　我搜遍網路，沒有見到有其他說法的報導見諸於紙媒和網媒，大約事件的前因後果無非如此。但就這一句「這是人吃的菜嗎？」在網路上掀起了軒然大波，河莉秀歧視華人的報導頓時比目皆是。

　　在就事說事之前，我得事先聲明一下我是中國人。但河莉秀說中國菜不是人吃的菜，我生氣嗎？我的回答是不。為什麼？因為我有底氣，套一句葛優在《夜宴》裡的臺詞：「我泱泱大國，擁有八大菜系……」再說，河莉秀也並非在公開場合下詆毀我們的食品，看情形也不過是私下裡的一聲抱怨。就如我們到外國吃三成熟的牛排，切到血水直冒之時，低聲對朋友抱怨一句：這是人吃的菜嗎？外國人不會因為中國人的不習慣而改變飲食習慣，而我們的一些中國人為什麼對河莉秀的一句話那麼在意而敏感呢？況且網路留言回帖中的部分謾罵與人身攻擊，和挑起爭端的那句話相比，有過之無不及。

　　過度的敏感顯示的是不自知的自卑。對於別人的鄙視，我們應該用行動和實力告訴他們：是他們錯了！在許多事件上，我們表現的強烈自尊實質上是骨子裡的自卑，而反應過度的種種表現讓人感覺到我們的心虛。我不想一一列舉我們許多徒逞口舌之快的言論舉止。有時候我看到許多高級知識份子做出的小兒科舉動都感覺好笑，就如被隔壁鄰居打了一頓，回家跳腳大罵：我給兒子打了一頓，幾百年前他是豬變的……

　　如果你能認為柏楊寫《醜陋的中國人》的時候，心裡跳動的是一顆中國心的時候，那麼請不要懷疑我的血是熱的。再說一句扯遠了的話，當你看到八十歲老夫妻在公交車上吊在扶手上晃悠，滿車壯年中國男人無人讓位的時候，你的心裡是什麼感覺？站起來！別為中國人蒙羞！

肥姐沈殿霞，福相也薄命

　　港星沈殿霞，人稱肥姐，胖呼呼，圓滾滾，是我們中國人所喜歡的喜興長相。只可惜最近染病不起，關於其病情的消息鋪天蓋地，從膽管炎到肝癌，各方猜測很多，最新爆料稱，沈殿霞的癌細胞已擴散到胰臟，被疑患上胰臟癌。而身體虛弱的她已經難以承受另一次手術，在病床前向前夫鄭少秋託孤，希望他照顧好女兒鄭欣宜。讀此消息，令人唏噓不已。

　　此外，關於肥姐的另一個消息也把文娛圈鬧得沸沸揚揚。香港某八卦週刊一名副總編輯，指使家傭潛入病房，偷拍了肥姐在病床上的照片，引起香港藝人的共怒。據說，該編輯目前已被暫停職務，而涉事傭人已經被捕，進入法律程序，該週刊已經向肥姐道歉。

　　先說說關於週刊偷拍一事，被停職務的副總編輯，明眼人一看便知是「替罪羊」而已。稍知紙媒運作常識的人都知道，一本雜誌的發行，不會是這一位副總決策，而一個八卦雜誌的定位是早已確定，只是，這一次，他們走得遠了一點，對一位人們喜愛的藝人病容曝光，與曝光某人的緋聞或者女星的裸體相比，不但是無聊下作而且是無恥了。只是，有這樣一種八卦媒體存在且熱銷，其背後的市場支撐是什麼？不言而喻，是人們的好奇心和窺私欲。刊登女明星換衣露點照的雜誌銷售一空便是明證。該招人怒罵的八卦雜誌說白了是充當了公眾窺私欲的替罪羊而已。就如古人所說，君子遠庖廚，君子我要當，肉我要吃，讓廚子當小人

去吧。所以，單純的譴責八卦雜誌是不夠的，我們每個人都要自省內心，如何把娛樂建立在一個既不能傷害他人也能開心自己的範圍內。

　　再說說肥姐的婚姻，做為公眾人物，她與鄭少秋的婚姻也算是藝壇傳奇。在風流倜儻、玉樹臨風的鄭少秋遭遇失戀以後，她與他結合了，既而有了愛女鄭欣宜。只是，這段婚姻維持不久，秋官就另有所愛，與肥姐離婚了。可以想像肥姐婚姻解體的心情，但是，她的一腔愛心終究還是由沸騰轉為平靜，與前夫處成了朋友，這也是無奈的但也是唯一的正確的路。肥姐在晚會上，在電影裡，插科打諢，逗人大笑，內心是快樂的嗎？即使喜歡肥姐的人也不得不承認，肥姐的外在形象與秋官是不太相配的，在事業方面肥姐也沒有高出秋官一籌。婚姻或者感情也許就是那麼現實，就像人說的，才子配佳人，富翁找美女……總之，婚姻的天平兩邊的平衡要有感情、容貌、才學、財力、權力等等做砝碼，如果有一邊沒有砝碼可以加了，天平失去平衡了，婚姻也就岌岌可危了。

二

美食人生

但喜紅椒一味辛

初夏的田塍地頭，紅的、綠的辣椒掛在小小的綠稞稞上，夾著星點的小白花，熱熱鬧鬧的，像是在給季節放一掛掛無聲的鞭炮。紅紅的乾辣椒串掛在牆上，簡直是一幅鄉俗的裝飾畫，如果再放上一曲宋祖英的「辣妹子」，那火紅、淳樸的農家日子就更夠味了。

曾經，在近郊租房居住。一日房東家修廚房，請來一群工匠，中午的時候，工匠們在院子裡支起了「缸缸灶」，先炒菜，滿滿一臉盆辣椒炒臭乾子，再燜飯，一鍋雪白的米飯。只一菜一飯，師傅們吃的哪個香啊。回家模仿，蒜塊熗鍋，熱油倒入辣椒、臭乾絲，翻炒幾下，灑鹽出鍋，味道雖也不錯，卻吃不出師傅們的那個歡快勁來，倒不如自家炒的「辣椒瘋子」受歡迎。「辣椒瘋子」，顧名思義就是用熱油把辣椒爆軟炒瘋，但依然青脆。只宜選那種新鮮薄皮青椒，烹少許醬油糖醋，也可加點蒜蓉醬，甜酸辣鹹，很下飯，是江南本色的辣椒吃法。在辣椒裡塞肉，或者加上一點肉片，味道也好，和素炒辣椒相比，是樸素村姑和小家碧玉之別。

記得小時候，紅辣椒大量上市的季節，家中總要買回一大籃，不下水洗，只用乾淨濕布抹乾淨，用剪刀剪成小方片，加拍碎的蒜子瓣曝醃，兩日後就能吃了，脆辣鹹鮮，生吃、配菜皆宜。也有拿桶去磨水辣椒的，過去有人用電磨專為人加工，收取

加工費。水辣椒磨好後，裝到罐頭瓶裡，用麻油封口，能吃到春節。現在不知道為什麼很少見人操持了，估計有現成的可買。

阿香婆辣醬、天津蒜蓉辣醬、胡玉美蠶豆醬都是江南人家廚房裡的常用作料，其實紅椒辣醬味道本真，也值得一試。一是做剁椒魚頭，鮮活的胖頭魚頭，拾掇乾淨，用鹽、酒、蔥、薑、蒜、味精醃二十分鐘，放入瓷盆，加少許豬油，再倒入一整瓶辣醬，入鍋蒸二十分鐘，喧騰出鍋，其味比正宗湖南菜館不差些。二是做千里飄香，只需在臭鹹菜裡倒入半瓶辣醬，加香油蒸，此菜若是上桌，其他百味都退避三舍，太鮮。

古今都沒有寫辣椒而傳世的名作，連蘇東坡都沒寫過——宋代沒有辣椒。辣椒就成了一個很尷尬的角色，沒有光環，沒有文化，甚至連草根都算不上，是個沒有根基的移民。辣椒明代傳入中國時，被當成觀賞的花兒。直到清朝，不知道哪個膽大的草民，第一個把它當成下飯的小菜，於是才有文廷式的這句：「堆盤買得迎年菜，但喜紅椒一味辛。」這辛辣的紅椒，一下子就把平素清淡的日子提出味來，對庸常人生，有勵志的作用。

茼蒿的馬甲

　　也就是近兩年，突然對茼蒿百吃不厭。用新新人類的辭彙形容，是狂喜歡。狂喜歡，說起來痛快，淋漓盡致的。但寫在紙上，就少了一種清淡平和的從容。咂摸茼蒿味道的那個過程，就像是窮書生，面對天地萬物碧水青草，都能心生喜歡——多少有點苦中作樂的意思。

　　說是「百吃不厭」是誇張，一季，也就那麼三五回能在菜場看到茼蒿，且是農婦們挎在小菜籃裡賣，可見當下吃茼蒿的人不多，種的人就少。非我矯情，在口感上，我感覺茼蒿的滋味是有層次的，入口，先是一種淡淡的菜蔬清香，淡到在舌尖上轉瞬即逝，馬上就轉到另一種清苦，像藥味，又像菊香，而最後一種味道才是茼蒿的真正美妙之處，伴著新鮮蔬菜的天然爽脆，一種若有若無的甘甜，將茼蒿的滋味來一個完美收梢。索性往擬人裡比，茼蒿的清香就好比一個人隱忍的憂傷，收著，斂著，竟然獨闢蹊徑，釀成一種獨特的芬芳來。

　　據說，茼蒿裡有一種辛香的揮發油，所以，無論是它的菊香，還是它的藥味，都是有來由的。年輕的時候，從來都是無肉不歡，到了中年，才終於知道綠色蔬菜的好，不止這茼蒿，還有豌豆苗、馬蘭頭、菊花腦、苜蓿頭……看起來碧綠養眼，吃起來清心爽口，總要在人世間的風風雨雨中走過幾遭，才能領略鄉野田間的本色味道吧？

吃茼蒿，最本色方法的是清炒，熱油下鍋，除了一小撮白鹽，什麼都不用放，只讓那味蕾與茼蒿的辛香抵死纏綿；也可用汪曾祺「堆寶塔」的辦法涼拌：茼蒿洗淨，在滾開水中焯過，擠乾菜汁，攢成寶塔形，從塔尖淋入麻油、鹽、醋，推倒，拌勻，這樣的涼拌菜，借的是植物天然的清香，用菠菜、薺菜來拌也同樣美味。還有一回，買回的茼蒿碧綠粉嫩，手碰到菜莖都會折斷，突發奇想，像燙小青菜一樣，把生茼蒿撤入燒滾的排骨湯裡，茼蒿在肉湯裡打一滾，頓時柔成一團，像一個俏女子碰到了心儀的人，頓時被降服軟化了，只是那脆生生的質感，還依然保留著，吃起來真是妙不可言。

城市生活刻板規律，原本沒有多少閑雲野鶴的意趣，也就能在這飲食閒話裡找點樂子了。寫蔬菜，喜歡追根刨底，這茼蒿的前世今生自然要弄個明白。

說來慚愧，我從沒看到過茼蒿長在地裡的模樣，資料上雲茼蒿即蓬蒿，實在難把這兩種植物聯繫在一起，作為菜蔬的茼蒿，小巧玲瓏，而蓬蒿在想像中，是如蘆葦那般高大的根莖植物，蓬蒿是賤的，要不李白怎麼說自己不是蓬蒿人呢？

年邁的婆婆說起野史，可是一套套的，有著民間的大智慧。婆婆說了，「茼蒿它是鬼，炒出來全是水。」聽起來挺押韻的是吧？關於這茼蒿縮頭大，還有個民間故事。話說在某處鄉間，有個小媳婦，下地剪了一籃子茼蒿，下鍋一炒，居然只有小小一碗，被粗魯的丈夫當成貪吃婆，狠狠揍了一頓，這一頓頓地打下來，茼蒿就有了個俚俗村氣的別名——打老婆菜。除此，鄉民們又把茼蒿叫作「無盡菜」，因為採茼蒿只摘頂尖的嫩葉，新芽生發處又可採摘，無窮無盡。

　　索性就把茼蒿的馬甲一網打盡了吧，居然還有把茼蒿稱「皇帝菜」的，說是在古代，茼蒿為宮廷佳餚，只有皇帝能吃，因此得名。此說缺乏有力的依據，茼蒿之名始見於唐代，蘇東坡曾有「漸覺東風料峭寒，青蒿黃韭試春盤」之句，這青蒿說的就是茼蒿，說明了早在宋朝，做為春盤裡的主打菜，茼蒿早就發滿了鄉野壟頭。

　　湘西現在還有清明節吃茼蒿飯的習俗，這習俗的來龍去脈也不可考，也許，只是農耕時代對植物的一種尊敬，民間樸素的約定俗成自有一種源遠流長的魅力。

　　其實，我最喜歡茼蒿的這個名字──「同好」，有茫茫綠野，歲月靜好的感覺。就如陸游詩云：「小園五畝翦蓬蒿，便覺人跡間可逃。」這翠綠的茼蒿竟能安放下那樣一顆激昂狂放的心，可見這世上的一草一莖，對人類都是那麼有情有意啊。

春日滋味

今春有口福，已經吃過幾次野菜了，以馬蘭頭為多。現在人，吃野菜，寫野菜，似乎都帶了城裡人幾分矯情的味道。但是，野菜的確好吃，除了用清香四溢、唇齒留香這些用濫的詞來形容，我想不出更好更適當的。我覺得野菜有個共同的特點，那就是清香，有嚼勁。吃野菜的時候，我覺得我是隻快樂的兔子。

有人說，吃春，吃的是甦醒的味覺，冬季最宜醃味、臘味、漬味；到了大地回春就要換上鮮味、清味、原味。想想，還真是這個理。

馬蘭頭切碎涼拌，加香乾也好，加豆腐皮也好，都是至味。只是拌好的馬蘭頭雖然味道不錯，但顏色發黑，找來談老師的書對照，原來要用涼水過一遍，依法操作，果然青綠了些。馬蘭頭也可以下油鍋炒，香香的，頗有吃頭，但多少沾了點俗世的煙火，將來自原野的本真味道折了一半。薺菜加肉餡最宜包餃子，入口清香、滋味鮮美，在我看來，所有餡料的餃子裡，薺菜第一。只是，這薺菜的個頭，比馬蘭頭還小，挑揀起來麻煩無比，想想都發怵，只有買現成的吃。小菜場有對夫妻專包水餃出賣，新鮮，味美，價廉。陽春三月，他們會在門上貼個紅紙黑字的小告示：薺菜上市。讓人無端想像，春天就在薺菜的捲裏下，重回人間。

苜蓿也吃過幾回，味道是別一種清甜，莖細，彷彿是野菜家族的小家碧玉，弱不禁風，難侍候，炒起來要多油，也可以放

糖。那日看見路邊一農婦守著一籃苜蓿，隨口一問，她說只要
兩塊錢，這要花多少功夫才能掐出來？買回來吃不掉，放到第
二天就老了。有同事說，那苜蓿頭是用鐮刀一把把割的，原來
如此。香椿頭是遊俠，棲息在樹上頭，切碎了炒雞蛋，有一種
奇異的香味，有人愛極，有人不喜。父親早些年，總要在香椿
頭上市的時候買上好多把，用開水燙了曬乾，切碎加肉餡做徽
州粿吃。曬乾的香椿頭內斂，要在細嚼慢嚥之下才慢慢釋放出
香味來。

　　閒逛菜市，偶有新發現。那天，看到了一叢叢新鮮豌豆苗，
青撲撲的，直接下在火鍋裡，吃起來有絲絲青澀，剛好解了暴戾
的辣氣與火氣。蕨菜，貌不驚人，總感覺拿這毛茸茸的小棍棍沒
辦法，不知道怎麼去掉它的苦澀，所以只在飯店裡吃過，清爽可
口，有春風和溪水的味道。

　　世人都說汪曾祺老先生寫文灑脫，可他有時候也有點絮叨，
像鄰家廚藝不錯，又有點顯擺的大爺。光是涼拌薺菜和涼拌楊花
蘿蔔我就看他寫過兩回。我一直納悶，他拌薺菜，為什麼要把開
水燙過的薺菜，擠乾水份攢成寶塔形，據他說，要從塔尖淋下麻
油，然後，把菜推到拌上鹽、味精等作料，估計可以更入味。我
一直沒嘗試過這樣的作法，嫌麻煩。

　　吃野菜，是得有足夠的耐心，還要有灑脫的閒心。買回野
菜，挑揀，是個費功夫的活兒。一盆青翠，不是花幾塊錢就能搞
定的，先一棵棵地摘除黃葉、去掉老莖，再一遍遍地淘洗乾淨。
這過程可以有雙向性的結果——若是浮躁，越挑越煩，何時能
完？性急的人能從頭頂冒出火來；但若是有了足夠的思想準備，
大可將此作為一次耐心的歷練，像敲木魚，或者拈佛珠，不急不緩

的，總有揀完的時候。世間的事情許多也是如此，心態決定一切。平常人的平常日子，就像擁有半杯水，既是半空，也是半滿，吃幾回野菜，嚐嚐春日滋味，不也是享受半滿的幸福人生嗎？

「膾炙人口」跳水魚

晚飯有一碟清蒸鯿魚，肉嫩味鮮，只是有太多的細刺，要想享用這條魚，得有繡花的工夫。終於無奈，半嚼半嚥，也算暴殄天物。

住在江邊，小城又多湖泊溝汊，但家常吃魚的品種還是有限，鯽魚、鯿魚、胖頭魚而已，鱸魚、鱖魚也有，貴且不說，菜市上還很難看到形蹤，估計是讓酒店收去了的緣故。

作家阿成出了本書，叫《饞鬼日記》，東北人幹事實在，不搞花架子，一篇篇寫食文字，從頭到尾連在一起，連留白都沒有。他寫過一篇「煞生魚」，記的是在黑龍江烏蘇里吃魚的情形。據阿成寫，「煞生魚」就是古代宮廷名菜「鮮鯉之膾」。唐代《西陽雜俎》有記，當時製魚膾的高手切下的魚片，能隨風飄舞。再看阿成寫「煞生魚」——鮮活的大鯉魚，活蹦亂跳地從水池裡撈出來，被店主老侯按住魚頭，手腳麻利地片肉切絲，用醋一煞，魚絲竟然還在盤中蠕動，現摘頂花帶刺的黃瓜，洗淨切絲，放進魚盆裡，再加上辣椒末、香菜末、蒜末、鹽等，虎虎生風地一拌，妥了。「天媽，太好吃了，給個處長、局長都不做啊。」

「膾」無緣吃過，但也有一次有意趣的吃魚經歷。

記得那是夏天，女友請我們去吃魚。一行人來到東郊，兜兜轉轉找到地方，下車一看，一溜邊的簡易房，幾張原色的方桌，一色的長條板凳，吊扇在頭頂上呼拉拉地轉，老闆娘胸門口掛著

個小黑包過來，收了錢就讓我們等著。一等不來，二等不來，我不耐煩了，轉到他們的廚房去打探情況。

　　廚房沿牆砌了個大池子，養了許多條胖頭魚，只見廚師舉著大斧頭，一條活蹦亂跳的大魚到他手上，一斧子就劈開了頭，然後刮鱗剁塊。一盆盆魚塊先是用豆粉作料拌過後，在油鍋裡汆一下，然後再倒進一口碩大無比的鍋裡，用大火燉著，廚師們把整籃的紅朝天椒和不知道名字的香料往鍋裡倒，頓時香氣就繚繞開了，外面坐著的吃客一撥撥來催，廚子們不為所動，穩如泰山地看著那大鍋裡的魚咕嘟咕嘟滾了好長時間，這才揭開鍋蓋說，好了！

　　這裡裝魚用的是鋁臉盆，筷子就跟毛竹似的，毛拉拉地扎手。店裡除了魚以外沒有別的菜，你就專心致志喝著啤酒吃魚吧。嚐一塊滾燙的魚，滑、嫩、鮮、香、辣，一種沒有沾染匠氣的野性味道在心中蔓延，你可以把這裡想像成鄉間的茅草屋，屋外是一望無邊的青紗帳，還有一面湖水……

重陽百事「糕」

據說的是，重陽要吃糕。重陽糕什麼模樣，什麼滋味，沒見過，也沒吃過。只在吳自牧的《夢粱錄》讀過：以糖麵蒸糕，糕上嵌豬肉絲、羊肉絲、鴨肉丁。不由亂想，這又甜又鹹的會好吃嗎？記不得在哪本書上看過，古人會在重陽那天，把花糕切成薄片，貼到小兒女的額上，口中念念有詞，祝願子女百事俱高。還有人會在糕上插小彩旗，寓意已經登高望遠。非常詩意，既有意趣，又有想像力。一年三百六十五天，因為有了這些與眾不同的節日，也因為有了這些鄭重其事的約定，日子，彷彿過得更有韻味。

重陽，也就是在近年才又成為節日——敬老節，重陽糕更是失蹤了許多年，找回來的也面目全非。所以，有人就說，凡是在重陽節吃的糕都算重陽糕。散文家車前子曾經用糕名為題——〈橘紅糕海棠糕脂油糕黃糕松糕桂花白糖條糕薄荷糕蜂糕定勝糕糖年糕水磨年糕扁豆糕〉，題名之長，讓人歎為觀止。糕的品種之多，也見車前子「南糕北餅」的結論不罔。車前子的家鄉在蘇州，和蕪湖一樣是江南魚米之鄉，兩地的許多食俗極為相似。

蕪湖人吃糕，以方片糕最為家常。這方片糕倒是沒被車前子列入題名，沒列入的還有不少，比如綠豆糕、玉帶糕、梅花糕等等。記得小時候，方片糕只在過年才有得吃，以涇縣產的最佳。白紙印著雙喜字的長紙包，拆開，撕一片，對著光照，像白紙一樣薄，像雪花一樣細，軟軟的，綿綿的，甜甜的，入口即化。現

在，很少能吃到這麼細軟的方片糕了，也不知道是人們的味覺變得細膩了，還是方片糕本身變得粗糙了，或者，二者兼而有之。現在的蕪湖人，迎娶送嫁、喬遷租房，都還講究送條方片糕，取其諧音「高」來「高」去。

比方片糕略講究些的是玉帶糕，糕麵上嵌著些松籽仁、核桃仁、青梅片，中間鑲著黑芝麻粉做的邊，像是人繫著腰帶。古人都是詩人，懂得意象，所以這糕才叫玉帶糕的吧？梅花糕，也是「題」上無名，也許是蘇州沒有。蕪湖花園街、福祿商城都有得賣。簡易粗糙的煤炭爐，手工製作的做糕工具，將和好的麵糊倒進模具裡，再加入紅豆沙，入爐烘烤，出爐後，糕成梅花形，皮薄香脆，滾燙的豆沙又甜又糯……還有甄子糕，純白細米粉，填入酒杯狀的木頭器皿裡，灑白糖、黑芝麻粉，刮平，放在爐子上的一個蒸汽口上蒸熟，用一根尖尖的鐵針一頂，一個小酒杯狀的甄子糕就好了，喧騰熱香，最宜老人和小孩。

中國人喜歡說：人往高處走，水往低處流。老百姓對糕裡注入的這點點心思，樸素又綿長。

福光祿影裡的湯包

冬天的早晨，空氣清冷清冷的，行人也少。從白霧茫茫的城市中穿過去，我去趕赴一場聚會。蕪湖的大街小巷，哪裡都不缺味道鮮美的小籠湯包，熱氣騰騰地，和凡夫俗子們一起，撲進喧鬧的一天。我們到底是要去吃早點呢？還是去品味那三個字？那三個從百年時光裡走過來的字？

坐在福祿廳裡，有一種沉穩踏實的幸福感，淺淺的，彷彿日子看得見抓得著。福、祿，是塵世中人們最殷勤的期盼，因為俗到了極點，也就大雅，坦坦蕩蕩地和物欲一拍即合。沒什麼不好意思的，像墨綠織錦緞上繡著大紅牡丹，雖然顏色犯沖，但就是好看，說不出的合適。

名為喝早茶，茶卻是次而又次的配角，沒人在意是毛峰還是龍井。籠子裡的湯包被各色茶點穿插著，在我們面前旋轉。鮮紅的辣椒片、碧綠的小鹹菜、金黃的燒餅……間或，還有小碗的雞汁乾絲、蝦子麵端上來，只一筷頭，嚐嚐味道而已。輕輕夾起一個玲瓏剔透的湯包，蘸點香醋，一咬之下，竟然有湯汁飆出來，濺到雪白的臺布上。好在大家都各自斯文地吃著，沒人在意我這老江湖的失手。其實，我吃得還是浮躁，包子皮會有麥香吧？包子餡裡的蟹黃到底有多鮮呢？

歲月深處有很小的細節，不知道為什麼，會一直留著腦海裡，像電影拷貝一樣，只要被某件事觸動，就會自動重播給自己看。那年，我還是梳著沖天辮的黃毛丫頭，阿姨要帶我們去二街

吃小籠包。我們雀躍著，走過長街的青石板路。可是，我們沒趕上，到了那裡，包子已經賣完了。師傅們在打掃除，一張張板凳，翻起來架到油膩的桌子上，滿屋都是朝上的板凳腿，讓人絕望。我不記得我有沒有哭起來，但肯定是失望到了極點，要不為什麼到現在都沒忘記？

還記得，有個小夥伴叫小霞，她的父母都是飲服公司的，我們經常聚在一起聽她說和吃有關的故事：小籠包子的餡要加熬成汁的皮凍，這樣，蒸熟後包子裡才有湯。夏天，為了不讓包子變質，要在肉餡裡加蚯蚓……我們又好奇又興奮，想像著加了蚯蚓的小籠包子會不會吃死人，反正，我們也是沒機會吃的。

終於吃到小籠湯包了，是媽媽託同事送到學校裡的。也許，是單位加餐吧，要不就是誰請客。湯包什麼味道，好吃不好吃，已經完全記不得了。只知道湯包用一個搪瓷茶缸裝著，茶缸上印著鮮紅的字——為人民服務。人的記憶真是奇怪的東西，它自動取捨著，我不明白，是誰為它設置的程式？

已經是日出三竿，一大束陽光從窗子外射進來，中堂正中的福祿二字、兩邊的紅色對聯、條几上的仿古鏡屏，都在陽光下明晃晃地亮起來。突然有了片刻的恍惚——耳邊，歲月呼嘯而去。

當豬頭遇上玫瑰花

　　花卉入饌，自古有之。花入茶、花入酒、花入粥……思之清雅、觀之美豔、食之別致。菊花茶、茉莉花茶等等，在我們這江南小城是極其普通的飲品了，曾有朋友送我一小罐白梅花蕊，泡茶時放少許在杯裡，讓人無端想起寶釵的冷香丸來，這梅花茶喝起來就有些幾分意思了。

　　閑看古代飲食風情，元代有一道大俗大雅的菜，絕對讓人驚豔，不得不嘆服古人食俗的情趣與風雅。豬頭本是俗不可耐、難言風情的食物，沒有多少美感而言，古人偏把它泡在玫瑰花液裡，待花香入味，豬頭也染上嬌豔的粉紅時，再灑上細鹽，用竹籤插著放到火上炙烤。豬頭肉原本油膩膻黏，很少能登大雅之堂，當它遇上玫瑰花的時候，就彷彿一個粗鄙的莽夫，邂逅了一場溫柔的愛情，頓時變得體面起來。想來這道菜的色相口味，怎麼都不會輸給《金瓶梅》裡那一根柴禾就燉得稀爛的豬頭吧？

　　「玫瑰豬頭」估計已經失傳，即使庖廚們知曉，也懶得費這個心思，要給肉食們上色，自有現成的色素預備著，方便快捷的炮製下，味道大打折扣是不消說了，那番烹者與食者對飲食的精緻心思，在這浮躁的當下，也早就跑到爪哇國裡去了。

　　《花疏》中說，玫瑰非奇花也。然色媚而香甚，旖旎可食可佩。玫瑰以糖霜同搗收藏之，謂之玫瑰醬。說起玫瑰花入食，玫瑰花茶是最常見的，據說能美容養顏，如今也不算難得，茶葉店與超市都有賣，小小花朵抱成團，嫣紅從花尖一直淡到花萼，若

是一朵朵在玻璃杯裡慢慢泡開，浮在碧綠的清茶之上，猶如嬌豔的玫瑰在綠野裡悄悄綻放，這玫瑰花茶，即使不能養顏，起碼養眼、養心。

　　說起玫瑰花醬，倒是在江城小吃裡無意覓得芳蹤。安師大東大門和花園街都有賣木瓜水的，木瓜水本不是蕪湖特產，其來自雲南，是清涼降火的妙品。木瓜粉加水調製的木瓜塊，色白透明，狀若水晶，和蕪湖的涼粉有點相似，但是更加晶瑩剔透，且是甜的。幾勺木瓜連粉帶冰從保溫桶裡舀出來，澆上一勺黃色的酸角水，這酸角據說是特地從雲南帶過來的，再澆上兩勺嫣紅的玫瑰花醬，這時候出場的玫瑰花已經不是泡茶用的小玫瑰了，花瓣有小拇指長，被蜜糖醃成了絳黑色的一條，若不是有心詢問，根本想不到它就是曾經嬌豔欲滴的玫瑰，只是它奇妙的花香卻掩飾不了，和酸角水一起，輕輕調動、撫慰著我們的味蕾，那種沁人心脾的酸甜清涼，是白日當空下的一片綠蔭。

　　在蕪湖，能與這玫瑰花醬媲美，比它又更家常的當是桂花滷了。桂花滷與玫瑰花醬相比是另一種風情，猶如可愛的鄰家妹和可羨的美佳人。桂花樹在蕪湖極多，八月時節，繁花纍纍，沉香濃郁，將採摘的桂花用糖醃了，一年四季都可以吃到香甜軟糯的桂花酒釀了。

抹茶心情

　　與抹茶的第一次邂逅，我對於它的態度是茫然而輕慢的，那樣一種嫩嫩的綠色，薄薄地敷在小巧的月餅上，不是色素是什麼呢？色素就像庸脂俗粉，漂亮，但沒有內涵，經不起推敲。然而，輕咬一口，一種天然的清苦和芳香在舌蕾次第綻開，有點像茶？再看一下月餅的名字：抹茶月餅，原來真的是用茶做的，準確地說是茶粉。我對有這樣詩意的點心師充滿了敬意：食物一旦與綠茶結緣，立即就像深山的清泉、幽谷的鳥鳴，遠離了日常煙火味。

　　「有一種樹葉叫茶……」讀到這樣的句子，很驚喜，彷彿嚼著一枚千年的橄欖，餘味無窮。淺顯明瞭的文字表述，對茶的情意欲說還休。

　　家鄉徽州產茶，沒有什麼響亮的名頭，普通的炒青而已，市場賣不上價。姑姑把親手採摘炒製的茶葉挑好的寄來，我嚐不出茶葉的好壞來，喝一口，只知道苦與澀，從此敬而遠之。我與茶，就這樣錯過了幾十年。直至現在，我才開始依賴這種樹葉，每天早上必須釅釅地喝上一杯熱茶才舒坦。只是，此時的茶，如它在茶葉筒裡呈現給我們的那樣，乾枯蜷縮，庸常的已經快要讓我們忘了它來自清新的山野，忘記了它們曾經是一片片嫩綠的樹葉。茶，牛奶，可樂，都不過是現代人對飲料的一種選擇罷了。

　　曾經與女友們一起到茶餐廳喝茶，茶餐廳的包廂是西式的，與周作人筆下「瓦屋紙窗、清泉綠茶」的茶境甚遠，幾人相向而

坐，倒是暗合了「二三人共飲，得半日之閑，可抵十年塵夢」的理想。點了一壺鐵觀音，那麼小巧的一套紫砂茶具，像孩子的玩具。鐵觀音在茶壺裡被泡成了大片大片的茶葉，多得倒不出茶汁，女友說，細品這鐵觀音，能呷摸出花的香味，不諳茶道的我在領受了濃重的苦澀之後，竟真的品出了白蘭花的清香。有點奇妙不是嗎，在茶具、水、舌頭的合作之下，茶葉成功地表演了一次奇妙的魔術。有點像生活的滋味，只要你肯用心去品，苦澀之後也許是絲絲的甘甜。

抹茶，是茶葉的又一種魔幻之旅，把茶粉灑到蛋糕、月餅、霜淇淋上，或者沖成茶水，這就是抹茶的吃法了，即快捷又時尚。只是，抹茶不是現代人的發明，也不是起源日本的茶道。將抹茶應用於甜品，只是現代人的活用而已，古人更喜歡將抹茶放進瓷碗後，沖入開水，再用茶刷打成茶湯。在魏晉時期的文獻中，就有「沫沉華浮，曄若春敷」的記載。細細想，這八個字，就彷彿一杯茶的靜物畫，濃縮了一杯抹茶的精髓與色相。曾經在一本書裡看過古代碾茶的工具，拙樸實用。穀雨前的嫩茶，經過烘烤多道工序後入磨細碾，就成了抹茶。不知道是不是因為過於繁瑣，明代之後，逐漸失傳。

我有些好奇，一杯抹茶會是什麼滋味？就像想像不出《紅樓夢》裡李紈沖的茶麵是什麼滋味一樣。據說，茶道的意思就是——忙中偷閒，苦中作樂。那麼，泡茶也好，抹茶也罷，就像知堂老人說的：「喝茶之後，再去繼續各人的勝業，無論為名為利，都無不可。」有了這一抹綠茶的心情打底，在這繁雜喧鬧的塵世中，頓如綠蔭滿地，神清氣爽。

青綠一生

　　陰冷的冬日，一片灰色的蕭瑟。這天氣，最享受的晚餐就是來一個火鍋了，若有三二知己，再要上一瓶女兒紅，加上薑片、紅糖，燒得滾熱的，一杯下去，連肺腑都會暖熱了。單位附近有家小酒店，老闆姓張，黃豆板鴨鍋燒得極入味，雖然不是紅泥小火爐，粉紅的液體酒精也能讓小爐子火苗爍爍，意境是差了些，但溫暖是一樣的，現代人，要的不就是方便快捷嗎？

　　火鍋是用鋁臉盆一樣大的鍋端上來的，燉酥的黃豆堆得冒尖，下面是胭脂紅的鴨脯肉，再下面是白色的千張絲，金色的豆腐果，四個人，只要這一份菜都吃不了。吃到一半的時候，酒酣身暖，往往會叫老闆再上點「燙菜」——直接入火鍋的生蔬菜，最適宜的燙菜該是菠菜，綠油油的撤入鍋裡，浸了鴨油的菜葉立時軟下去，菜葉的顏色還是碧綠，根卻是鮮紅的，滋味清香脆甜。對於飲食，無論是市井民間，還是宮廷官邸，一貫是不吝於誇張之能事的，所以這菠菜也被人們叫作「紅嘴綠鸚哥」，取其顏色的意象，神似是談不上的，從這點來看，廚子都可以做詩人，比趙麗華高明了許多。

　　說起詩，不由想起蘇東坡，這位大詩人的豪放詩讓人精神激蕩，沒想到他對飲食營養也頗多關注，關於蔬菜的詩就寫了好幾首，只是沒有「大江東去浪淘盡」那麼著名罷了。且看他詠菠菜的：「北方苦寒今未已，雪底菠薐如鐵甲。豈如吾蜀富冬蔬，霜葉露芽寒更茁。」據說菠菜原來叫作菠薐，還是外國血統，最早

是產在波斯的。一千三百多年前，尼泊爾國王借花獻佛，從波斯拿來作為禮物，派使臣獻給唐皇。這以後，菠菜才在中國落戶。這菠菜不但是外籍，還是皇親國戚呢。傳說乾隆下江南時，在農家吃了菠菜熬豆腐這道菜。乾隆食之頗覺鮮美，問其菜名，做菜的農婦說：「金鑲白玉版，紅嘴綠鸚哥」。乾隆大悅，封農婦為皇姑，從此菠菜又得了「皇姑菜」之名。

「嘴上紅飄一點，身上綠蔓千莖。」看這形象，活脫脫一個飄洋過海的時尚洋妞，只是，到了咱中國，很快就被同化了。「車載籃盛」，成了一道家常菜。作為火鍋的燙菜，是菠菜最原汁原味的吃法，除此之外，菠菜燙熟切碎加豆腐皮、雞絲涼拌也是一道下酒的好菜。素炒菠菜，什麼配菜都不要用，除必須的油鹽外，急火猛炒，滴少許麻油，清香爽口，如穿綠裳碧裙的小家碧玉，清淡本色，立刻就把濃油重醬的菜餚比下去了，令人捨不得放箸。只是這小家碧玉也有個性，就像鄰家愛耍點小脾氣的小妹妹，弄毛了也會撅嘴巴、哭鼻子。這菠菜吧，生了澀，是那種能把嘴巴弄麻的那種澀，過火了呢又黃，燒過頭的菠菜靈性全無，說一碟菠菜令人唏噓那是文人的無病呻吟，但物沒能盡其所用，仔細想來怎麼不是一件憾事呢？如你，如我，如果身是菠菜或是青菜，端上生活的餐桌，能做到火候恰好，不負青綠一生嗎？

茄子的華麗轉身

　　一個村姑，不知怎的，嫁到了有錢人家，原本是荆衣布裙，烏鬢如雲，結果新婚之後，換上了層層錦衣，插上了密密金釵，弄得本色全無，這說的就是賈府的茄子。

　　茄子最華麗的亮相要算在《紅樓夢》裡，話說劉姥姥二進賈府，大觀園裡大排筵席。席間王熙鳳餵了劉姥姥些茄鯗，劉姥姥不相信茄子會跑出這個味兒，就向鳳姐求教，鳳姐兒笑著對她說，「這也不難，你把才下來的茄子把皮籤了，只要淨肉，切成碎丁子，用雞油炸了，再用雞脯子肉並香菌，新筍，蘑菇，五香腐乾，各色乾果子，俱切成丁子，用雞湯煨乾，將香油一收，外加糟油一拌，盛在瓷罐子裡封嚴，要吃時拿出來，用炒的雞瓜一拌就是」。劉姥姥聽了，搖頭吐舌說道「我的佛祖！倒得十來隻雞來配他，怪道這個味兒」。

　　每看到這段，我就疑惑曹雪芹故意用「茄鯗」這道菜配料的繁雜來表現賈府生活的奢靡，暗喻那些公子小姐們不知大難將至。傳聞有紅學愛好者吩咐名廚依紅樓中所言的程序做出了這道菜，費了許多事，結果口感一般，白白浪費了那些雞了。這也算是對我看法的一個不太有力的佐證——「茄鯗」這道菜壓根就是曹公杜撰的。

　　現在說茄子是百姓人家的家常菜不會有人反對，什麼油爆茄子、茄子肉末……都是普通家庭最常吃的。下班回到家，飯籠上常蒸著一碗茄子——嫩白茄子整條放碗裡，碗裡加點豬油，吃的

時候趁熱灑點蒜末、細鹽、味精，用筷子攪拌搗爛就可以了。茄子的清香在有限的作料襯托下，在唇齒間慢慢化開，這個時候不需要酒、不需要肉，白米飯是她的絕配。還記得在農村同學家吃過一次茄子，田裡現摘的蔬菜滴著露水，將碧綠的辣椒和白色的茄子切成絲，蒜切成片，農家大灶上點著旺火，用過年炸圓子的油滑鍋，茄子辣椒絲倒進去爆炒幾下就好了，那微辣的茄香至今不忘。

　　江南的茄子多是白色，白茄是時令菜，只有夏日農家的菜籃裡才有得賣。紫茄卻是一年四季都有的大棚菜。無論是詠茄詩還是茄子的雅號，說的似乎都是紫茄。「夏雨早叢底，垂垂紫實圓」，茄子這個樸實無華的村姑，也是進口產品，據說原產於東南亞，不知是哪國使者向隋煬帝推薦云：「味美如酥酪，香潤似脂膏，食色像瑪瑙。」隋煬帝嚐後龍顏大悅，遂賜名：「崑崙紫瓜」。如今，你要是到菜市上買兩斤「崑崙紫瓜」，估計是最熟諳業務的菜販子都要目瞪口呆了，我在想，如果「崑崙紫瓜」被某個大酒店用作菜餚名就好了，儘管「崑崙紫瓜」這個茄子的雅號不倫不類，但好歹也算上歷史傳承，不能在我們這一代湮沒了。

夕餐秋菊之落英

「沖天香陣透長安，滿城盡帶黃金甲。」張藝謀、鞏俐們的「黃金甲」上映了，江南的菊花也盛開了。如今的菊花實在是太為尋常，無論是華廈樓宇，還是陋巷殘垣，菊花會在你不經意間映入你的眼簾。菊花多為盆栽，少有插瓶。可能是因為太過素淨，其實古人並無菊花只祭先人之忌。《紅樓夢》裡，探春和寶釵的屋子裡都插有菊花，探春的是「那一邊設著斗大的一個汝窯花囊，插著滿滿的一囊水晶球兒的白菊。」曹公的描寫，讓人們原諒了探春不認親舅、只求自保的小心機。一個女孩，在那樣的環境裡，她何曾不是和黛玉初入賈府一樣，處處小心，句句留意？惟有滿囊的白菊能寄託她的清白之心了。再看寶釵：「及進了房屋，雪洞一般，一色玩器全無，案上只有一個土定瓶中供著數枝菊花，並兩部書，茶奩茶杯而已。」寶釵的低調和不張揚的作派，也在曹公的筆下纖毫畢現。

有友家開藥膳館，那日請朋友一聚。滿桌精緻的藥膳我只記得一味：菊花蒸蛋。做法極簡單，普通的蒸蛋，到快要起鍋時，灑上洗淨的菊花瓣，色極清雅，像幅裝飾畫。小勺送入口，清香滿口，只是在回味時略有些苦澀，整個人立時清爽起來。司馬光曾記述食菊的好處：「啜有餘味，芳馥逾秋蘭，神明動豪爽，毛髮皆肅然……」就是這種感覺。

「朝飲木蘭之墜露兮，夕餐秋菊之落英。」屈原如是說，有以此明志的寓意。餐花飲露，不僅是一種高節，更是一種心境。

菊花「在藥品是良藥，在蔬菜是佳蔬。」食菊，除去那份雅致，還可清心，可潤燥，可明目……菊花做菜大可舉一反三，聽那位開藥膳館的朋友介紹說，館裡曾經用菊花絲拌雞肉餡，做成菊花小餃，爽口通神，食客無不稱絕。除此，菊花釀酒清涼甜美，菊花熬粥濡糯清爽，菊花蒸糕回味清冽，菊花做羹爽心悅目……

其實菊花入膳，最著名的是菊花鍋。德齡公主有本書裡說到慈禧太后吃菊花鍋的場景。秋日豔陽，花團錦簇，慈禧忽有雅興，要吃菊花鍋。御膳房頓時忙開了：菊花瓣先洗好瀝乾備用，將上好的雞湯放在暖鍋裡，再將魚肉、雞肉切得極薄備好，然後，將鍋蓋打開，把生魚片、雞片快速放入鍋內，蓋上鍋蓋，悶個三分鐘，再將蓋子打開，把菊花瓣適量的灑上去，再將蓋子蓋上再悶三分鐘，這道菊花鍋就完成了。據說。慈禧太后在吃菊花鍋時，「擎器者舐唇，侍立者乾嚥」，都在嚥口水啊，可見這菊花鍋的美味。菊花鍋的原料在今天並不難得，有心人大可一試，只是，腳步匆忙的現代人還有閒心閒情消受這菊花鍋嗎？

前不久，看到一篇美食文章，說是有人用五色菊花瓣炒剩飯，妊紫嫣紅，清香四溢，真正把一瓢水，一簞食的普通日子過得清雅無比，人生如此，復又何求？

綠豆糕的格律美

　　菖蒲尚嫩，槐陰未濃。離端午還有一個多月，市面上的綠豆糕就早早出來應市了。這綠豆糕是江南應節的傳統點心，不知道其他地方可有此種食俗？江南多綠豆，據做糕點的老師傅講，綠豆煮熟後，經過曬乾、去皮、磨粉幾道工序，再加入白糖、麻油入模成型。綠豆具有清熱解毒的功能，人們端午節吃綠豆糕除了一飽口福外，是不是還包含了一種期盼健康的願望？

　　綠豆糕妙的是它的顏色，碧瑩瑩、綠生生的，可與江浙的青團媲美，讓人想起河邊蔓生的碧草，想起枝頭伸展的綠葉。雖然現在市集上的綠豆糕綠得頗有點可疑，有上了色素的嫌疑，但還是忍不住想買。家門口有家蛋糕房的綠豆糕做的好，一方方刻著吉祥的花紋字樣，盛在精美的粉嫩紙盒裡，不由讓人想起《紅樓夢》裡，寶玉巴巴想吃的那種銀模倒出來的小蓮蓬、小荷葉湯。買回一盒綠豆糕，給自己泡一杯穀雨前的新茶，拈一塊綠豆糕放嘴裡，糯、沙、甜……吃兩塊就足夠了，但還是喜歡。想想看，每逢農曆五月五，家家戶戶都遵循千百年來流傳下來的食俗，讓人心生一種感動，吃綠豆糕彷彿就像一種儀式，承載了歲月流動的韻律美。散文家車前子對於國人「不時不食」的習俗，有種很妙的比喻，他說，八月十五吃月餅，就是首格律嚴謹的格律詩，若是每月十五吃月餅，那就成了順口溜了。人們對綠豆糕、粽子的「不時不食」也如同此理。飲食的節令性就像古詩詞，它的格律美讓人著迷。

　　與綠豆糕同時應市的還有橘紅糕、蜜黏糕。我不知道「蜜黏糕」是不是這樣的寫法，那是一種形狀和顏色都如豬板油的糯米糕點，有的夾著豆沙，也有「寡」的，細膩、柔潤、甜糯，買回家，切成小塊吃。還有一種糕點叫橘紅糕，有小手指肚大小，上面灑滿了白色的粉末。車前子形容說，彷彿麵粉漬進乳白的質地裡，給橘紅糕添了茫茫的霧氣。美不美？只是現在市面上賣的橘紅糕，內芯揉得已經不是粉色的橘紅了，有點點芝麻黑，查了一下資料，橘紅是一種化痰止咳的中藥，問賣橘紅糕的老闆，她也答不出所以然，說，橘紅糕就是切碎的蜜黏糕……這些糯米做的糕點都是看了想買，吃了就膩，不吃就想的，難不成未離家就有了鄉愁？

　　江南有「端午三友」之說，古人們以菖蒲作寶劍，以艾作鞭子，以蒜頭作錘子，驅蟲殺菌，斬妖除魔。想像豐富、詩意盎然。在江南，端午還要食「五黃」──黃鱔、黃魚、黃瓜、鹹蛋黃及雄黃酒，其用意大抵與養生驅邪有關。

　　「包中香黍分邊角，彩絲剪就交絨索」，端午節的其他吃食說到底還是配角，粽子，才是大江南北共吟的詩。不由想起小時候吃粽子的情形，解開暗綠色的粽葉，糯米黏黏地、緊緊地裹在一起，像塊璞玉，蘸上白砂糖，細細咬一口，葉的清香、米的豐腴、糖的甜蜜，蔓延而開，那滋味非奔忙勞碌的現代人所能領略的了。

蘿蔔「假燕窩」

前幾日朋友相聚，席間吃到的一道鯽魚蘿蔔絲湯味道甚美。魚湯是在砂鍋裡熬好分到各人小瓷盞裡的，奶似的白、濃，湯裡沒有魚肉，只放了切得細細的嫩白蘿蔔絲，喝一口，鮮香濃郁，鯽魚的鮮味和蘿蔔的醇香完全融合到一起，細品之下，還有些許芫荽的清香。鯽魚、蘿蔔、芫荽都是易得之物，此湯妙在選料適量、配料適合、食用適時。

說到蘿蔔絲，想起早些年看過的王蒙的一本小說，書中說到一位維吾爾大叔，每逢感冒、發熱、喉嚨疼，都要細細切一盤蘿蔔絲涼拌，一吃就好。怪道常聽人說：冬吃蘿蔔夏吃薑，不勞醫生開病方。大蘿蔔是個俗而又俗的東西，少有文人墨客看著它起興，只見過元代許有壬賦蘿蔔詩：「熟食甘似芋，生薦脆如梨。老病消凝滯，奇功值品題。」詩做得直白，像大白話，樸樸素素的，和蘿蔔的身分倒是相符。

李時珍《本草綱目》上也說：「萊菔上古謂之『蘆萉』，中古轉為『萊菔』，後世訛為『蘿蔔』……」《爾雅》中的「萊菔、葖、蘆萉」，《說文》中的「蘆萉、薺根」說的都是蘿蔔古時的名字。

清李漁《閒情偶寄》中提到的蘿蔔吃法，實在稀鬆平常：「生蘿蔔切絲作小菜，伴以醋及他物，用之下粥最宜。」另還有「醃蘿蔔、醃蘿蔔纓子」，醃蘿蔔是日常所見的，外婆就醃得一手好蘿蔔，金黃皺皮的小壇蘿蔔酸甜脆爽，裝碟留客喝茶是妙

品，外面買不到的。蘿蔔纓子卻只吃過一回，那還是我上學的時候，附近郊區農民丟在田埂上不要了，我和同學當寶一樣，抱了一大捧回來，家裡人洗乾淨當雪裡蕻一樣用鹽醃了，味道和雪裡蕻有點相仿，但卻微辣稍澀，所以我們這裡人很少有吃它的。

　　蘿蔔雖然貧賤，相傳也曾與帝王家有過瓜葛。三國赤壁之戰，曹操被孫劉聯軍打得大敗，從華容道奪路而逃，適值天熱，幾萬大軍又饑又渴，恰好道旁有大片蘿蔔地，士兵們用蘿蔔充饑，這塊蘿蔔地後來被稱為「救曹田」。武則天稱帝時，洛陽農民進貢了一顆特大蘿蔔，武則天傳旨讓御廚做菜，廚師們苦思冥想，把蘿蔔切成均勻細絲，並配以山珍海味，製成羹湯。女皇一吃，鮮美可口，味道獨特，大有燕窩風味，遂賜名「假燕窩」。從此，王公大臣、皇親國戚設宴均用蘿蔔為料，「假燕窩」登上了大雅之堂。

　　細細想來，我吃的那道鯽魚蘿蔔絲湯，雖不能和武則天的「假燕窩」湯同日而語，但卻有異曲同工之妙。食物本沒有貴賤之分，因為有的易得，人就看得輕了，其實只要用心去做，青菜蘿蔔也能做出極品之餚的。

徽州餜

暑濕難消，口味淡薄，只想喝一碗稀薄的綠豆稀飯，如果再配幾張陳老四的烤餅，那就更美了。

陳老四烤餅在綠影小區附近的福祿商城，好吃的人都知道，那裡有一個小吃攤點群，環境雖然有點擁擠雜亂，但有幾樣小吃的口味卻是全市出名的，烤裡脊肉、小橋麻辣燙、鐵板魷魚、龜苓膏……陳老四烤餅也算小吃中的一絕，烤餅爐子邊，總是圍著一圈等著買餅的人們。也許，正是因為焦急等待的微妙心理，再加上現做先吃的絕妙口感，這餅子越發暢銷了。陳老四烤餅的製作方式在蕪湖也算是獨一份，頗有點特色：幾個小火爐一圈排開，做餅子的師傅將揉好的發麵揪一小團，按買者的要求包入各色餅餡，有鮮肉、白菜粉絲、雪菜肉絲、豆沙、芝麻白糖各種口味的，坐在爐前的小姑娘打開刻著「雙喜」字樣的長柄餅模，師傅抬手把餅子甩入餅模，餅模依次在幾個爐子裡「走」一圈後，餅子就熟了，不焦不糊，火候恰好。這餅吃起來皮薄餡多，口感軟韌。

吃著陳老四烤餅，不由想起老家的另一種餅——徽州餜。所不同的是，徽州餜冷了更好吃，而且經放。當年徽商出山，沿江而下，行李中都有幾摞餅子，一路充饑，所以這徽州餜也叫「盤纏餜」，徽州人出門臨行前，還要留下兩個「記家餜」，在家的人，遠行的客，吃一種餜，念兩處風情，萬重煙水。這古老又樸實的情意讓人低迴不已。

　　那一年，從績溪回蕪湖，姑姑在旅行包裡給我放了一摞餜，用潔淨的白布裹著。姑姑用山泉和麵，包上乾菜餡，做成厚薄均勻的餜，放在平底鐵鍋中，餜上面放一塊圓形青石頭，用木炭文火慢慢烘烤……

　　徽州餜的烤製頗有古代遺風。古人認為穀物不宜於火上直接燒烤，所以就發明了「石上燔穀」之法。這種方法一直為後人所沿用，唐朝有「石鏊餅」，明清有「天然餅」。這種烙製食品的方法傳熱均勻，既不易焦糊又能熟透，吃起來韌香可口，所以稍加改進後在山村沿襲至今。在老家，我還聽姑姑說過一個有關徽州餜的傳說。相傳乾隆南巡來到徽州府，見一老翁餜攤的平底鍋內有石頭壓在一個個餜上，很是好奇，買了一個吃後連聲讚賞，老翁聽見叫好聲，便雙手捧起一個香椿嫩頭餡的餜，送給乾隆，乾隆吃後非常高興，送給老翁一枚小印：「乾隆御製」，從此，老翁的餜攤生意在徽州府獨佔鰲頭，徽州餜也隨之身價百倍了。

　　父親離家多年，對家鄉的餜也是念念不忘，興致好時，便會動手和麵做給大家吃。父親的手藝和姑姑不能比，做出的餜皮厚，但仗著餡好，又是全部用油煎出來的，焦黃脆香，居然獨創出另一種風格的徽州餜來。父親做的餅餡一種是新鮮豇豆豬肉餡，吃起來清脆爽口，有鄉野之風，另一種是乾香椿頭肉餡的，醇香可口，回味綿長。這樣的改良餜，雖然滋味不差，但多少沾染了城市的氣息，與家鄉原汁原味的餜不可同日而語，只能聊慰遊子的思鄉之情。

　　雖然，家鄉並不遙遠，但山上的老屋已經空無一人了。

櫻桃滿市璨朝暉

　　旅遊的心思向來潦草，趕集般的，再美的風景也是匆匆。於是，青島留在記憶裡的只有海風的微腥和城市的靜美。青島水果攤卻意料之外的粗糙，獨輪車上最多的是櫻桃，紅燦燦的愛煞人，問起價格，竟比蕪湖便宜一半，青島人鄭重地更正我們，說紅色的小果子其實叫櫻珠，赤黃的那種才叫櫻桃。「櫻桃子，半赤半已黃。一半與懷王，一半與周至。」看樣子，黃色的櫻桃自古有之，不管叫櫻桃還是櫻珠，都確切可愛。

　　一直以為櫻桃是水果裡的貴族少女，記得很小的時候，有位阿姨提了小小的一籃送來。一粒粒的櫻桃如瑪瑙珠似的掛在綠枝上，阿姨將櫻桃浸在盆裡洗著，清水下的紅珠美到極致，對於當年櫻桃的滋味一點不記得，惟獨這畫面經年不忘，櫻桃，賞比食自然要更具趣味。

　　古人賞櫻桃留下的佳作多不勝數，先看吟花的：櫻桃花參差，香雨紅霏霏。再寫味的：萬顆真珠輕觸破，一團甘露軟含消；還有喻人的——一顆櫻桃樊素口。不愛黃金，只愛人長久……櫻桃樊素口是有典故的，說是白居易有兩位小妾，樊素與小蠻。樊素的嘴小巧鮮豔，如同櫻桃；小蠻的腰柔弱纖細，如同楊柳。白作詩曰：櫻桃樊素口，楊柳小蠻腰。這就是櫻桃小嘴、楊柳細腰的來歷了。想來唐代的櫻桃一定比現在的番茄還多，單是白居易寫櫻桃的詩就有幾十首之多。

　　有點想不明白，古人詩詞經常言及的櫻桃，為什麼在前些年難覓芳蹤？難道是在文革時被砍伐殆盡了？這兩年櫻桃才漸漸應市，一粒粒裝在精緻的小禮盒裡，碼得整整齊齊的，蕪湖的水果很少有這樣隆重的賣相。也有聰明的小販，三、五枚櫻桃紮成小捆，兩元一束，化整為零，讓百姓吃得起，擺足了與民同樂的姿態。買兩束回家嚐新，終是不能盡興。

　　所以這次從青島回來，帶回來滿滿一包，擠壓顛簸之下，居然不破不損不爛，新鮮如故。如果是草莓，早就化成水不可收拾了。所以櫻桃是水果裡的絕品，有格。《紅樓夢》裡說晴紋送荔枝，要配刻絲的白瑪瑙盤子，這櫻桃也該放在玲瓏白玉盤裡，家常沒有這樣的美器，玻璃碗也湊和。一顆顆拈入嘴裡，不見得有多甜，但感覺卻是很享受。櫻桃據說和乳酪吃是絕配，有道是：槐柳成陰雨洗塵，櫻桃乳酪並嚐新。這樣的吃法，想嘗試一下也不難，卻不知道為什麼沒有行動，太刻意了，也就做作了。

持螯更喜樹陰涼

　　「持螯更喜桂陰涼，潑醋擂薑興欲狂。」這詩，是紅樓公子賈寶玉寫吃螃蟹的。《紅樓夢》中詩詞頗多，這一首可說是雅俗共賞。如今，比吃螃蟹更盡興的是吃龍蝦，誰都知道，秋天裡的螃蟹貴呀，在酒店裡也好，在自家餐桌上也罷，慢條斯理地吃那麼一匹兩匹蟹子，細細地剔黃挑肉，哪裡能談得上興欲狂呢！還沒嗔摸出味道就沒了。於是，在夏日炎炎的時候，散坐樹蔭下，來上一盆兩盆龍蝦，吃得捋衣捲袖，吃得順胳膊流油，腦海裡居然就冒出寶玉的這兩句詩來，只是需把「桂陰涼」改為「樹陰涼」，或者乾脆「空調涼」了，那饕餮大吃的狂放意境倒是與寶玉一拍即合。

　　蕪湖是江畔小城，吃過海裡真正大龍蝦的人估計不多。於是，這學名相當拗口的「克氏原螯蝦」，就堂而皇之地被稱為「小龍蝦」了。儘管小龍蝦出身謙卑，前生有生物殺手之說法，現世又有藏污納垢之嫌疑，蕪湖人卻還是抵擋不住小龍蝦美味的超級誘惑，每逢夏季，大吃特吃，價格也從五塊十塊，一路飆升到二十塊三十塊。也算這張牙舞爪的小龍蝦倒楣，豈止蕪湖，周邊城市的人們，每逢龍蝦上市之際，無不大快朵頤之，據說，在合肥在盱眙，竟然將小龍蝦吃成了節日——龍蝦美食文化節，可見其魅力不可抵擋。

　　其實，老蕪湖人對於小龍蝦更正宗的叫法是海蝦，那時候的人下館子的少，大多三塊五塊一斤買活的回家，洗刷乾淨，濃油

重醬紅燒了，無論是糖醋的還是麻辣的，都是夏季飯桌上色香味俱全的好菜，一會兒功夫，風捲殘席，盤空碗淨，只留下一大堆紅紅的蝦殼。前些年，蕪湖金馬門夜市流行蒙古包大排檔，那裡有好幾家都以做海蝦出名，喝冰啤、吃海蝦，成為蕪湖夏季夜市一景。

　　這兩年，合肥小龍蝦有長驅直入之勢，他們多在小區或路邊擺攤，油漬麻花的紅幡招牌下，一口烈火烹油的大鐵鍋，一個五味雜陳的滷水桶，食客要買常需排隊，吃的就是那滾燙新鮮勁兒。只見掌櫃的將早已炸熟的蝦子再過一遍油鍋，然後用漏勺浸入滷水桶裡，撈上來，再舀上一點滷水，調和薑汁蒜末辣椒等作料，蘸著吃，那滋味真是一絕，龍蝦外焦裡嫩，麻辣鮮鹹，雪白的蝦肉還有點天然本真的清甜。說實話，比蕪湖本土的紅燒海蝦，滋味還真是高了一籌。

何物解鄉愁

　　「老蛋」是蕪湖人，漂在京津，寫過專欄，出過書，拍過電視劇。偶回家鄉，朋友接風宴上七碗八盞，他王顧左右猶沒有下箸處，扭過頭用一口京腔問服務員：有油炸臭乾子嗎？服務員直撓頭，蕪湖大小酒店還真少有準備這道菜的，這油炸臭乾子能上得了席嗎？沒法子，服務員現端著碟子到街頭巷尾尋去，待端到桌上：黑色的乾子炸得起了一層白泡，澆上鮮紅的水辣椒，再來一勺米醋，老蛋早就等不及了，連虛讓一下也免了，一傢伙連碟子端到自己跟前，不斷念叨著：「這道菜好吃，這道菜好吃，別的地方吃不到的，我在外面太想吃這個了，總是吃不著。」我們都微笑著看著他，心裡也疑惑，這家門口天天吃得著的玩意兒，真有他說的這麼好吃嗎？

　　無獨有偶，朋友玫是舉家從蕪湖遷到深圳的，因為有生意在蕪湖，隔個三五年總要回來一趟。招待她最是省錢省事了，她從不去高檔酒店，只讓我們帶她往雙桐巷、福祿商城裡去找小吃，什麼麻辣燙、刨涼粉、牛肉粉絲、赤豆酒釀……吃得她幸福得直歎息：「還是家鄉好啊，在深圳，連個早餐都吃不好！」我們也是如看老蛋吃臭乾子一樣微笑看著她，瞅著小吃攤上油膩的碗筷、滿地食客扔的白餐巾紙團直慶幸，還好是家鄉人，不算出醜丟人。玫回深圳總要帶些蕪湖的特色菜孝敬父母，什麼裕溪口的芝麻香菜、藍義興的滷鴨烤鴨，甚至還帶過經霜的青菜。玫在博客裡寫：在蕪湖吃到的涼粉，還和過去一樣好吃，真好！每次回

去，家鄉總是在變化，內心是矛盾的，既希望蕪湖建設得越來越好，但私心又希望家鄉不要變得讓我越來越陌生。蕪湖，是我精神上的氧吧……

有時候也感到奇怪，不說蕭繹的「桂潭連鞠岸，桃李映成溪」、劉秩的「荻林秋帶雨，沙浦晚生潮」讓人心生嚮往，單是現在的蕪湖新十景也是讓人可賞可歎。不知道這些遊子不思家鄉的好山好水，為何要獨念這些微不足道的小吃？我猜想，在他們不自覺間，家鄉的臭乾、涼粉，這些不登大雅之堂的物事悄悄地承載了他們綿綿的鄉愁。畢竟風光景物在他鄉，都是落在紙面上的詩文、飄在思緒間的鏡像，虛擬的，空無的。惟有吃進胃裡的這些食物，可以讓他們在遠離家鄉的千里之外，綿長回味，結結實實熨平思鄉之情。老蛋和玫都曾感慨過，蕪湖是個好地方啊。而我在心裡嘀咕，蕪湖那麼好，為什麼你們還要遠走他鄉呢？

蕪湖真小。我在蕪湖居住了幾十年，活動的範圍不外乎以赭山為圓心所畫的圓。未曾，也沒有時間思索過我居住的小城有多好。上下班的路上，看北京東路上的高樓成群，有時候會想，原來的這裡是什麼模樣？依稀記得是一條黃泥路，兩邊是蔥蘢的菜地，夏天的黃瓜藤架吊著嫩嫩的小黃瓜，田埂上有時還隨意扔著農民們丟棄的蘿蔔纓子。那時候，大小赭山在一片平房低樓的簇擁下，尚可當得起青山聳立，而如今，在摩天大樓的襯托下，頓時矮了身姿。

再往前想，年幼時家住沿河路，面臨青弋江，背靠十里長街。江邊跳板上傳來搗衣聲聲。王瑩也在這裡的吊腳樓上住過。曾經看她寫的《寶姑》，其中關於蕪湖的描寫，讀來分外親切。王瑩寫「豆腐渣炒小蝦」，雪白的豆腐渣，加小草蝦、蔥花、紅

辣椒一起炒了，粗糲之食頓變美味。想必這家鄉小菜也撫慰著她
的思鄉之情吧。這猶如梁實秋在美國吃加里佛裡亞火腿，想起味
香醇厚的金華火腿，喟歎：聊勝與無！事同一理，未曾離鄉的
我，也終於明白了他們熱切眼神裡對家鄉的別樣情愫。

三

閱讀人生

名和利那雙善良的手
——讀《病隙碎筆》

（一）

　　只讀過一篇史鐵生的文字〈我與地壇〉，這次，因了他的去世，買了他的《病隙碎筆》。第一次看到史鐵生的照片，笑顏竟是開朗放鬆的，沒有久病之人的晦氣糾結與愁苦，這是怎麼樣一個堅強的靈魂啊。他曾對記者說，他的職業是生病，業餘時間寫作。

　　作為一個病人，他比常人更多的看到死亡的影子，他說，如果一定要有墓誌銘，他希望是徐志摩的：「我輕輕地走，正如我輕輕來。」生病，於他的體驗是，人要懂得滿足，當下，就是最好的——剛坐上輪椅時，便覺天昏地暗。等到生了褥瘡，才看見端坐的日子其實多麼晴朗。後來又患上了尿毒症，昏昏然不能思想。終於醒悟，其實，我們每時每刻都是幸運的。

　　史鐵生在病中悟了很多，但現實中的我們，又有誰願意把生活的目標和底線定的這麼低呢？一直沒有看史鐵生的書，潛意識裡是不是對不幸生活的一種迴避？我不敢說，如果我是他，會怎麼樣生活，也許早就去自我了斷，結束痛苦了。

　　但一個人，一個病人，用生命的思考，是值得凡人、健康人去讀一讀的。

　　史鐵生說佛，說上帝，他似乎對於這些，並無確定的界限。對於佛法，他敬重，卻沒有皈依，因為自認無知。對於上帝，他

的認識是，上帝不許諾榮光和福樂，但會給你希望。對於宗教
上的信仰，史鐵生似乎並無一個堅定的判斷，是或者否。似乎，
我和朋友也說過類似的話，我們去廟裡，或者教堂，只是希望有
個心靈沉澱的地方，有個無處不在的，又從不現身的神，隨時在
那裡。我們可以對他傾訴自己的願望，自己的痛苦，然後走自己
希望走的路，達到自己希望達到的目標。要不然，我們到哪裡去
找這樣一個可以發呆、一個可以流淚，一個可以安靜心靈的地方
呢。若是我說，這種精神信仰，既是一種心理暗示，又是一種心
理保護，是否是恰當的？也許是混沌的，但在目前，在當下，是
必須的。史鐵生將神分為三類，我沒讀懂他何以如此篤定地分
類，但他說，仁慈的神在於，只要你向前走，他總是給路。這也
許可以理解為，自己是自己的神。

　　小時候臨考，我會說，阿彌陀佛，上帝保佑。長大了，我嘲
笑自己這種信仰的混亂。但史鐵生也將這兩種信仰放在一起說，
他說，人間總有喧囂，因而佛陀領導清淨，人間總有污濁，所以
上帝主張清潔。

　　皈依無處。皈依並不在一個處所，皈依是在路上。

　　浪是水，浪消失了，水還在。

　　人最終逃不過一死，他的書在，他的消息就還活著，在另一
些我中繼續，拷貝，複製，史鐵生就在這樣的意義上，給自己找
到了一條永生的路。

　　他的身體是病的，但他的精神是如此健康。而我們，身體是
健康的，過於糾結於世事則是一種精神上的病態。

　　窗外，陽光明麗……

（二）

　　我鄭重地在《病隙碎筆》上蓋上了一方印，我希望從今天開始，我能一本本通覽我買回來的書。也許書封後面的介紹，能概括一下這本書的主要內容。「在深刻的困境中，對神性和人生終極意義所做的一次艱苦卓絕而又輝煌壯麗的追問和眺望。」我覺得這樣的評價並不誇張和過分。

　　史鐵生寫愛情，寫仁愛，寫欲望，我特意去百度了，他是有妻子的，叫陳希米，這樣，史鐵生的生活也少了一個缺憾。雖然，他們兩無子女。

　　這幾日，不期而遇地，看到的竟全是為什麼寫作這樣的文章，不是我刻意為之，而是，也許是，這個問題，一直縈繞在寫作者的心裡。在《文學自由談》裡，竟然也有這樣標題的一篇文章，作者說，回答這個問題的答案，只能是比比誰的回答更愚蠢。史鐵生回答自己為什麼寫作，是因為，他的殘疾讓他不能奔跑，不能走路，那麼，只有寫作。

　　史鐵生，將自己定義為寫作者，而非作家，他認為他從事的是寫作，而不是文學，因為在他看來，學，是應該得到社會認可的普遍意義的知識，而寫作畢竟是表達個人的發現。如此說來，自稱碼字的，或者寫手，都是比較能清醒認識自己價值的一些人。《我與地壇》是經典，可以傳世，我這麼認為——這與史鐵生是不是殘疾人無關。

　　我和朋友在車上，我和她說起史鐵生，她聚精會神地聽，我說史鐵生是個真實面對自己的人，他認為他自己從來都沒有拒絕過名和利的誘惑。大意如此。

　　史鐵生常常自己和自己交談，他覺得，他是他，史鐵生是另一個人，這個人是公眾的。有時候，他勸史鐵生，有時候，史鐵生勸他。這種精神的博弈讓他的思想豐富靈動。

　　不知道他們誰勸的誰，有一天，史鐵生就開始寫了，漸漸地有了名氣，可以靠著寫作養活自己，這就是有了利。當擁有了名利的時候，他開始審視名利的庸俗和荒唐，然後，走上不歸的終結路。他說，在生活最困頓的時候，他忘不了是名利伸出了那雙善良的手。這樣的說法讓我感動。

　　生活中，我們往往不甘於現狀，以一己努力，達到自己的目標。我看到很多成功的人都這麼做了，其實，想到底，不就是得到社會的認同和尊重嗎？讓自己成為一個有用的人。一個人，清白豁朗地承認對名利的欲望，並不是丟人的。只要手段不卑鄙，過程不猥瑣。

　　這是一個度的問題。

　　選擇性地盲視，是希望得到更多的平衡。而這些雜念，在史鐵生來說，是奢望。因為他根本過不了正常人的生活，不可能像正常人那樣在職場工作。即使，有些不公平的待遇，他也是不在乎的吧？命運，在他有生之年，就將他摁在水底，但他翻身浮上來了，雖然，非常的艱難，非常的困苦。

　　那日，有位朋友和我說起單位的沉浮得失，竟然有凡心一動的感覺。這錙銖必較的感覺不太好，有一種被俗世浮塵嗆到的感覺。趕緊斂聲屏息，強嚥下去。得失，看緣，隨緣。但是，不要放棄。只要努力過，就不後悔。得，我幸，不得，我命。怎麼樣不是一輩子？人生苦短，終結的結果已定，何必糾纏於心煩的小事，讓自己和周圍的人，都輕鬆快樂要緊啊。

（三）

我們生活的時空區域很小，工作也是兩點一線，常聚的朋友也是大致相似的一類人。雖然，因為雜七雜八，經常和不同的人吃飯，但所說的，無非是公共話題，很難直抒胸臆，談談自己感興趣的話題，比如文學。若想不坐井觀天，又生活得精神富足，唯有讀書。且方塊字能給人一種愉悅感，一方陽光，或是一盞燈；一杯茶、或是一杯咖啡……隨手翻一本書，就如黛玉看《西廂記》一樣，滿口餘香。

史鐵生說名利，他的原話是這樣的：「愚頑如鐵生，從來沒有純潔到不喜歡這兩樣東西。況且錢可以供養沉重的肉身，名則用以支援住羸弱的虛榮。」

讀《病隙碎筆》，我有時感慨，就像面對著作者，聽他談心。從地域上的距離來說，如果和史鐵生交談，幾無可能。但讀他的書就可以，他一視同仁，和任何一個翻開書的讀者，很誠懇地說著他的感悟，他的見地，有的，我們驚喜與名人有共同之感，有的，尚未讀懂，甚至，還有不同看法，但是沒關係，我們可以看到一個人思想的真實價值。這就是這本書的價值。

後面還有些章節沒讀完，關於人性和神性的認識，暫時先放一放。皈依在路上，這是史鐵生的話，恰好也是目前我對宗教的認識。這樣說不是傍名人，的確，相同。

我沒有史鐵生真實，也沒有史鐵生的膽魄，我寫的東西，很多是浮在水面上的，既不觸及內心，也抵達不到深處。

沒有人對自己的境遇完全滿意，心態平和的也不過是選擇性盲視。我想，我們和名人，或者我和名人的差距在於。史鐵生能

從個人的境遇上引申到整個人類的共性，而小氣的我們，只能從人性的共性上，來安慰開解小我。

美國女作家奧茨說，生活奇妙無比。我卻忽視這精彩，選擇單調，這是為什麼呢？

站在時間長河的堤岸，我在遙想那江煙花。

四個人的秋天

週六，去了一趟鄉下。該是深秋了，天氣卻又返回去，是那種悶悶的燠熱。從天氣又想到，今年的桂花也忘了開，中秋已過，每日走過的那個小花園，桂樹的枝頭還光禿禿的，一點花的消息都沒有。

秋天的田壟上，有一塊塊的棉花地，白色的花絮，一團團的頂在綠棵棵上，在車上看不真切。稻子都收割了，稻草一垛垛碼在地裡，像一個個笨拙的稻草人。還有的稻田被火燒過，留下一片片黑色的痕跡，讓看的人有些茫然失措，空蕩蕩的田野像一顆焦灼的心，在等著誰。

許多天沒有下過雨了，道路邊的樹葉灰濛濛的。農家院子裡間或有柿子樹，稀疏的枝頭墜著黃澄澄的柿子，熟透了的樣子，看來，柿子樹的主人並沒有摘下來吃或賣的打算。一路上，還有紫紫的扁豆花，還有金黃的南瓜花，想起朋友說的一句話，她說：童年在農村生活的經歷是一種財富。我想也是的，缺了那段經歷的我，不知道把根扎在哪裡。

城市裡的秋天，到處是四季常青的植物，唯有九華山路的銀杏樹葉，開始由綠變黃，待到一片金色的時候，秋意就濃了──也就這點秋景了。

於是，翻書。在《現代散文鑑賞》裡，找到了四個人的秋天。

秋天的棗樹

魯迅的〈秋夜〉，最著名、最獨特的是開頭，大家都知道，但沒人敢這麼寫——「在我的後園，可以看見牆外有兩棵樹，一株是棗樹，還有一株也是棗樹。」如果不是魯迅，是其他任何人寫的，能看出好嗎？游移間，再撣一眼，還是感覺不凡，不知道是不是先入為主？還有，魯迅寫：「一角還畫出一枝猩紅的梔子。」不免狐疑，有猩紅的梔子花嗎？是魯迅錯了，是畫師錯了，還是我孤陋寡聞？江南的梔子花可都是潔白的，雖然，魯迅的梔子花是開放在燈罩上的。

讀魯迅，有點像論壇裡的文章置頂，位置放得太高了，反倒被人們忽視了。有誰沒讀過幾篇魯迅呢？從中學的語文課本裡開始。也許，我們記住的是千篇一律的中心思想，考試能打高分，但獨獨沒有自己的見解。不說他的雜文、小說，便是這篇〈秋夜〉，也沒能完全意會。

魯迅的秋夜，表面是靜的，沒有戰爭，沒有血腥，飛去的是惡鳥，飛來的是小蟲，還有粉紅色的小棗花做點綴，那是1924年9月15日；我在電腦上開了一個小視窗，邊看奧斯卡獲獎影片《雨人》，邊敲打這篇秋天，樓下的綠化叢裡，桂花終於開了，遠處有火車的汽笛和人聲，這是2008年10月2日，也是秋夜。兩相對比，我看到的是魯迅的沉重，和現代人的閒適，生活在現代的我們是幸福的，或者，以為是幸福的。更深層次的思想，我還不曾想過，這是凡人和大師的區別。

借助鑑賞，得到的定義為：「這是一篇寓意深刻、意境獨特的散文。它以象徵的手法，借景抒情，以物言志，寄託了作者與

黑暗實力抗爭、在艱難中頑強求索的精神。」這樣一讀，明白是明白了，卻又無味了。就像談老師說的，文章最忌到邊到拐，解讀也是，什麼都說到了，說滿了，也就失去了探討的意趣，如嗑瓜子和吃瓜仁的區別。對於〈秋夜〉文字的成就，我們當記住的也許是四個字：寓意、意境。這就顯出文字與文字間的境界高下了。問題是，沒有意識到文章沒有意境還不可怕，可怕的是，我們根本就沒有什麼意境可言。

這些年，除課本之外的魯迅，偶爾還能讀到一些他和周作人兄弟不和的文章，期間有日常生活中瑣碎的經濟糾紛，還有些曖昧的暗示與緋聞，沒有人願說透，就那麼含糊著，八卦人人愛看，只是對於文學聖壇上的人物，畢竟，都還有些收斂。

再有，就是魯迅對蕭紅的提攜與鼓勵了，咳嗽著的魯迅對蕭紅說，咖啡色的裙子配紅色的上衣不好看，有齷齪的感覺……其實還有許多青年志士與魯迅有著密切的交往，但卻漸漸地被我忘卻了。如此解讀魯迅，是淺薄的，但卻是一個無知後輩的真實記憶與想法。也許，能給魯迅研究者提供一個讀者的範本吧，我想。

秋天的紅光與溫香

林語堂的〈秋天的況味〉。讀過這篇之後，我似乎不止一次在寫作時借用「況味」這個詞，似乎這個詞，很文化，也很安靜，很寬厚，很博大，值得一用再用。若是文章有味道的話，林語堂的這篇有淡淡的雪茄味。是一個人，坐在秋林下的籐椅裡，抽著菸，靜靜思索，文章不長，也就千字文模樣，若是登在報紙上，也需有閒心閒時，慢慢品味。文字也是有顏色的，這篇是經

年的全瘦火腿，嫣紅色。鑑賞中說，作者寫秋，寫出了秋天的味覺。還有豐富的聯想，筆調的閒適……的確值得再讀一遍。

　　曾經與朋友說起唐玉霞的〈奢侈〉，朋友說，看，通篇讀完，你就會明白，作者告訴了你，什麼是奢侈。林語堂的秋天也是，枝繁葉茂，最後都聚攏在樹幹上，這樹幹就是秋天之美。他在對你說，他喜歡秋天，而且，告訴你喜歡秋天的理由，讓大家都來喜歡秋天，不要錯過。這讓我想起了王小波，苦口婆心在說一些道理，想讓更多人變得更像一個人，可惜，收效甚微。林語堂要簡單得多，他沒說人生，只說秋天。

　　有人說，好文章要寫得靜，還有人說，自信的文字才美。我體會，林語堂在寫這篇秋天的時候，心境平和如水，不焦灼，至少沒有滿心饑渴地想拿它換稿費。而且，娓娓而談，從容，自信，不強詞奪理。無意中，成就了一篇秋天的經典。我若是秋天的神，會感激他的，他把秋天寫得那麼美，那麼可愛。

　　林語堂的自信恰到好處，不輕狂。你信他的話更好，不信也罷，他自會嘴角噙著淡淡的笑，看你往南牆上碰。這是我的臆想，單是這想法，就讓心浮氣躁的我平白有些嫉妒，我沒有這樣的底氣，人們不是說蚍蜉撼大樹嗎，我就是那蚍蜉，沒辦法，蚍蜉也要活，而且也要活出蚍蜉的風采。

　　人們寫秋天，通常開篇就是：秋風送爽，丹桂飄香。若是你也這樣寫了，勸你趕緊把稿子撕了──沒有比這更糟糕、更惡俗的開頭。第一個這樣寫的人，是聰明的。寫得人多了，雖然是成了路，但卻不長草了。林語堂的秋天是從一枝香菸寫起的，嫋嫋燃起，心緒悠然。人們往往用秋天比人生，而他卻用人生比秋天：「或如文人已排脫下筆驚人的格調，而漸趨向純熟練達，宏

毅堅實。」林語堂的筆下，也有秋天慣熟的景象──月正圓，蟹正肥，桂花皎潔。也就這三句帶過，作者好像是感覺香菸雪茄的意象還不夠，索性把秋天帶到塵世的廚房裡，秋意「如一只熏黑的陶鍋在烘爐上慢火燉豬肉」，醇厚，濃郁。這樣的比喻，把作者引用的「正得秋而萬寶成」都比下去了，莊子的這句畢竟太道學了。

　　到底是翻譯家，用英文寫過《蘇東坡傳》，林語堂在結尾處，引用英國舞蹈家鄧肯的名言，點明了通篇的主旨，那就是惜秋。《蘇東坡傳》後來被人翻譯成中文，流傳於國內，也算是文學史上的奇事。

一層秋雨一層涼

　　郁達夫的〈故都的秋〉。這篇原沒有看過，倒是他與王映霞的情感糾葛快要成了炒作的焦點。翻過，秋雨、秋蟬、秋槐……似乎滿紙文藝腔，讓人不耐，其實，還是讀的人靜不下心來，倒是結尾很抓人──「秋天，這北國的秋天，若留得住的話，我願把壽命的三分之二折去，換得三分之一的零頭。」

　　一語成讖，郁達夫死於中年。有人說，郁達夫是被日本憲兵抓去，扼頸而死。也有人說，他是死於戴笠軍統特務的暗殺，總之，屍骨無存，成為疑案。

　　看了兩篇關於郁達夫的文章，不敢再輕易地臧否他的秋天，疑惑地拿起來再讀，一點點地把自己的判斷推翻。也許，我們說一篇文章好或者不好的時候，應該用一種更準確的表達方法，那就是這是我喜歡讀的或者反之，更嚴謹的則是，這是適合我讀的

或者不適合我讀的。我喜歡讀的是脆括生響的文章，繞樑三日即使再有餘味，我等不及。

郁達夫的死因有爭議，他的文風也一樣有爭議。有人說，他那極端的自我暴露本已注定他不會被所有的人熱愛。這話說得有點繞口，但意思到了。即，喜歡他的人喜歡死，恨他的人恨死。比如，蘇雪林就說過，郁達夫是名士裡糟粕之糟粕。胡適也說過，郁達夫的《沉淪》是淺薄無聊之作。且看這篇〈故都的秋〉，為了樹北國之秋的旗幟，南國廿四橋的明月，錢塘江的秋潮，普陀山的涼霧，在作者心目中的比較，竟是「黃犬與駱駝」之別。南國之人看了什麼感受，他才不管呢。

還是抄一段鑑賞：清新靈秀、質樸真摯，別有韻味，堪稱詠秋佳作。我想，應該是佳作吧，但到底不如前兩個秋有名。「一層秋雨一層涼」，是文中郁達夫引用北方人的方言口吻，「層」本是「陣」，讀的這裡，有陷落的感覺，和郁達夫一起陷落在北國之秋的眷戀中。雨後的斜橋影影綽綽，橋頭樹顯出淡綠微黃……郁達夫的情感充沛豐盈，像水，流動而活躍著。

「曾因酒醉鞭名馬，生怕情多累美人」，郁達夫這詩做的好，讓人叫絕，但最後的結果是，該醉的時候依然醉了，該累的美人依然累了。只是，鞭的不是名馬，是名人——當時新聞雜誌界的名人們。他在《夕陽樓日記》裡批判新聞出版界的翻譯家，說他們是清水糞坑裡的蛆蟲，身體肥胖，胸中卻一點兒學問也沒有。尖銳、刻薄，一竿子打翻一船人。

再說美人，《作家》曾刊登了一篇文章，〈郁達夫和他的女兒們〉，其中有兩幅配圖，安排得很讓人感慨。兩張小小的照片，一上一下疊放著。上圖是郁達夫的原配夫人孫荃，一身海

青，手持佛珠，立在佛龕前，不用說，萬念俱灰；下圖是風華正茂的郁達夫和美麗溫婉的王映霞。負了前妻也就負了，可他與王映霞，無論是伉儷情深，還是恩斷義絕，都被郁達夫以詩詞、以日記、以啟事整到當時的報刊雜誌上，花邊新聞很是饗了當時的讀者。不是說，男人應該有擔待的嗎？

本是說文學的，竟八卦到感情上來了，果真是「一層秋雨一層涼」了。慚愧。

慈光鑒照緣緣堂

到了豐子愷這裡，突然梗住了，而且一梗就是幾天。一堵門屏擋住了視線，上書一個字「禪」。

豐子愷的《秋》，很難從文章的做法上來探究，這是一個我完全懵懂無知的境界，不可說，一說就是錯。

初讀，我寫下這樣一些話：「沒有過渡的，豐子愷直接就把秋和中年打上了等號。中年的心境，秋天的意境，一針上，一針下，織在一起，就成了這篇秋。《一針上一針下》是潔塵評兩本書的題目，拿到此處來用，很是貼切。果然，鑑賞裡言，作者根據景與情的藝術辯證法，運用『物著我色』，『景與情融』的筆法，表現了他對人生、對世態的看法。說到底，即使是名人，著文也是因為有話要說啊。」

——也就是擦到了一點毛皮而已。

豐子愷與老舍一樣，是舊式文人的代表，好脾氣，愛孩子，甚至愛貓，愛一切的生物、植物，世界在他們眼裡筆下是溫厚的，純樸的。他們都寫過關於孩子的文章，慈父之愛，隔著幾十年的時光還有餘溫。想起他們，就想起《四世同堂》裡的老大，

與世無爭，刀架脖子上也能忍。只可惜，命運沒有放過他們。老舍，沉了太平湖，豐子愷雖然寫了不少頌歌式的文章，文革時依然備受折磨，得了肺癌，於七十年代病逝。一個人的命運在時代潮流的捲裹下，完全不能自主。好在，現在已經是可以平靜地讀他們秋天，並可以隨意感慨的年代了。

今年的桂花遲了半個月，就在前兩天，突然就熱熱鬧鬧全部開花了。一位姐姐，站在桂花樹下，仰面看花，笑著對我說，桂花好像是開會了，決定集體行動。聽她這麼一說，心情突然就輕鬆明朗起來，桂香的季節，是自然恩賜人類的一場盛宴啊，連街道綠化帶都栽著桂花樹，空氣裡芳香四溢。小花園的桂花是四瓣的，嫩黃色，或者說是奶黃色，柔美明亮。筆力還是不夠。別人也寫桂花：「護城河畔兩人高的桂樹上花朵齊鳴，猶如千軍萬馬，聲勢浩蕩。」文字有差別，但感覺是一樣的，和許多人都一樣。

而豐子愷的秋不同，他對春花都看淡了，甚至還有年輕時分外喜歡的嫩柳，在他眼裡，花事總是要無可奈何走向凋零，就像人要從生走向死。「仗了秋的慈光的鑒照，死的靈氣鍾育，才知道生的甘苦悲歡，是天地間反覆過億萬次的老調，又何足珍惜？」也正因此，他捨春取秋，但他沒有像老舍那樣去捨生求死，也許是放不下他的孩子們吧？

豐子愷的漫畫，筆意簡樸，味厚綿長，童話般的，帶著那個時代的印記。還有他的譯著，源氏物語等等，一個人在秋天之後，結下了那麼多的果實，即使心再出世，行動還是入世的。這對於我們來說，是獲贈了一筆財富，滿溢桂花之香。

名士風度

在一個小本本上抄了一段話，忘了在哪裡抄的，也忘了抄下來準備幹嗎，開會時，小友一眼瞥見了，搶著看。這句話是這樣的：「一等文人應該是閒適幽雅、風趣幽默，讓不同時代的人讀者覺得快活，此等人莎士比亞可做代表；二等文人性格孤僻，孤芳自賞，雖不叫人快活，卻不能使人忘記，此等人在文學史上開一派別；三等文人寫了很多，但全部變成了白菜豆腐，無法傳世。」

傳世，離我們太遙遠了，就怕是，連白菜豆腐都不是。

四個人的秋天，還放在那裡，等著我走近。還是郁達夫，機緣湊巧，看了兩篇關於他的文章，不敢再輕易地臧否他的秋天，疑惑地拿起來再讀，一點點地把自己的判斷推翻。也許，我們說一篇文章好或者不好的時候，應該用一種更準確的表達方法，那就是這是我喜歡讀的或者反之，更嚴謹的則是，這是適合我讀的或者不適合我讀的。我喜歡讀的是脆刮生響的文章，繞梁三日即使再有韻味，我等不及，MH 說我是急性子。

〈新名士的舊名士之路──評郁達夫的「採石磯」〉，作者邱睿。若不是研究性的論文，誰還關心郁達夫的〈採石磯〉呢？更何況，〈採石磯〉的主人翁黃仲則？

今天，在新安上讀到唐玉霞的〈飛金〉，我把貼到牆上，仰望，居然也有陽光刺眼的感覺。不太擅長評論別人的文章，還是 MH 說的，寫不出來文章的人才評論人家文章，這樣寫，不會得

罪評論家協會的人吧？嗯，如果得罪了，那也是MH說的，不是我。談老師說唐文是雍容花顏，這篇看似形散的散文，讀完後，居然文字聚焦成一金點，於是，看自己形散意也散、一拈之下就會魂飛魄散的文字，有點失措，受刺激了。

據說，郁達夫的歷史小說《採石磯》也是在受刺激下的情形寫的，刺激他的是當時的文壇大佬，胡適。這段文壇的公案沒有桃色色彩，扯起來有點遜色，但也還有些可讀的情節。

1922年，郁達夫二十六歲，正是躊躇滿志的時候，尖銳，所向披靡，他在《夕陽樓日記》裡批判新聞出版界的翻譯家，其中一段為：「我們中國的新聞雜誌界的人物，都同清水糞坑裡的蛆蟲一樣，身體雖然肥胖得很，胸中卻一點兒學問也沒有。」一竿子打翻一船人，未曾想，預料中的敵手還沒接招，斜刺裡，就衝出一員開路先鋒，胡適，「用一篇名為〈罵人〉的文章，向他們放了一次冷箭。」說上述話的，是郭沫若，想來，當時郭沫若和郁達夫是一個陣營的。胡適是怎麼說的呢？拿錯誤的譯書來出版，和「初出茅廬的學生」拿淺薄無聊的創作來出版，同是一種不自覺的誤人子弟。胡適是公認的謙謙君子，如此不客氣地批評一個青年人，想來是太看不慣郁達夫的張狂了。郁達夫立馬對號入座，那本淺薄無聊的創作，就是備受當時文壇爭議的《沉淪》，據說，那裡邊充滿了性描寫和頹廢情緒……

張愛玲的是與非

(1)

1945年，報紙上刊載了第三屆大東亞文學會議代表名單，上面出現了張愛玲的名字。不日，張愛玲即登報聲明——「大東亞文學者大會曾經叫我參加，我寫了此函去，為：『承聘為第三屆大東亞文學者大會代表，謹辭。』報上仍沒有把我名字去掉。」

為張愛玲做傳略的于青這樣寫道，這個聲明對於從來不重視輿論的張愛玲來說，極為罕見，也可見她對此事的鄭重其事，于青說，在這個問題上，張愛玲守住了她心中的是非底線。

這個底線，對於手拿當今政治標準衡量她的人們來說，可否過關，已經不是很重要的事情，歷史對於一個人的功過評判，還要講究是非分明，對於一個未曾與國家民族為敵的普通女子，對於一個留下民國生活畫卷的女性作家，她就是那麼十惡不赦嗎？

是的，張愛玲為人所詬病的是做了漢奸的老婆或者情婦。她，不過是愛上了一個不該愛的人，她是一個平凡的，和常人一樣，有著七情六欲的女人，她喜歡一個能夠欣賞她才華、懂得她的才華、同時自己也擁有才華的人。她的確沒有因為國家而與那人恩斷義絕，而是因為那男人的濫情，她愛上的是有婦之夫，她離開的也是有婦之夫，在這點上，她的感情只關乎她自己。但是，我不同情她的遭遇，也不憐惜她的受傷，都是成年人，誰種

下的樹誰自己收果，苦果也罷，甜果也罷。包括今天人們對她的種種非議。

分手時，她給了胡蘭成一筆稿費，我說這是她的仁義，一位老師唾棄說，這是卑賤的仁義。是啊，即使是卑賤的仁義，也比不仁義好吧？在後來閆紅寫的《哪一種愛不千瘡百孔》中，我看到，張愛玲給胡蘭成的這筆錢，是償還她在困難時胡蘭成給她的資助，這樣斬金截鐵的分明，多麼爽快。還好，在感情的選擇上，張愛玲還有次境遇能為她一辯，在美國，她與信仰共產主義的賴雅結婚，並在賴雅癱瘓在床的時候，不離不棄，在經濟上、生活上撐起了這個家庭，直至賴雅去世。這些，都不被鄙視張愛玲的人採信，他們，認定她是個卑賤的女人，那麼，她就是卑賤的女人吧？她需要人為她辯護嗎？不需要。

好吧，現在可以說說我心目中的張愛玲，雖然，在這般苗頭之下，我應該應和眾人，和張愛玲劃清界限；或者，如某網友所言，張愛玲同意你這樣叫她嗎？事實上，無論張愛玲是怎麼想的，師友們是怎麼想的，都不重要，在我心中的張愛玲就是可親可愛的……

(2)

原本，說起張愛玲，是個無趣的話題。有人說，張愛玲已經被寫濫了，寫什麼都味同嚼蠟。這些都是還算溫和的說法，甚至還有頗為傷人的評價，認為喜歡張愛玲作品的人多少有點病態。

我，尊重所有人的看法，尊重所有人的選擇，同時，我也尊重我自己的觀點——張愛玲對通俗文學的貢獻，不能抹殺。如果，人們能原諒郭沫若的後期打油詩，為什麼不能用一種學術的

觀點來看待張愛玲的文學成就呢？何況，在文學的創作上，張愛玲並無民族和道德上的瑕疵。

張愛玲的創作高峰期，正是上海、香港淪陷期間，那是因為她生在了那個時代，人不能選擇出身，也不能選擇出身的年代。她的創作題材，多是沒落家庭的人間悲歡，筆下流淌的是人性的複雜和多重，也許是我孤陋寡聞，我並沒有讀過她為日偽寫過有傷民族自尊的作品，如果有，我願意及時承認並改正我的錯誤。

說起張愛玲，人們都要說起她那蒼涼的手勢，她若有知，一定不屑於這些說法。她對俗世，是冷漠的，她的自私，也是不喜歡她的人依據之一。但是，你要知道，她是出身在那樣一個沒有父母憐愛的家庭，她是那樣一個被父母半遺棄在荒茫世界上的弱女子，這世界對她是如此寒薄，從小，她的感情就被凍結了，什麼才是照在她頭上的暖陽呢？那就是文字，她畢生熱愛的文字。她用文字溫暖自己，也用文字在幾十年的光陰隧道上刻下了她的名字「張愛玲」。

（3）

一位我非常尊敬的老師，非常不喜歡我喜歡張愛玲，說是提到張愛玲就生氣，為了不致在這寒冬給他帶來不快，我願意改掉原來的題目——親愛的張愛玲。若是個人的好惡影響到朋友的情緒，我還是放心裡好了。

現在，我只想說說張愛玲的文字，說說她的才華。不少人不能容忍那段她自己都不堪回首的情感，不能容忍她自己也定義的自私和冷漠，這些都是可以理解的個人觀點。但，否定她在文字

方面所獨有的悟性以及才華，是有些困難的。至於，你不喜歡這樣的筆調，不喜歡那樣的故事，我不能說你讀不懂張愛玲，只能說是個人的閱讀習慣與閱讀需求不同。

張愛玲的話，因為雋永含蓄，已經成了許多人寫作時喜歡引用的名句，比如，生命是一襲華美的袍，上面爬滿了蝨子；出名要趁早；喜歡一個人，會卑微到塵埃裡，然後開出花來；笑，全世界便與你同聲笑，哭，你便獨自哭；短的是生命，長的是磨難；因為懂得，所以慈悲……這些短句，這些簡單的方塊字，嵌進去的是一個生命，在漫天風沙下找到的一眼清泉，回味這些話，不禁會感慨，她的文字竟然有這麼強的生命力。

對於文字，張愛玲有天生的愛好，她毫不客氣地稱自己為天才，事實上，她的文字功力，她的創作成就，是擔得起這天才二字的。如果說她三歲起背唐詩，還不足為奇，那七歲就寫了一個家庭悲劇的小說，只能說明她天生就是個寫小說的。

被人們一向視為病態的張愛玲，曾有這樣一句話：一個在有著愛情家庭生活的孩子，必定會有積極健康向上的生活態度。我不知道，這能不能作為她人生軌跡的注解。從小，生母離她而去，遠赴重洋，她那顆幼小的心，從來就沒有附著過在任何溫暖的地方。繼母與親生父親的毆打，讓叛逆的她失去了最後的親情，她的母親，她的父親，甚至，她的繼母，一定都有他們自己的苦衷，但，事情就這樣發生了，張愛玲就從這個日漸衰敗的金玉堂裡，像個乞兒一樣，被拋在茫茫人海裡，唯有她姑姑給她的些許溫度，只是，這螢火能照亮她前行的路嗎？她一個人跌跌撞撞走下去，她得緊抱著自己的臂膀，不讓這最後的暖意散去。

一個得不到家人所愛的女人，她只能自己愛自己，且，她的冷漠，並無傷害他人的動機與行動，她心底裡存的對人類與生存的好奇與探究，讓她時刻睜大眼睛在觀察著世俗的塵土與泥埃，觀察著世人內心的波瀾與沉澱。

「張愛玲的筆宛若金針，貌似漫不經心地描龍繡鳳，實際上卻將字字句句都刺在了你的心上。」引用別人的這段話，我不由悲從心來，是啊，有那麼多寫張的文章，我是寫不出彩的，但是，我真的是為寫出彩而寫的嗎？我只是想寫出我心目中的張愛玲。如果我這樣寫——親愛的曹雪芹，會不會引發更大的口水仗？我說親愛的曹雪芹，是因為他留下了偉大的紅樓夢，與性別無關，與些小的詞性定義無關。同理，看看我電腦邊一套四本的《張愛玲文集》，我想，一個人死去後，還有這些美麗的書讓後人分享，即使，她是被人辱罵著的，她也不枉來此世上一遭。

（4）

張愛玲曾經寫：「我是個最沒正義感的人……」，就是這樣一個自稱沒有正義感的人，在外灘看到警察毆打無辜的路過小孩，眼裡恨不能飛出刀子來，甚至在那一剎那，幻想自己是個警長的太太，上去給那警察兩耳光。可惜，這樣自抬身價的描寫很少。更多的是，她展示自己的冷漠，我不知道她那麼寫的動機是什麼，文字，是她筆下的，她完全可以像世人一樣，粉飾太平，至少，掩飾自己。這就說明，她是不在乎別人怎麼評價她的，她對於自己，對於這個世界，是真實而忠實的。那樣一種平實的人生態度，沒有帶給俗世溫暖，猶如一塊琉璃水晶，冰冷，然而是這個世界的一個飾物。是灑金帳上的一個金鉤，輕輕掛起來，你

會看到，帳後是一個舞臺，許多可憐、可悲、可歎、可愛的人物，在那裡動起來，白流蘇、紅玫瑰、小艾、霓喜、七巧……然後，燈光黯淡下來，一切都結束了。

張愛玲遣詞造句之精妙，使她的作品有了蘇繡般的絲滑質感，而且，她的奇思妙想，正是寫人之未寫，她的筆下，看不到時人用慣的俗語陳句，所以，她的經典語錄一直新鮮至今；還有，她對古典文學、俗世變遷的關注，讓我們在她的文字讀到了那個時代所獨有的生活場景，即使是一篇散文，如〈更衣記〉，她一路行雲流水般寫來，就是一部民國服裝史，她，不過是皚皚雪原的一朵雪花，就是這朵雪花，凍成了民國生活片段的一個標本，對於有標本意義的文字傳世，你怎麼辱罵她，都無損於她的文字存在的價值。

她的作品，因為極強的故事性，有極強的場景感，至今還在不斷地被改編成電影，雖然，有許多人聲稱不看這些男怨女愛的故事，但有人愛看，還不在少數，這對於一個創作者來說，何來失敗之說？舉兩個小片段吧，在〈傾城之戀〉中，白流蘇從香港回到娘家，她的親兄們的舉動，被她用三句話，描摹得活靈活現，世態人心之薄涼，之複雜，頓現筆底，還有在〈紅玫瑰〉裡，那個為振保拿衣服的老媽子，在衣服上的輕輕一拍，無意中流露出對其的憐憫。其心理刻畫，纖毫畢現，非一般觀察能力和勘透世情的人所不能為的。在張愛玲的所有作品中，這樣的細節描寫和精彩段落，比比皆是。

與《紅樓夢》的厚重相比，張愛玲筆下的小說未免太單薄了，有題材單調，角色單一之弊，這是她生活的所限。那一個個中長篇，都嫌短小。是一個個片段，是一個個橫截面，我很

遺憾，她沒能寫成一部長篇巨著，那是因為她的生活總是動盪著嗎？

　　最後，還是要歸結她那本《小團圓》，不知道是出於什麼樣的意識，我沒有買這本書。張愛玲，在死去了多少年後，還要被世態炎涼狠狠出賣一下。朋友傳給我看的是《小團圓》的電子文本，我粗粗看了。不願深究。憑直覺，這是被人動了手腳的小團圓，照例，張愛玲在書裡有一些只屬於她的妙語，但有些雞精和味精不是她加的，尤為明顯的是《小團圓》的結局，那麼天真般的夢境，張愛玲早就說過，一個生活在現世裡的人，偶爾天真一下不要緊，若是系統地天真下去，總是不大好，她，怎麼會用如此俗俚不堪的夢境作為人生的結局呢？

　　她對這個世界，從來就不曾抱有過夢想……

浮花浪蕊

　　關於張愛玲，在我這裡總算有點新鮮的話題，比如小說〈浮花浪蕊〉，雖然看得有點雲裡霧裡的，要靜心才能釐清人物關係。很多句子的起頭都沒頭沒腦的。在別人的故事裡清醒、精彩、俏皮，輪到寫自己了，到底還是含糊著，半遮半掩的。按理論上說，是張愛玲後期作品的一種嘗試，從普通的讀者閱讀趣味上來說，這種嘗試並不是成功的，是作品的生不逢時。然而，對於作者本人，是一種突破。只是，她已經沒有時間和氛圍允許她將這種突破走的更遠。

　　查了，題目的出處在唐・韓愈〈杏花〉詩裡：「浮花浪蕊鎮長有，才開還落瘴霧中。」張愛玲以此為名，寓意不言而喻。

　　張愛玲修改的〈小艾〉結局，極具為政治服務的傾向，有人以此作為張愛玲作品並非不問政治的證據，而且，對其言不由衷的文品表示懷疑。這是作家善辨風向的自我保護……一言難盡。

　　只想對張愛玲的小說創作階段做些瞭解。沒有目的的，只是感興趣。於是看了〈同學少年都不賤〉，小說很短，初看的時候浮躁，貽笑大方。

　　那也許是拋卻浮華之後用心寫作的東西。

　　如果，小說原形是炎櫻和張愛玲自己的話，那對張愛玲來說，是多麼大的失落，是失落，而不是傷害。因為，她的心早就準備好了。在她的生命底色裡，唯有寫到姑姑和炎櫻，尤其是後者，她的心緒是那麼的放鬆，那麼的輕快。

　　然而，也許不是，張愛玲自己也說，為什麼沒人把紅樓夢當小說看，那麼，為什麼不把〈同學少年都不賤〉當小說看呢？然而，張愛玲是不會杜撰的，這段故事至少是有這麼一段影子在的，但，她能寫下來，說明她心裡已經放下了。後來，她無限信任和信賴宋琪夫婦，還好，這世界上總還有讓她信任的人，那麼，張愛玲的後期生活裡，也算不孤苦伶仃了。雖然，到最後，老宋沒辜負她，小宋卻辜負了《小團圓》到底面世了，有多少真實的成分，有多少張愛玲的意願，都不可究了。我也是憑空在這裡胡說亂語，但有這麼多人喜歡看張，這對張愛玲應該是個安慰吧？對於一個已經在另一個世界上的人來說，隱私，也許就不那麼重要了。

　　張愛玲寫，她天生就是被人誤解的，而且，她天生就是來這世上體味悲涼的。

　　〈鬱金香〉很短，看了之後，我都忘了寫什麼故事的了。是兩兄弟愛上一個丫鬟的故事，丫鬟叫金香。和她早期的作品比，沒入骨。

　　也許又是妄言，總感覺張的後期作品沒有突破。過於沉重。失去了早期作品對人世和自己的嘲弄，晚景的本身，她已經沒有調侃與幽默的空間了。但最終，她滿足了隱居的心願。也算善終。

離歌

拆開一小袋清涼味的洽洽瓜子，裏著一層白色薄荷粉的瓜子，一接觸空氣，竟然慢慢變成了黑色，黏黏的。下了整整兩天的雨，空氣裡飛舞的都是水分子，像是梅雨天，卻比梅雨天要好，畢竟，風雨帶走了盛夏的暑氣。

整個下午，就那樣趴在床上，翻看張愛玲的〈小艾〉、〈傾城之戀〉、〈第一爐香〉，像張愛玲一樣戀戀於這些世俗的故事。張愛玲對人性細膩準確的理解，在這樣的雨天越發地沉重起來，似乎，的確，張愛玲不能讓人振作，更多的是碎碎的哀傷，像刀子一樣，直刻到人的骨頭裡去。

信樂團〈離歌〉那歇斯底里的悲愴，不屬於淡泊的張愛玲，卻符合此刻我的心境。在異國他鄉高樓上，張愛玲一個人靜靜地走上天國路。她選擇了孤獨，必定是她喜歡這樣，寧可這樣。喧囂是塵世的，自稱俗人的她何曾俗過？淒涼離世，這四個字不屬於她，哪個靈魂的離去不是孤獨的？隆重的葬禮是為生者的，死者自有歸宿。

張愛玲的自私冷漠不避人，因為真切，所以讓人無法反駁，不過，這樣的自省，比起唱高調、扮高尚的，又要親近許多。她寫戰爭年代做看護，傷員腐肉蝕骨，呼天搶地叫疼，她卻無動於衷，連淚也沒有，自顧自地用小銅鍋熱牛奶。看似自私，卻是心如死灰般地無奈。一介女子，能阻止戰亂，能拯救蒼生嗎？她不願意浪費感情，如果，她曾經浪費過，那是因為胡蘭成，那是她

第一次、也許是唯一的一次，只這一次，便是錯了。所以，無論是在胡蘭成之前，還是胡蘭成之後，她一直封閉著心門，這是對的，門關著安全，至少安靜。

張愛玲小說中，涉及男女情感的占多數。但她幾乎沒有提及過自己的感情，人們知曉她與胡蘭成的愛戀，多來自於胡蘭成的《今生今世》。有人曾寫道：張愛玲高估了這個男人的德行，卻低估了這個男人的記憶力，閨房裡的那點私密，多年後被胡蘭成當做胭脂，不管不顧地抹在了臉上。他寫：「她用手指撫過他的臉，說你的眉毛，你的眼睛，你的嘴，你嘴角這裡的渦我喜歡……」，還有，下雨時兩人同坐黃包車：「她坐在我身上，可是她生得這樣長大，抱著她只覺諸般不宜……」難得張愛玲沒有反駁。追到溫州去看胡蘭成的張愛玲，是迷惑俗世情感的女子，但她用了一年半的時間，剜去了這肉刺，從此兩不相干，她寧願心結繭，也不願藕絲連，這樣的女人賤嗎？不要隨便辱罵一個女人，尤其是張愛玲這樣勘破世情，有著七竅玲瓏心的女人，她看人心，猶如在高樓上看市景，盡收眼底，世人的那點小九九，幾十年前就讓她寫得入骨。

許多人不喜歡張愛玲的文章，連王曉波也說——「天知道張愛玲後來寫的什麼東西，她是把自己的病態當成才能了。」如果說，張愛玲是病態的，那也是因為整個社會病了。張愛玲喜歡揭開面紗，讓人們直面人性暗面生出的紫色凍瘡。我不知道她的潛意識裡，有沒有醒世的用意，比如，〈金鎖記〉裡親手毀掉子女幸福的七巧。

曾在《散文》裡讀過一篇文章——〈到上海去看兩個人〉，作者要看的另一個人是誰記不得了，還有一個就是張愛玲。她寫

道，張愛玲穿著旗袍，扭著腰肢走進來，輕聲細語地和她喝茶聊天。看到此處，我簡直要從鼻子裡哧出聲，這是張愛玲嗎？對於張愛玲，我的打算是遠眺，也只能遠眺，看她如曇花一樣，繁華落盡，湮滅在歲月的盡頭……

吹斷簷間積雨聲

天，陰了兩天，終於沒強過去，還是下雨了。雨天，適宜把窗簾拉起來，點一盞橘黃色的檯燈，再泡一杯茶。朋友要去看棲霞紅葉，下雨了，也不知道看成沒有，很是惦念。想想，雨天看紅葉應該更鮮豔吧？只是，好像有點矯情。

即使下雨，還是要出門的。在冬雨裡走了一遭，沒有絲毫的寒意，夜空是暗紅色的，有暖融融的氣息，彷彿天際深處，有火在燒。氣候與過去到底是不同了。冬天的日子不冷，廚房的冰箱裡，有矮棵子青菜、白嫩的圓蘿蔔、新鮮的豬肉、帶黃油的母雞，一切都儲備得足足的，有米爛糧倉的富足感。

九百年前，也是一個雨天，後來晴了。於是，蘇軾寫：「東風知我欲山行，吹斷簷間積雨聲。」胡蘭成評：「天晴也是尋常事，惟他會自個兒高興得意」。其實，就是天不晴，蘇軾依舊高興：「莫聽穿林打葉聲，何妨吟嘯且徐行。」多麼瀟灑。看人生活得愉快，也是一件愉快的事情。

胡蘭成若不說今生今世，不拿張愛玲做大旗，還是有許多話值得一聽的。也許是在臺灣困境之時，受了朱家的幫扶，就常把朱天心的《擊壤歌》與中外名篇纏雜在一起講。朱天心的《擊壤歌》沒看過，但與李白、蘇軾還是有差別的吧？不過，也無不可，從古到今，從遠到近，收放自如。讀的人感覺近了許多，不像教科書。胡蘭成說魯迅與周作人，是一個人的兩面。但兩人的晚年相差甚遠，周作人是尋味人間，而魯迅則是生活於人間，有

著更大的人生愛。簡直是智者之言。再摘一段：「朱熹、王陽明的詩文，人不若為道學，不會去讀它。但是我們全不為什麼而讀蘇軾的詩文，不為哲學而讀《莊子》，不為學歷史而讀《史記》，不為文學而看《紅樓夢》……」如此論斷，心中是有同感的。曾經以為隔膜甚遠的，似乎也在目光所及之處了。

　　許多人都是極鄙視胡蘭成的。但我卻覺得胡蘭成的文字值得一看。不是為自己辯，胡蘭成對於文字，有天生的敏感與愛好。比如，他在舊小說裡，看到這樣一段很平實的話：「那秀才自於潛到臨安去，一路上的景致，山是真山，水是真水，他看之不足，觀之有餘。」胡蘭成說，他就愛「真山真水」這四個字說得好。還有，戲曲裡的一句唱：「那有情有義小叔叔。」胡蘭成竟用了驚心動魄的詞來誇獎，說這句唱，能讓人看到可以為之死的人世。當然，胡蘭成這裡無疑用了誇張之法。文字若是按這樣的讀法，隨便拿起一本書，都可以品味出歲月的天長地久，而且，回味無窮。是真的。

打開《天窗》、《學其短》

當初，選擇買鍾叔河的《學其短》回家，便是準備和孩子一起看的。但，並不著急給他，每天自己看上兩頁，然後有意無意地放在床頭。孩子往往有逆反心理，讓他讀的偏不讀，不讓他看的偏要看。小子果然上鉤，悄悄地自己把書摸到手，居然就看得津津有味。鍾叔河是誰，他並清楚，然而書中所選的古人短文、筆記、信札，以及作者的解釋點評，都是他感興趣的。我不知道這樣靠天收的閱讀，他能消化多少，但我知道，此書對他有百益而無一害。而且，讀書本身，就是一種良好的生活興趣，我相信，一切有品質的生活，從讀書開始。

知道鍾叔河，始於讀他的《天窗》。《天窗》，寓意很明顯，書，彷彿一扇窗子，打開它，就會為讀者引進光明與生氣。鍾叔河是我國著名學者，編輯，學富五車，更重要的是他的膽識過人。周實這樣評說鍾叔和：「他的筆真的像劍，劍氣一旦逼住對方，也就悄然入鞘了。」從《天窗》攀延，我又找到了他的《學其短》。與《天窗》選材古今雜糅相比，純粹是短文選讀，而且加了注解與評點的《學其短》，對於少年的閱讀來說，可能更純粹，更有趣味性。

在《學其短》自序中，鍾叔河說，這本書裡的文章，本來是為自己的外孫女兒們而寫的。她們都讀過，如今她們都是碩士和博士……這樣的寫作動機，太讓人動心了，我們能分享大師的諄諄家教，何其幸也？鍾叔河又說：「我拿來的『讀』和『曰』

的，都是每篇不超過一百字的古文，又是我所喜歡，願意和別人共欣賞的。」選這樣一本書，與孩子共讀，就等於把大師請回家，與我們共話古今。

有書評家說，讀鍾書河的書，必須格外小心，在先生隨意的引用與點撥下，可能就隱藏著一個玄機。先說該書的形式，短，是其特點。既短又有內涵，於人於己，都是功德無量。鍾叔河的《學其短》，既超脫又關切，糅合淵博的知識、深沉的智慧，猶如一微笑、一顰蹙，而傳達的情愫卻遠在橫眉怒目之上。再說內容，無一篇不精彩，不讓人回味無窮。試舉一例：「陌上花開，可緩緩歸矣。」選自五代錢鏐的〈與夫人〉。先生的解讀，即交代了歷史背景，又抒發了人間真情，且觸類旁通，介紹了蘇東坡的「遊女長歌緩緩歌」的出處。九個字的短文，其知識含量之大，讓人讀後滿口餘香。《學其短》全文三百十六篇，若讀完，我們定是珍寶滿懷了。

古今笑

偶爾翻到一本小書，上面一則詞，讓人捧腹。好玩，且錄之。

〈南樓令〉　謝應芳

老友劉景儀去秋以星術推測年命，謂近春當即世。乃預具葬具，且自為埋銘及賦詩自挽。既而失去行囊之資用，鬱鬱然康強無恙。余故作此曲，戲而付之。

生死隔年期，劉伶老似痴。動教人、負鍤相隨。驚得青蚨飛去了，無酒飲，卻攢眉。春暖典春衣，還堪醉似泥。趁清明、雨後遊嬉。楊柳池塘桃杏塢，春水漫，夕陽遲。

兩個好玩的老人，一個叫劉景儀，無師自不通，自己給自己算命，要死在來年春天。結果，興興頭頭給自己操辦起後事來。不但買了升官發財那玩意，還要展示一下自己的文采，連墓誌銘及輓聯都不勞他人動手，親力親為。誰知道，冬去春來，柳綠花開，老劉同志活得好好的，一點毛病都沒有，這讓他自己目瞪口呆。活著，本來是件好事情，只是，這老劉同志對最後一次消費太投入，把所有的銀子都砸進去了，結果，活是活著，但買酒的錢都沒了。其老友謝應芳也是個超有意思的人，見這奇人奇事，笑得打跌不算，還留下了上面那首詞海中少見的幽默搞笑之作。

他嘲笑老朋友，讓他效仿杜少陵，典了春衣換酒，一醉方休。既然沒死，還是一起嬉鬧山水間，看春水夕陽吧。兩位老先生都是超然灑脫的人，生死看得很淡，可以拿來開開玩笑。

看資料，謝應芳是元明之際的一位教書先生，無官無職，活到了九十七歲。評詞的人解釋，老人家高壽的秘密就是——笑著生活。

再錄兩個笑話，也很有很有意思。

從前有個人叫李廷彥的，獻《百韻詩》給上官。詩云：「舍弟江南沒，家兄塞北亡。」上官一看，心裡難過啊，說：「君家凶禍，一至於此！」——連死都死得一南一北的。這李廷彥也老實，回道：「實無此事，圖對偶親切耳！」眾人聞之，歎為奇才，一刻薄客人戲言：何不對「愛妾眠僧房，嬌妻宿道房」？猶得保全兄弟啊。不知道這李廷彥臉紅不臉紅？

再說三個名人的筆墨官司。王籍有詩千古流傳：「蟬噪林逾靜，鳥鳴山更幽。」王安石改用為：「一鳥不鳴山更幽。」黃庭堅讀了，揶揄道：「此乃點金成鐵手也！」

有意思吧？

其實說笑話我最不拿手，往往是，一個笑話沒說完，我笑得要死，人家不知道我在說什麼。聽聽笑話還可以。最傻的一次笑，是少年的時候看《水滸》，武松還是誰喝多了，被人用繩子吊到大樹上，宋江去解救，但他矮且輕，那頭武松給放下來了，他自己給吊上去了。想想那情景，一個人捧著書笑得前仰後合。結果，鄰居大媽從門口路過看見了，以為我發了癔症。想想施耐庵也挺有幽默感的。

煙雨墩上瑩如雪

不知道讀《寶姑》是哪一年，甚至想不起是在哪裡借的這本書。現在想看，卻是遍尋不著。記得，《兩種美國人》也是看過的，今天，隔著幾十年的光陰，坐在這裡靜想，是誰，指引一個懵懂無知的蕪湖丫頭，翻開王瑩寫的這兩本書的？

從沒有一本書，如《寶姑》一般，把我們外婆輩的艱辛，把十里長街的風雲，記敘得那麼真切逼人。彷彿，幽暗的銀幕上，一雙雙腳，從長街深處，一步步踏過來。青衫旗袍，人影幢幢，她在人叢中回眸一笑。

若是王瑩還活著，我會去看她嗎？當年的她，是美豔逼人的女明星，對於炫目的東西，我總是會躲避，會怯場。但，老了的她，應該慈祥如冰心，是蕪湖女子文學的老祖母。雖然，她更著名的身分是三十年代的女明星，把《放下你的鞭子》演到了白宮。

可惜的是，對於《寶姑》中描寫的許多細節，都沒有了印象。唯一可以確定的是，翻開書，日光會一點點的黯淡下來，爬滿青苔的山牆，鬱鬱地散著潮濕的草腥氣。偶爾，有深綠的爬山虎攀上了哪家的窗臺，那小小的窗戶啊，是那麼方方的一塊，映著遠方青藍的天，和近處的黑魚鱗瓦。探頭窗外，又是一院人家，天井裡，青石板凹凸不平，凹的地方汪著水，一走一滑。院外，有窄窄的深巷，被兩邊的高牆壓迫得更加逼仄。天暗了，要閉著眼睛跑過去，怕牆頭趴著黑白無常鬼。

青弋江上，隔一段便有綁成井字形的跳板，女人們挽著籃子，下河淘米，洗菜，洗衣，河水是黃色的，渾濁，男人們若是挑回家，要用明礬澄清後才能喝。從跳板上站起身，目光極處，是孤獨的中江塔影，映著斜陽餘暉，有時，會有火燒雲在天邊瀰漫。如今，唯有中江塔，還和一代代的人一起，看青弋江匯入長江，看光陰歲月隨波而去。

河埂下的院落裡，還有屋簷下的雨打風鈴，還有天井人家桌上的小蝦炒豆腐渣。這，分明是自己童年記憶的畫面，卻生生地按在了《寶姑》的書裡。

而寶姑，最終踩著長街的青石板，倉皇逃離蕪湖。青弋江上，一艘小船載著這個女子，飄到了上海，飄到了美國……一個逃婚的女子，哪裡會曉得，她的人生路上，會有如此絢麗的煙花燦爛，會有如此淒慘的人生收梢？

三十年代的女星，個個秀媚出眾。有蝴蝶，有藍萍，還有王瑩。似乎，是為了爭演賽金花這一角色，王瑩與藍萍——就是以後的毛夫人江青，結下了怨仇，埋下了致命的禍根。這是坊間傳說，我沒有驗證，也無從驗證。

在舞臺上，王瑩是個出色的藝人。有她的照片為證。那時候人的審美觀有些不同的。一律是捲曲的頭髮，優雅地攏在耳後；彎彎的眉形，略濃；丹鳳眼裡含著幽幽的表情；輪廓分明的嘴唇，微微向上挑起，那是一個欲笑又止的表情。而中年後的王瑩，有著脫俗的書卷氣，那是她讀書著書不輟的緣故吧。恍惚記得在哪裡看過，除了寫下這兩本自傳體長篇小說以外，她還在當時的報紙副刊上頻頻發表文章。蕪湖走出去的女子王瑩，是秀外慧中的。文學，像星星一樣，照亮她的行程，是她人生溫暖的撫慰。

　　她沒有和冰心、張愛玲一樣，在文學上獨樹一幟。但她留下的兩本書，寶貴之處在於是歷史人生的真實記錄。生活在繼續，她在現場。許多傳世的書不都是這樣嗎？後人們要從中讀到，那個時代特有的氣息。《寶姑》是這樣，《兩種美國人》也是這樣的，但是，我們找不到她的書了，但我多年前分明讀過，許多人也讀過。

　　無法想像，一個澎湃的生命力被囚禁的時候，心中有多少憤懑找不到出口，胸腔會不會憋悶成一個大氣球，到了極限的時候，「砰」地一聲爆炸？王瑩在獄中，被迫害，被侮辱，有多少絕望像刀，把她生命的綠葉，一枝枝砍落，直至生命之樹成了枯萎的木椿。

　　王瑩，如今是白色的石雕像，靜靜地坐在碧波環繞的煙雨墩上。襯底的是蔓蕪的草叢，夾雜著星星點點的白色蕙蘭。綠色的樹冠從上面遮蔽過來，間或，樹杈上會有鳥糞落下來。她是不會介意的了，在獄中結束了生命的她，還有什麼污穢不能容受的呢？隔了半個世紀，牢獄中聚集的怨戾之氣也隨風而散了。她的身後，是喧囂的二十一世紀，街衢鬧市，人聲鼎沸，而煙雨墩獨靜。

　　當夜色暗下來，天地之間都歸於平靜的時候。王瑩，也許會長吁一口氣。鏡湖，在月色中抖動著無數銀波。如果有風，滿島上的樹會颯颯作響，不知道她是否喜歡這個所在？不遠處，就是她當年出走的長街。煙雨墩並不獨屬於她，阿英、洪鎔，作為蕪湖文化現代史的傑出代表，他們在一起。只是，還有多少蕪湖人知道，煙雨墩上的他們，曾經的苦痛與過往，曾經的奮鬥與響往？

　　其實，哪一個平凡人的一生，不隨著時代的洪流而波瀾起伏？哪一個延續下來的生命，身上不烙著時代的點點印記？

金花紙寫清秋詞

　　與她們在一起吃飯，我是微笑著領略她們不同一般的幽默——湯裡的絲瓜有點老，那麼，是七十五歲的老奶奶絲瓜燒的。還有許多妙語，很經典，我卻忘記了，真遺憾，我該拿個小本子當場記下來的，一句話就是一篇好文章。她們依然睿智如斯，淡定從容地打趣著世態人生。

　　她們該是王瑩後一輩的人，九十年代的時候，人們稱她們為蕪湖女子文學的「六朵金花」。我們尊敬她們，但對於她們的精神世界卻是有隔膜的，若是她們願意，稍稍打開心扉，我們就能像沒見過什麼世面的小姑娘，靠在門邊，窺視一下內裡的豐富。但這樣的機會很少。她們是有使命感、道德感、責任感的一群寫作人，我確信。

　　「下雪了，有的抬頭，有的扭身，一起望著窗外。彤雲密佈的天穹越發鉛色，雪白的飛絮一片片散下」。冬天，她們幾個在陸和村喝茶，政府官員、大學教授、自由撰稿人……這些是她們職業之外的身分，這種說法不確切，她們中有的人就以寫作為生。

　　我喜歡想像她們在一起喝茶的悠閒時光，溫馨，放鬆，美好。她們身處的時代，有個階段是嚴肅的，拘謹的，拒絕享樂的，好在，那個時代很快就結束了。於是，她們和我們一樣，聚會，喝茶，聊天，儘管話題也許不同，但畢竟行為是一樣的。這樣，好像我們的腳印就會疊加在一起，我們能攜著她們的足跡去同一個地方——文學的聖殿。

　　人流中，她們是與眾不同的一群人，即使是同樣衣著的中年婦女，如果，你注視她們的眼睛，你就會發現，她們的眼神迥異於周圍的人，銳利逼人，好像能看到人的心裡去。那是因為她們的內心沒有停止過思維，一個不斷思想的人，精神之光會折射到眼睛裡的。

　　寫王瑩，是情之所至。因為遠，看得就清晰。她們卻不同，我們之間的生活空白只欠著十年、二十年。但這十年，二十年，是冰火兩重天，我們站在歷史的邊緣，灼熱的、瘋狂的時代已經在身後，而她們從文革歷史中走過，她們所經歷的，我們永遠也無法感受。這，就是我們與她們的不同之處。在和煦陽光裡長大的我們，唱出來的歌也是纖細的。即使碰到些溝溝坎坎，摔下來，傷的不過是自身的尊嚴，痛的也只是自己的體膚，無關社會，無關民族。或許，是有關的，我們中哪怕最聰明的女子，也沒有把它們聯繫在一起。甚至，我們拒絕文學的這種分量，似乎這樣擔上這樣崇高的使命，我們便像木偶一樣讓人恥笑。生活的影像紛繁錯雜，像蜘蛛絲一樣把我緊緊盤住，我只能在縫隙裡打量並體會她們的文學人生。不確切，甚至是誤讀。

　　週五，去赴一個聚會，去遲了，一桌人坐齊了，獨留下一個位置是我的，不偏不倚，與我的身分吻合。不由從內心裡微笑了。這正是她們中的一個，一位政府官員，在一篇題為〈讓座〉的文章裡所寫的場景。在人生的餐桌前，她不僅僅是就餐者，更是一個觀察者。勘透了人生況味，漸漸地，她的書寫不帶著個人的情緒，你不能說這樣的人生記錄是悲戚的，也不能說這樣的人生記錄是幸福的，這就是生活本身，她所做的，是從生活的菜筐裡，撈出最新鮮、最有滋味的原料，洗、切、燒……然後，端上

桌子，任人享用。你能不能品出其中的妙處，就看吃的人悟性了，文章與讀者之間也要講緣分的。

再說另一個。在蕪湖文學界，她搖著輪椅的身影，已經是一個精神上的象徵。倔強，果敢，自信，她的目光所及，是一個又一個高峰，她要登上去，把山踩在腳下。漸漸地，她的堅強意志已經折射到她周圍的人身上。曾經，在鏡湖邊的紅雨林，她召集了一群喜愛文學的人，討論與文學、與寫作有關的話題，這是文學沙龍的一個替代品，因為簡單樸素，沒什麼貴族氣。年輕人，捧著自己的習作，朗誦，相互切磋。在文學青年已經成貶義詞的今天，這樣發痴的舉動讓人好笑。鏡湖，再次成了文學的背景，王瑩在煙雨墩，她們在紅雨林——一個茶坊。那天下著雨，鏡湖煙雨濛濛，聚會結束，一頭闖進風雨的寒氣裡，頓時讓人從文學的虛無裡清醒過來。王蒙說：「文學可以寫，可以說，可以流淚，可以拍案而起，可以氣壯山河，可以出神入化，就是不能當飯吃。」但我沒忘了那天的文學之夜，不知道她們忘了沒有？

前兩天，在電視上看她的專訪，主題有些弘大，改革開放三十年的變遷。的確，改革讓一切都有了可能，她用寫作改變了命運，文學是支柱，撐起了她的一片天空。

當年蕪湖女子文學的六朵金花，我只熟悉上面寫到的兩位。在我看來，文學如燈，照亮了她們的行程。於是，我的眼前出現這樣的場景：星空之下，一江春水向東流。而她們掬一捧水，澆文學之花。

眉低月色花枝高

　　這本《散文》，擁有的時候是2005年3月，三年過去了，我再去看，居然從字縫裡，抖落出那麼多真知灼見。我不知道是那年太浮躁，還是今天已沉靜，或者，過三年，再看，我又要為今天的妄言買單。

　　《來自美術的暗示》，周曉楓的。

　　當初以為不過是美術的解讀，波特羅、達利、梵谷、米開朗基羅，充其量，我們的美術知識，只對後二者知其一二。我忽略了，在這文字的屏風背面，明明白白書寫著女作者的寫作宣言，奇怪的是，為什麼我今天才能看到，莫非周曉楓使用了障眼法？

　　波特羅繪畫中，女子渾圓的身體、充溢的脂肪，讓視覺有了暴力的衝擊。波特羅說，「風格越明顯，藝術家越瘋狂。」波特羅給了周曉楓一種啟示，這種啟示足以讓一個人豁然開朗，足以讓一個人的文風前後有天壤之別。周曉楓說：「我在自己的文字裡，發現一種心照不宣的投靠，一種取悅集體的趣味調整。」咀嚼這話的含義，讓我汗流滿面——從起步的開始，就恨不能將自己複製成中規中矩的文檔，不顯山不顯水地渾水摸魚。在波特羅不符常態的人物形象面前，被點化的周曉楓說：「我知道。謙虛是前進中的必要品德，但睥睨自雄，我把它理解為對藝術更大意義的忠誠。」

　　睥睨自雄是很惹眼的，即使不被人唾棄，也要招人暗笑，何況是個女性寫作者？

　　周曉楓與蕪湖無關。而我要寫的另一個人,是從蕪湖走出去的。她的起點不在小城,終點也不在小城。在她的師承中,找不到江城的影子。蕪湖,新蕪路上有桂花酒釀,銀湖路上有白蘭花,她與蕪湖,蕪湖與她,都漠然。我似乎在市圖書館見過她一面,直覺中應該是她。她換書,我也換書。她在文中寫,與省圖藏書的浩渺相比,在小城的十幾年是荒蕪了。而我,有限的閱讀還是受益於小城的圖書館。那陳舊的湖邊小樓,圖書館的管理員熟悉了我的面孔,因為這個信用,我一次可以換四本雜誌。

　　她的文字是美的,錦心繡口。我讀的時候,有時候心會揪在一起,為了文中出現的那些「亦」,那些「均」,中庸的我,受不了詞們這樣激烈的用法。有人評說,她的文字是緊的,彈一下,會砰砰作響⋯⋯

　　她也許不知道,在蕪湖,還有不少人在關注著她。看她自省,然後自省:「一個人,他應該知道自己的弱項,然後有遲疑,走很長的彎路,沒有人可以給你指出來。有的人走著走著就斷了氣,有的人,會越走越遠⋯⋯我希望是後者。」

　　她算是蕪湖走得遠的,在人們或者她自己的視線裡,已經和小城漸行漸遠,另一個文脈豐厚的城市似乎更配得上她的根系。「寂寞如雪」,她越寫越寂寞。但文學始終如星星,點亮每一個書寫的夜。無論你是喜歡她的文也好,不習慣她的文也罷,她的個性已經凸顯在文字裡了。但凡文字有了自己的個性,就像被接上了氣,活了。

　　還是說回周曉楓的啟示,梵谷被割掉的耳朵,米開朗基羅帶蟲眼的蘋果⋯⋯這些本來與文學沒有關聯的事件、意象,都被周曉楓悟到文學上來了,而且,非常貼切。今天的我,讀懂了她的

用意。但要轉述她的觀點有點難度，除非我把她的文章整段抄下來。「虛擬的寫作中，我如此愛惜自己……不讓停留於業餘階段的讀者產生應有的道德猜忌。」因為愛惜自己的羽毛，我們誰不是心有顧忌，挑能見人的寫？但是，周曉楓又說：「人近中年才懂得敬仰那些惡狠狠的寫作者，他們寧願拿聲譽冒險，寧願在無人閱讀的孤獨之中，馳騁於藝術的危險疆域——我以為，這種付出，近於梵谷滴血的割捨下來的耳朵。」割了耳朵，換取文學的盛名？我們還沒瘋到這個程度。在這個認知上，我止步不前，既不能說服別人，也說服不了自己。我的朋友曾半開玩笑、半認真地說：「寧願不出名，也不寫床上戲。」文學的嚴肅與莊嚴，就在我們的嬉笑中，土崩瓦解。在衣食無憂的盛世裡，文學，沒有了慘傷，成了蛋糕上的櫻桃。

　　高跟鞋敲打著大理石的地面，「歐尚」的一切都是簇新錚亮的。我們推著手推車在商場裡來來往往，把看中的一切扔進去。悠閒，篤定。而這一切，距離王瑩踩著青石板逃離長街的日子，不過七十年。但，天上地下，都換了人間。

不看海子

「春天的時候，安徽的一個偏僻的小村，麥苗青青……」其實這也只是詩意的想像了，據說，海子家鄉的麥田已經改種水稻，而詩歌裡如果缺少麥子的意象，也就不再是美妙的詩了。

春天的時候，我們總能讀到一些紀念海子的散文。從一九八九年到二〇〇六，熱愛詩歌的人們來來往往於安慶高河鎮的查灣村，在遠離村子的地方有個小山坡，臥軌自殺的詩人海子就長眠在那裡。而我在想，如果海子生前有那麼多人欣賞他的詩歌的話，他還會不會死？而詩人的母親卻是越發的老了，海子曾經寫道：「母親／老了／垂下白髮／母親你去休息吧／山坡上伏著安靜的兒子／就像山腰安靜的水／流著天空。」不知道為什麼，在諸多紀念文章中，我惟獨記住了海子母親的白髮和終年含淚的雙眸。

說海子是天才是神童都不為過。當海子十五歲那年，以安慶文科第一名的成績考上北京大學的時候，海子的父母該是多麼的欣喜啊。他們用最粗糙的飯食養育了這個天才，海子下飯的菜餚最好的便是鹹蘿蔔和白菜絲。

海子對中國詩歌的貢獻是舉世公認的，現在人有幾個不喜歡「面朝大海，春暖花開」這樣意象萬千、深入人心的詩呢？海子的摯友西川對海子有一個真摯而激情洋溢的評價：「那些聆聽過他朗誦的人有福了！中國廣大貧瘠的鄉村有福了！中國簇新的詩歌有福了！」是啊，西川說出了大家的心聲，只是，這些福分，

對於失去兒子的海子母親來說是無意義的，兒子的離去是天大的禍事。我不知道海子臥上鐵軌的那當兒，心裡有沒有掠過母親的白髮？有沒有想過母親會坐在小板凳上想他？對於詩人，人們可以為他找出一百個自殺的理由：死亡是心靈重生、死亡是詩歌的意向、死亡是精神的超越……而我卻想，一百個理由都抵不住一個理由：我們有什麼理由能放下年邁的父母獨自求死？海子父親彎曲佝僂的背影、海子母親憔悴憂傷的面容，就這樣成了中國詩壇的祭品。中國多了一個天才的詩人，世上則少了一個幸福的母親。

讀了方方中篇小說〈出門尋死〉，不由感慨萬千：人活在世上，上有老，下有小，身上的擔子就重了。即使有個出世的想法，比如出門尋死，也難。而孔子也說：「弟子，入則孝，出則弟，謹而信，汎愛眾，而親仁。行有餘力，則以學文。」迂腐嗎？未必！

對於海子輕生的抗議是微弱的，總是被如潮的懷念聲音所淹沒。即使被熱愛海子的人鄙夷或者斥為無知，我也想大喊一聲：為了白髮的母親，好好活著！

口紅的前世今生

即使最不好妝容的女子也備有一管口紅吧，無論濃妝還是淡抹，口紅有時候是可以化平庸為神奇的，「朱唇一點桃花殷」，黃臉婆立刻變為粉面含春的美女。口紅對於女子，大抵如香菸對於男人，有精神鴉片的作用。

閑來讀古詞，北宋詞人秦觀在〈南歌子〉中道：「揉藍衫子杏黃裙，獨倚玉闌無語點檀唇。人去空流水，花飛半掩門……」閉眼遐想斯人斯景，暮春時分，落英繽紛，伊人倚欄獨坐，畫彎眉，勻燕脂，點檀唇。只是，只是人已去，近黃昏，月如鉤。無論是什麼色的唇也讀不出雀躍的心情了，塗抹的是一片愁緒而已。

中國古代胭脂和口紅是不分家的。《古今注》一書中有胭脂「燕脂蓋起自紂，以紅藍花汁，凝作燕脂，以燕國所生，故曰燕脂。」的記載，沒想到這芬芳柔情的事兒竟落實到紂王身上，無法想像一臉暴戾的紂王是如何將凝固的花汁製成胭脂賞給妲己等寵妻愛妾的，總覺得與他相連的字眼是肉林、酒池、炮烙、分屍，淘胭脂這樣香豔的活兒應該是《紅樓夢》裡寶玉的勾當。且看紅樓裡寶玉為平兒盡心的那一段——鳳姐潑醋，平兒被勸到大觀園，寶玉獻寶似的拿出用紫茉莉花種研碎了兌上香料製的簪花棒，用上好的胭脂擰汁淘澄淨了渣滓配了花露蒸疊成的玫瑰膏子，平兒只用細簪子挑一點兒抹在手心裡，用一點水化開抹在唇上，就鮮豔異常了。這段芬芳撲鼻的文字，總讓我念起平兒這樣女性的溫柔可愛與楚楚可憐來。不知道現代還有幾人有這耐心用

花花草草淘製這樣胭脂水粉？即使有這樣的閒心閒情，也沒有這樣的閒工夫吧？自有林林總總的許多品牌的口紅等著你來眷顧。

　　東方人講究的是「櫻桃小口一點點」，那美是謹慎的，與中國歷史中女性的受壓抑相吻合。無論是石榴嬌、大紅春、萬金紅、聖檀心、露珠兒、眉花奴等等的口形，總可以讓人想像古典美女妝成承歡的怯生生模樣。而西方人美豔開闊的大嘴更顯活力，似乎更有征服的意義。聯想一下瑪莉蓮・夢露那微微張開的兩片猩紅的唇吧，至今總統之死還是懸案；古埃及豔后克婁巴特拉，據說不是美女的她硬是用口紅顛倒了眾生，改寫了歷史。

　　前兩年風靡過黑色口紅，皮衣鬢髮墨鏡、稜角分明冷豔的黑唇，這樣的女郎在街道上闊步而過，她們是不大屑於旁人的眼光的，這時候她塑造的美更多的是為愉悅自己。其實早在幾千年前，中西方都流行過這樣的妝容，古埃及婦女起初的口紅就是藍色和黑色的顏料，詩人白居易也曾寫過：「腮不施朱面無粉，烏膏注唇唇似泥……」

　　池莉寫過一本名為《口紅》的書，內容完全不記得了，而近來看到的另一篇短篇小說，卻讓我印象深刻：一個下崗女工的鐘點工生活被女主人一支口紅犀利地鋸開了。為了得到一管和女主人一樣的口紅，她在懵懂無意中將手伸向了一個女坤包，進了拘留所。口紅在這裡有一種精神寓意，代表了一種生活形態。女工企圖改變生存狀態的意識被這只口紅物化了。由是看來，像口紅這樣美的物體不但具有創造性，也是具有毀滅性的。

一方素帕寄心知

　　有些決絕的故事是需要場景和道具的，譬如黛玉焚稿燒帕斷琴之時。那樣一個雲遮月，風蕭瑟的晚上啊，可憐黛玉怨尤絕望，也只能拿題過詞的絹帕洩恨。而今的女孩子可沒有那麼脆弱多情，失個戀，就吟：「彩線難收面上珠，湘江舊跡已模糊⋯⋯」，尋死覓活燒情書撕手帕。可是，現在有人用手帕嗎？我懷疑。

　　現代的男人褲袋和女人坤包裡，大多有著一包紙巾，有的還帶著香味，其功能當然是和過去的手絹一樣──抹涕拭洟、揩污擦汗，只是用完就扔。有點像現代的速食愛情，完了就完了，沒有那麼多的牽扯與繫絆。本來也是，愛情歸感情，手絹歸物什，現代人懶得承載那麼多的心思，累！

　　還是有人懷念手絹。我們結婚的時候，流行把手絹折成花結放在玻璃口杯裡做裝飾用，溫貼綿細的柔情就像花兒一樣綻放在狹小的空間裡；上學的時候，某個週末的下午沒課，女生們在盥洗室洗完頭後，都會用或粉紅或淡藍的手絹把頭髮鬆鬆綰起，清香濕漉的黑髮給多少姿質平庸的女生平添了嫵媚？再小些的時候在外面玩，突然下起了濛濛細雨，小夥伴們就會從口袋裡掏出皺巴巴的小手絹，將四個角結成小疙瘩，做成一個小小的帽子，腦袋上扣著這樣滑稽的帽子一路瘋跑回家⋯⋯

　　手帕於古代的女子而言，是首飾一樣的閨私，於友情於愛情都有關聯在的。她們在手帕的一角綴上圓環其餘三角從中穿過，

稱作「穿心合」，繫在袂間腋下，風情款款。從小玩到大的姐妹就是「手帕交」了。而「殷勤遺下輕綃意，好與情郎懷袖中」，又演繹了多少郎情妾意的故事。元稹《鶯鶯傳》中張生和崔鶯鶯在手帕上題詩相贈、傾吐愛慕之情只是其中之一，還有《紅樓夢》裡那因帕傳情的痴心小紅。馮夢龍收集的一首有關手帕的民歌，讀來最能撩人心思：「不寫情詞不獻詩，一方素帕寄心知。心知接了顛倒看，橫也絲來豎也絲，這般心思有誰知？」

據說，男人們用一方潔白的大手帕是最有紳士味兒的，為配合某位女士的傷感，在伊珠淚欲滴、不能自己的當兒，悄悄遞過去一方折疊方正、散發淡淡的香皂味的手絹……注意！絕不是一包不解風情的紙巾，那樣是會煞風景的。說老實話，我不大看得起這樣的小情小調，我倒是願意有朋友在我痛哭流涕的時候砸過來一包紙巾，還捎帶一句硬梆梆的話：好大的事！

也許是為拒絕矯情而故扮堅強吧，不然那滿樹飛揚的幸福黃手絹為什麼想起來依舊心會一跳？我知道，即使當代人的心被現實練歷得硬如鋼鐵，在某個角落裡，總會有一方柔軟的手帕輕輕飄落。

絲情襪意

當腿上絲襪突然如裂帛一樣一根絲脫到底的時候，心裡突然湧起這麼不倫不類的一句——「絲襪如棄婦」，無論有過多少柔滑體己的溫情，一旦有了裂痕，不能再給自己帶來舒適與體面，縱然不捨，也只有棄之一條路了。

記憶中長筒、短筒的絲襪流行是近十幾年的事情，在這之前，我們是以擁有一兩雙花花綠綠的尼龍襪子或「卡普龍」襪子為榮的。古代把襪子叫作「足衣」或「足袋」，在《文子》一書中就有「文王伐崇，襪繫解」一語，可見那時的襪子穿著不甚舒服，連周文王打仗的緊要關頭繫襪子的帶子都能散開。長沙馬王堆西漢墓中也出土過用整絹裁製而成的絹襪，襪底無縫，和今天的襪子頗有些神似。不管是不是牽強附會，我更願意相信最原始的襪子出現在中國。而據世界史記載，古羅馬女性習慣於腳和腿上纏著細帶子，這是他們眼中最原始的襪子。

中國文字向來就有化腐朽為神奇的本事，襪子這一與腳臭味相投的物什，也能被賦予許多「絲情襪意」。襪子最具詩意的名字就是羅襪，且看曹植〈洛神賦〉中的「凌波微步，羅襪生塵」，還有李白的《玉階怨》：「玉階生白露，夜夜侵羅襪。」翻看這首詩的註解：羅襪——絲織品做的襪子。我孤陋寡聞了，原來早在唐朝就有了絲襪。關於羅襪還有段淒美哀怨的記載，唐玄宗自四川還京，得到馬嵬老嫗奉還的貴妃遺襪，因作〈貴妃所遺羅襪銘〉，曰：「羅襪羅襪，香塵生不絕；細細圓圓，地下得

瓊鉤；窄窄弓弓，手中弄初月。」也不知道是唐玄宗的真作偽作，香魂飄散，且看他們對著一雙羅襪致哀吧。

襪子從來都是不吝於在各個場景裡做個勾魂的道具。最風流的羅襪恐怕見於水滸：「羅襪高挑，肩膀上露一彎新月；金釵倒溜，枕頭邊堆一朵烏雲。」而在一部瑪麗蓮・夢露的老片子裡，夢露邊唱邊脫絲襪，之後用絲襪當彈弓打了其中一個老色鬼。我就尋思，這絲襪無論是在中外古今，怎麼都成了狎客朝雲暮雨的溫柔殺手？只等著有人落入桃色陷阱。

記憶中對襪子最傷感的記憶，不是「一朝絲裂別卿去」，而是老舍《月牙》裡的那段描寫：月光下，一個孤苦無依的女人，將一盆硬似鐵、味難聞的夥計們的布襪一雙雙搓洗乾淨，那些襪子的夜晚一定充滿了哀傷、無助、冰涼……還有用絲襪結束了自己的生命的三毛，從中可見絲襪的韌性和強度，但絲襪具有了這樣慘痛的功能，可能是發明者沒想到的吧？

雲縷心衣

　　張愛玲《更衣記》起首的話看似平淡，實則給後面的行文留下了多少空間，「如果當初世代相傳的衣服沒有大批賣給收舊貨的，一年一度六月裡曬衣裳，該是一件輝煌熱鬧的事罷。」張愛玲是貴冑，自然見識過許多貧苦百姓無緣一穿的錦衣繡裳、貂皮羔毛，一篇印紅灑綠、散發淡淡樟腦香味的散文竟可以當作滿清以來的女性時裝史來讀。

　　只是如今，「削肩、細腰、平胸，薄而小的標準美女」非但不會再從一層層衣衫的重壓下消失，反而以呼嘯之勢從羅裳裡脫穎而出。比如章子怡，那一襲火紅的袒胸禮服驚豔五十九屆坎城電影節，只見她明眸皓齒，巧笑倩兮，雍容中不改清麗。那年章子怡穿上由奧斯卡「最佳美指」葉錦添設計的嬌俏肚兜，出席美國ＭＴＶ電影大獎頒獎典禮，用那麼少的布料在花團錦簇的明星中走秀，不可謂不冒險，但靠著肚兜襯托出的烏鬢、粉面、秀頸、雪脯，依舊成功出位。

　　風情萬種的肚兜裝，盡顯東方女性的曼妙動人、溫婉柔媚，成了內衣外穿的成功典範。第一個將肚兜穿得活色生香、情色難掩的卻是楊貴妃，野史云，貴妃與安祿山私通，胸部被抓傷，為了遮掩則個，特製了「訶子」即肚兜穿上，宮中不明所以，一時流行。

　　內衣從古至今走來，稱謂也一路變幻：漢朝內衣稱為「褻衣」，魏晉稱為「兩當」，唐代稱為「訶子」，宋代稱為「抹

胸」，元代稱為「合歡襟」，明朝稱為「主腰」，清朝稱為「肚兜」，近代謂之「小馬甲」。而如今則是花色繁多、設計巧妙的各種女文胸或曰胸罩了。那天讀毛尖的專欄，其中提到一句胸罩的廣告詞讓人不禁莞爾——古今胸罩，從奶奶戴起。

明代李漁在《閒情偶寄》中道：「富貴之家，凡有錦衣繡裳，皆可服之與內，五色粲然，使一衣勝似一衣」。別看這小小的內衣，可要經過繡、縫、貼、補、綴、盤、滾等幾十種工藝，從「五彩鄉圖文好鳥枝頭複合式紅綢地胸衣」、「色暈繡三多圓擺式米色綢地兜肚」到「彩繡花蝶鬥菱形綢布水田衣」，工藝花色繁複濃豔到極致，可惜能欣賞到的唯有一人耳。《紅樓夢》中對尤三姐的有幾句描寫：「鬆挽著頭髮，大紅襖子半掩半開，露著蔥綠抹胸，一痕雪脯……」，抹胸之下的情色，欲蓋彌彰、欲說還休。

西方內衣的走向和東方相比，似乎少了些閨房中的曖昧，多了些社交中的華靡。據說西方的胸衣最早產生於古羅馬時期，駭人聽聞的是居然有鐵、木頭、鯨髦、鋼絲、藤條製成的緊身胸衣，女士們因此而造成肋骨骨折、流產、內臟移位的並不鮮見。一九一四年，聰明的美國人瑪麗用兩塊手帕和粉紅色的緞帶做出了第一個胸罩。從此，東西方的內衣可謂殊途同歸，絲綢、蕾絲、海綿、棉布等柔軟材料製成的胸衣溫情妥貼了許多。

有次陪自嘲是「太平公主」的女友購買內衣，穿行在一排排精緻柔美、描花繡鳳的文胸間，突然觸到一款罩杯裡充水的胸罩，手感柔滑性感、彈性十足，轉念想到某男士如果在激情之下碰到這胸罩，不知道他會是何等表情？念此，啞然失笑。

說著蕪湖是勝遊

「詩中長愛杜池州，說著蕪湖是勝遊⋯⋯」千年以前，詠著這詩的，是林逋；千年以後，讀到這詩的，是我。這著實讓我這樣一個土生土長的蕪湖人驚喜。對於林逋，世人所知的是他隱居孤山「梅妻鶴子」的絕塵；是他「疏影橫斜水清淺，暗香浮動月黃昏」的佳句；是他臨終「猶喜曾無封禪書」的恬淡。很少有人關注，林逋，曾經在江淮大地上遊歷過，蕪湖是他旅途中的一站，看著青松苔石掩映的古廟，他感歎：「最好兩三僧院舍，松衣石髮鬥山幽」。他讚的是那處寺院呢？廣濟寺？吉祥寺？林逋的履痕曾經印在我們腳下的這塊土地上，也許，我們所走的某一步，恰好與這位北宋的隱士和詩人腳印重疊。

如果我們的眼力能穿越千年時光，林逋那伴鶴倚梅的身影，會是怎樣一幅冷豔冰寒的畫面？月光下的白雪，輕輕飄落在虯曲橫逸的梅枝上，梅香靜逐玉笛轉。這樣的景象就是他的〈霜天曉角〉了：「冰清霜潔，昨夜梅花發。甚處玉龍三弄，聲搖動，枝頭月⋯⋯」細細品味，那琉璃般芬芳的冬夜，在十幾個漢字的輕攏慢撚之下，讓一種晶瑩清冽的感覺直抵心靈的深處，使你如入仙境。

我去過杭州孤山，是在杜鵑爛漫的春天。學生時代的旅遊，一路的歡笑，一路的興奮，雙肩包裝不下千年風月，年輕的心也無法體味千年孤獨。我們喧鬧的足跡不知是否驚動了萋萋芳草中的林逋，看著放鶴亭旁一雙銅鶴展翅飛舞，少不經事的我謔道：

瓜子城人放鶴來。如今想來，放鶴的境界，幾人能有？林逋的儒者之隱，我又能理解多少？

　　林逋也曾是青春洋溢的，不然，他不會在盛年之際，遊遍大江南北，與梅堯臣、范仲淹詩詞酬唱。生逢北宋盛世，他才華過人、滿腹錦繡，卻立志不做官、不娶妻，這又是為什麼？有人說他消極避世，有人說他不滿現實，有人說他體弱多病……我想，林逋自己的言行當是最好的注解。他常對朋友說，人生貴在能選擇適合自己的志向，我生性恬淡好古，不願趨榮逐利，只有青山綠水與我性情相宜。可當他的侄子林宥高中進士時，他又喜作賀詩，有人譏諷他是假隱士，他坦然道：「非榮非辱，而是因人之性情不同各自相宜，相宜則為榮，不相宜則為辱。」

　　我猜測，終身未娶的林逋是有過愛情的，要不然，他怎麼能寫出那麼情意綿綿的詞？「吳山青，越山青，兩岸青山相送迎，誰知別離情。君淚盈，妾淚盈，羅帶同心結未成，江頭潮已平。」一唱三歎，情到深處反無情。我寧可相信，他的「以梅為妻」是對一段感情的終身堅守。

　　還是說回林逋的〈過蕪湖〉。我曾力圖在視野裡搜索詩中描寫的勝景，在腦海裡還原「山掩縣城當北起，渡衝官道向西流」的景象，或許「風捎檣碇網初下，雨擺魚薪市未收」的畫面再也無法複製，但是，如今的我們，俯瞰蕪湖這顆江畔明珠，看一橋架南北，天塹變通途；看一湖碧波漾，鳩茲展翅翔……我們依舊能自豪地吟哦：說著蕪湖是勝遊。

一個人，一個湖

　　有一個人，一直被蕪湖人忽略了。其實，豈止蕪湖人，他是被全中國人遺忘了。全中國人可以忘了他，但我們蕪湖人不應該忘了他，因為，我們至今還享受著他的福蔭——鏡湖的兩潭碧波。城市，喧囂而紛擾，而城中心有這麼一座湖，就如一個水分潤澤的美人，明媚光豔起來。

　　前兩日，從鏡湖邊走過，華億的商城，大門已經向鏡湖這邊敞開，狹窄的步行街，從商場直延伸到湖畔，有一種心扉被打開的感覺，豁然開朗。我想，在那八百年前，張孝祥想過，這裡會是這樣一番都市繁華的景象嗎？但我可以想像，八百年前，張孝祥從這湖畔走過，那時候，這裡應該還是城郊吧？人煙也少，他信步走來，湖畔有柳，徐徐微風，碧波盈盈，一定是這樣的。

　　我曾經在湖畔的許多地方，凝視著鏡湖。沿湖，有許多商城，因為角度不同，我所看到的湖景也不同。最美的是站在華億的樓上，看外面，窗子，就像畫框，剛好是一幅渾然天成的風景畫，有湖水，有拂柳，有小舟，有亭閣，這畫之靜美，之清新，讓人如沐春風，頓有脫俗的感覺。

　　在我手頭，有幾本和張孝祥有關的書，多是舊書，來路不一，來得也不易，但很慶幸，它們現在都歸我了。雖然，被大多數人遺忘了，這麼多年來，還是有幾個人在孜孜關注著他。看一段書的後記，這本書，作者從收集資料到整理成稿，大約經過了二十年的時間，後來又在一家出版社躺了六七年，終於由安徽人

民出版社慧眼識珠，出版成書……多麼不易！二十六七年，幾乎是人生最黃金的時候，什麼人有這樣的耐心，成就這樣一件事情？這本書的作者是韓酉山，這本書是《張孝祥年譜》。一本書的出版有這麼多的曲折，有點像張孝祥的坎坷的一生。

關注張孝祥的還有安徽師範大學的宛敏灝、安徽大學的宛新彬，我想當然地認為，他們應該是父子，他們應該是蕪湖人。除此，還有一個人，臺灣的黃佩玉女士，寫了一本《張孝祥研究》，我很難想像，一個臺灣人，會對張孝祥這個課題感興趣，實際上，黃女士當然不是研究張孝祥為什麼要在蕪湖捐田成湖，她研究的主題是宋詞，對於學者來說，張孝祥是南宋愛國詞人，是承蘇啟辛的重要人物，但是這個概念，理所當然地被人忘記了。現在人多知道陸游，但當時張孝祥的詞名不說是遠勝於陸游，至少不遜於陸游，但頂多，現在的人們只記得一句「妙處難於君說」而已。的確，張孝祥的詞對於大多數人來說，有生僻難懂之處，還有用典太多；但，他還有他的雋永書法，他的萬丈豪情，他的遠大抱負，他的隱士情懷，可以平衡，可以彌補，但，他終究還是被人忘卻了。

從有限的書裡，我們知道，張孝祥的情感故事，注定是一本大書，只是，未從歷史裡浸淫，只是浮光掠影地看過來，我們看見戰火，看見金殿，看見道觀，看見湖光，看見那幾個與他有關的幾個女人，的確，是真真切切在歲月長河裡存在過的女人……

現在，有種時尚的寫法是誤讀，是的，肯定是有誤的，但我確信，無論是隔著八百年，隔著八千年，人的感情不會變。

「枯樹昏鴉，遠處是你的的馬蹄……」張孝祥在鏡湖的水波裡隨風而逝，讓人欣慰又心酸的是，雖然，他一直被人淡漠的遺

忘著，卻又隔著時光，像一個黯舊的影子一樣，一直淡淡映在書
簡上，直到今天的湖光水色。

孤光自照張孝祥

　　一直誤讀張孝祥的〈念奴嬌〉，「洞庭青草，近中秋、更無一點風色。」以為是中秋將至，洞庭湖畔，青草葳蕤，風聲寂靜。其實，洞庭、青草皆湖名，兩湖相連，風光旖旎。知此，方如醍醐灌頂——大小鏡湖也是兩湖相連，當年張孝祥捐田成湖，難道是要在家鄉蕪湖再現「玉界瓊田三萬頃」的洞庭青草湖美景？或許，這樣的聯想有牽強附會之嫌，但我更願意這樣詩意地想像鏡湖的由來。抑或，洞庭青草、大小鏡湖，在八百年前就有共用湖光水色「妙處難與君說」美譽的緣分。而今的我們，泛舟湖上，還能領略張孝祥當年「扣舷獨嘯，不知今夕何夕」的蒼茫激情嗎？

　　欽點狀元張孝祥、南宋詞人張孝祥、捐田成湖張孝祥，被大多數蕪湖人熟知的該是後者吧？其實，張孝祥與蕪湖生息相關的地方還有很多，升仙橋、狀元坊、張家山……最讓人嗟歎、也是最出人意料的結局是，張孝祥竟然在三十八歲那年，在蕪湖與友人遊湖時中暑而亡。

　　那是怎樣一幅盪氣迴腸、淒婉決絕的畫面啊！八三八年前的盛夏蕪湖，火傘高張，蟬鳴塵囂。那日，因病離職回蕪的張孝祥正感伏熱難耐，剛好南宋名臣、好友虞允文遠道來訪，張孝祥不顧暑焰正烈，熱情相邀他同遊鏡湖，「繞院碧蓮三百畝，留春伴我春應許」，由他意念而生的鏡湖美景，他怎能不與好友分享呢？於是，二人湖中泛舟，對酒當歌，誰知病弱體虛的一代詞人，竟中暑命殞田田碧蓮之中。

　　詠湖，流傳千年；建湖，福蔭後世；遊湖，英年早逝。楊柳絲絲拂面，寒光亭下水連天的湖啊，竟成了于湖居士張孝祥生命中繞不開、揮不去的宿命。

　　天不假年，原本可以上承蘇東坡下啟辛棄疾的一代詞人，盛年謝幕，遺憾詞壇。其實，在坎坷的宦途上，張孝祥也是遠未盡其才。當年廷對時，因詞翰俱美、字畫遒勁，張孝祥被宋高宗從第二擢為第一，替下了原本內定狀元的秦檜之孫秦塤，不久他又上書為岳飛平反，更是觸犯了秦檜，張家父子皆被下獄。秦檜死後，方復出為官，任上被稱為「蒞事精確」、「治有聲績」。只是，張孝祥與主和派湯思退有師生之情，與主戰派張浚又有知遇之恩。當有人彈劾湯思退妥協投降時，張孝祥亦被免官；而張浚北伐失敗，贊同抗金的張孝祥也被免職。被誤以為游離於和戰之間的張孝祥，就這樣被歷史的迷霧漸漸遮蔽。「忠憤氣填膺，有淚如傾！」惟有傳世的〈六州歌頭〉，道出了他的愛國心聲。在愛情上，張孝祥也不如意，他曾拒絕了秦檜妻兄的提親。當年南下避難之時，張孝祥路遇李氏，一見傾心。後張孝祥另娶仲舅之女時氏，二人被迫分離。張孝祥送李氏和兒子張同之溯江西去，寫下了情深意邈的〈木蘭花慢〉：脈脈無言竟日，斷魂雙鶩南州。其情也哀，只是詞意恍惚，其間的真相與無奈，後人再也無法知曉了。

　　無端地幾次被貶，抱負難成的張孝祥退居蕪湖，徜徉山水。品讀他的〈遊赭山〉：江平鏡新磨，地迥玉琢成。野僧不慣客，倉皇門前迎。石上跡宛宛，山腰塔亭亭……再撫卷長思，斯情斯景，呼之欲出，倍感親切！

相逢雖是未嫁時

恨不相逢未嫁時——即使是不愛古詩詞的現時青年，這句唐詩都能脫口而出吧？古今中外，多少無奈的愛情故事都止步於此。唐人是寬容的，這首詩裡的少婦，無論是巧妙地婉拒追求者，還是動之於情、止之於禮，這首詩依然叫做〈節婦吟〉。一句詩的生命力竟然會這麼持久，讓人驚歎！

順著〈節婦吟〉這株藤，我們一路摸下去，你會發現，它會在南宋時結一顆金瓜，更讓我們驚奇的是，這株藤，會繼續在時空隧道生長、攀延，蔓葉直至當下的蕪湖。張籍的後代，就是八百多年前，在蕪湖捐田成湖的南宋詞人、狀元張孝祥。

為後人留下四百多首詩歌的張籍，在吟出那句「恨不相逢未嫁時」的時候，沒有想到，他的後代張孝祥，瀟灑倜儻，一生卻為情所苦。那種情感的折磨，遠比「恨不相逢未嫁時」更甚，那就是：相逢雖是未嫁時，猶要鴛鴦兩分離……

煙雨江南，有三秋桂子，十里荷花。金主垂涎於江南的錦繡風光，擲金鞭，起狼心。鐵蹄紛踏之下，宋土頓時支離破碎。少年張孝祥隨父張祁逃難，途中遇見李氏一家……那該是狼煙烽火中的一抹粉色，這生命的亮色如珍珠，遺落在張孝祥的〈木蘭花慢〉裡。在這卷已經殘缺、發黃的愛情繡本裡，沒有聲息的李氏，是一個美好、深情、靜默的女子形象，

輕輕拂開蒙在張孝祥名字上的落塵，他的傳奇經歷、絕世才華、方正人品漸漸清晰立體起來。他飽讀典籍、過目不忘，有他

的詩詞為證。細品他的每一首作品,沒有一句無出處、無來歷。他又是性情灑脫之人,廷試前夜竟宿醉未醒,所幸酒助才情,居然洋洋灑灑寫了幾萬言,高宗審卷時先是被其考卷的厚度所吸引,而後才被他的「三絕」所折服。被欽點狀元的張孝祥,讓秦檜想讓孫子當狀元的計畫成了泡影。接著,張孝祥又上書給岳飛平反,更讓秦檜嫉恨。可以料到,這場狀元風波,不但給他的仕途帶來了阻礙,也影響了他的情感生活。

按史料記載,張孝祥中進士以前,就與李氏生活在一起。但不是明媒正娶,也沒有三媒六證。是他們的地位懸殊得不到張家承認嗎?還是李氏如陸游的唐婉一樣不為張母所容?再或者,張家早為張孝祥指腹為婚了?我們所能知道的是,張孝祥當年是以未婚青年的身分參加廷試的,中了狀元後,朝中大臣都來祝賀,秦黨中的一員當眾要把女兒許配給新科狀元,張孝祥掉頭四顧佯裝沒有聽見,才避開了那張諂媚殷勤的臉。張孝祥心裡一直是有李氏的,否則他不會在〈念奴嬌〉裡寫下這樣的句子:「德耀歸來,雖富貴,忍棄平生荊布!」然而事與願違,兩年後,他另娶了仲舅之女時氏為妻。

「送歸雲去雁,淡寒采滿溪樓。脈脈無言竟日,斷魂雙鷺南州。」這首〈木蘭花慢〉,是張孝祥被迫與李氏分離,送她和兒子張同之去桐城時寫下的。雖然,張孝祥素來有風流才子之名,但他對李氏的感情是真摯深厚的。從他的幾首懷念李氏詞的寫作年代來看,他對李氏的思念綿綿不斷,成了他一生難與人言的刻骨隱痛:「記谷口園林,當時驛舍,夢裡曾遊。銀屏低聞笑語,但夢時冉冉醒時愁。擬把菱花一半,試尋高價皇州。」在他的生

命最後兩年，他依舊不能忘卻：「綠鬢點霜，玉肌消雪，兩處十分憔悴。爭忍見、舊時娟娟素月，照人千里。」

　　明朝的《碧簪記》裡，張孝祥夜宿女貞庵，夜遇道姑陳妙常，寫詩傳情，只是才子有心，佳人無意。陳妙常愛的是張的好友潘文正，作為地方父母官的張孝祥玉成佳偶，成就一段佳話。其實想一想，有無這種可能？當他看到月下彈琴的陳妙常時，想到的是遠在浮山道觀修行的李氏？

　　張孝祥再次與兒子相見，是在同之十五歲那年，幾年後，張同之高中進士，日後也成一代名宦……

鏗鏘黃鉞

　　我在電腦上看一張畫，黃鉞的牡丹圖。原本富貴豐腴的牡丹，在他的筆下卻是清瘦，著色也淡，淡墨染出葉子，色近於暗綠，再幾筆勾勒出花形，無色，即是白色的花瓣了。也許是因為年代久遠的關係，畫的底色是淡赭色，更顯韻秀、樸拙。「韻秀、樸拙」這兩個詞，都出自黃鉞所著的《二十四畫品》。兒子探過頭，和我一起看畫，他問：誰的畫？我說黃鉞，他又問，黃鉞是誰？

　　「鉞，古代兵器，青銅或鐵製成，形狀像板斧而較大。」——我不知道，給黃鉞起這樣鏗鏘名字的是誰？自幼失去父母的他，太需要這樣一個健拔的名字來支撐一生。而一個人，在兩百多年後，或者更長的時候，都不應該被人忘記，總是有無須解釋的理由，他的言辭，他的作為，都將決定，他是被歷史記上一筆，還是和眾生一樣，在歲月長河裡無聲沉澱。而清朝黃鉞留給蕪湖的，不但有他的《二十四畫品》，還有他的《于湖竹枝詞》……

　　我沒有買到黃鉞的《于湖竹枝詞》，只陸陸續續在一些蕪湖史料上讀到。我知道，在這本集子裡，有黃鉞寫的六十六首詞，這些亦詞亦史的文字，真實記錄了蕪湖的風物人情。它的珍貴在於，當今天的人們要想知道與之有關的當年鏡像時，《于湖竹枝詞》就會生動、簡約地為你做個注解。文字，被賦予了如此的意義，黃鉞的竹枝詞可說字字金玉。

　　湖的波光水韻，帶給城市的是氣韻和清曠，而鏡湖更為雋永的意義是，張孝祥捐田成湖的愛鄉之情。一代代蕪湖人中，感念張孝祥的就有黃鉞。《于湖竹枝詞》開篇第一首，便是詠張孝祥的：「升仙橋畔狀元坊，曾寓於湖張孝祥。一自歸來堂設後，頓教風月屬陶塘。」黃鉞對張孝祥的推崇，貫穿一生。

　　初入宦海的黃鉞，即請縣令陳聖修在陶塘南岸祭祀張孝祥，並設張於湖祠，建留春園。如今的煙雨墩上，還悄然佇立著一方字跡漫漶的石碑，有心人細讀就可發現，刻錄的正是陳聖修祭祀張孝祥的文章；告老返鄉後的黃鉞，又和王澤等名士一起，將煙雨墩的張于湖祠，移至赭山廣濟寺的滴翠軒，並以蕭雲從、湯鵬等人陪祀。滴翠軒，本是北宋黃庭堅讀書的地方，「長江煙雨開圖畫，有宋文章歸草廬」，黃鉞，到底是個有心人，他是希望將蕪湖的文脈從此延續下去。

　　兩百多年前的赭山，並沒有如今我們想像的那麼高古清寒，山頂原有一座「一覽亭」，為南宋時修建，取杜甫「會當凌絕頂，一覽眾山小」的意境。黃鉞曾有詩詠：「風捲松濤入夢醒，臥遊曾對赭山亭。分明天水明於練，一幅湯鵬鐵畫屏。」在詩中讀到湯鵬，讀到鐵畫，雖是隔著兩百年的時光，似乎還能看到燭光之下的黃鉞，正搵墨揮毫疾書，宣紙上，筆墨濕潤猶新。

　　黃鉞活到了九十二歲的高齡。無論是年輕時的鄉試落榜，還是中年時的聖恩隆渥；無論是主持書院收童授業，還是著書繪畫吟詩唱和，他都活得有滋有味，有聲有色。「達則兼濟天下，窮則獨善其身」，這十二個字，即使沒被他寫成座右銘，也無形中成為他一生中行事的標竿。捐百金助賑，辦豐備義倉……雖有著

史有為先者諱的說法，但是一個人的善行義舉，即使沒被記錄在青史上，也會因百姓的口口相傳而流芳百世。

　　黃鉞離開人世後，蕪湖民眾聯名上奏，為他建「鄉賢祠」。他的石像，也被後人供奉在滴翠軒裡，至今尚存。

看李賀的精神飛天

　　讀李賀的〈官街鼓〉，有一種被震懾的感覺。彷彿看到一個瘦弱的文人，在天地之間仰面吶喊。時隔千年，還有讓人屏息的氣勢。

　　　曉聲隆隆催轉日，暮聲隆隆呼月出。
　　　漢城黃柳映新簾，柏陵飛燕埋香骨。
　　　磓碎千年日長白，孝武秦皇聽不得。
　　　從君翠發蘆花色，獨共南山守中國。
　　　幾回天上葬神仙，漏聲相將無斷絕。

　　起首兩句，彷彿一排大鼓聲劈面而起，震撼人心。鼓聲隆隆中，日月交替，歲月更迭。這，簡直就是電視片《天地玄黃》的唐代版。要知道，那可是千年之前，古代一病弱書生的手筆啊。

　　文人多會起人生急促之憂，歲月苦短之歎，古今皆是如此。孔子說：「逝者如斯夫，不捨晝夜」。莊子云：「人生天地之間，若白駒過隙，忽然而已。」這都是流傳千古的經典名句，具有一種與生俱來的悲憫與宇宙意識，

　　讀〈官街鼓〉通篇，能看到一種大氣象，換句話說，字裡行間都無關個人，看不到李賀對個人命運的自憐自艾，那說日道月、揮斥方遒的豪氣，讓人由衷折服。李賀，這樣一個從小生長在昌谷的讀書人，有這樣宏闊深遠的見識，應該是天賦異稟吧？

　　寫這詩的時候，李賀在長安作奉禮郎，一個小小的九品芝麻官，相當於現在典禮上的司儀。這對飽學詩書胸懷大志的李賀來說，是怎樣一個嘲諷？何況，他這官當得也不易，有說是皇族恩蔭，也有說韓愈等知遇提攜，不管是哪一種，李賀這一小官當的是很憋屈的。

　　可以想像到，李賀在長安三年的落寞生活，遠離權力中心，遠離達官貴族。但是，渴望建功建業的他，又何嘗不是時刻在關注著他自以為的宗家──李唐王朝的一舉一動？機會來了，話說有一天，唐憲宗問眾大臣，這世上有神仙嗎？人，能長生不老嗎？臣子們不敢答，最後還是一個叫李蕃的回答了，雖然答案模稜兩可，但也不失原則，李蕃說，皇上你去看歷史書不就知道了嗎？這則宮廷軼事，不知道怎麼傳到李賀這裡，一下子激起了他的詩性。於是乎，就有了上面的這首〈官街鼓〉。

　　如果，知道這鼓聲的來由，讀詩的人，會有更深一層的體會。讀匯評，唐代有個叫馬周的人，上書要求實施街鼓制度，《新唐書》有記：「左右金吾衛左右街使，掌分察六街徼巡。日暮鼓八百聲而門閉。五更二點鼓自內發，諸街鼓承振，坊市門皆啟，鼓三千撾，辨色而止。」隨著這一制度的實施，長安城門，早晚按鼓點開門閉合，巡查街衢，使得治安有序，盜賊無侵。當時百姓俗稱「咚咚鼓」。馬周的這一提議，原本是刻板嚴謹的，卻沒想到，成了激發文人靈感的絕好背景，那種意象，在李賀的幾筆塗抹中，彷彿一幅畫卷在眼前徐徐展開……

　　「曉聲隆隆催轉日，暮聲隆隆呼月出。」這是一個先聲奪人的開場，無須任何旁白，鼓聲彷彿與日月有了一種神秘的聯繫，

這妙手拈來的擬人手法，呈現了天地呼應，日月輪迴的奇景，讓今天的我想來，彷彿覺得李賀有了通靈的感應。

遠景過後，應該有一種舒緩的音樂響起，如影視的蒙太奇，一抹抹新綠慢慢染上了城牆邊的柳樹──春天來了。然而，這個時候，宮裡面卻傳來了美豔嬪妃離世的資訊。太突兀了！這瘦骨嶙峋的書生，為什麼要用這麼凌厲對比，用如此美景來反襯哀事。看似無情，卻最是有心。

李賀即使做了大官，也討不得上司的歡心。且看，唐憲宗明明是幻想著能夠羽化成仙永生不死的。但李賀卻不會逢迎，他說，這鼓聲穿越千年，那曾經不可一世的秦皇漢武再也聽不到了。鼓製始於唐，秦皇漢武自然聽不到，這和前面的飛燕替代美妃一樣，指代的也是皇帝老兒自己！孝武秦皇，為求長生，鬧出了許多動靜。然而他們還是成了柏陵裡的一抔土，這簡直就是給念念不忘求仙的唐憲宗一個大耳光。書生狂，詩興大發的時候，哪裡能想到皇帝的心情。

如果說「高堂明鏡悲白髮，朝如青絲暮成雪」已經將人生苦短渲染得淋漓盡致的話，李賀卻將這一層的含義翻陳出新，一個人，必然要從青絲走向白髮，在這人生規律面前，李賀是多麼坦然平和，清醒如斯，人的生命是有限的，獨有終南山與長安城兩兩相守。

語盡與此，李賀猶自不甘，最後兩記直拳，直搗穴道，不給皇帝一點幻想的機會。「幾回天上葬神仙，漏聲相將無斷絕。」死亡，是天上神仙都逃避不了的歸宿，唯有那鼓漏聲聲的時間是永恆不息的！ 明末清初的黃淳耀評說此兩句是「極意形容」，就

連神仙都要埋葬，你皇帝老兒還成個什麼仙呢？又有無名氏評本詩：「言仙死，實為求仙怠政者戒。」

　　我不知道唐憲宗讀沒讀到此詩，如此違背聖上的心意，李賀那小小的賀禮郎也當不長久吧？這就是文人從政的可悲哀處，明明什麼都明白，明明什麼都能看清楚，明明希望自己能為江山社稷出力，但卻不能泯滅自己的良知，不肯違心迎合聖意，所以，失意是注定的。古往今來，有太多的這方面的例子。恃才傲物，狂狷附體，這也許是文人的通病。死了都要諫，也是不知變通的文人宿命。也有文人收斂自己的本性，曲意逢迎，如郭沫若，從早期的鳳凰涅槃，到後期的打油詩，文字之差距，簡直是雲泥之別，徒留笑柄。當然，像李賀這樣，堅持自己的還是大多數，與自身是痛苦，與文學來說則醞釀出傳世絕品，成就了千古文名，這也算是人生一個無奈的悖論吧？

你的思緒穿過歷史的髮

女人讀歷史，大抵有些糊塗，往高裡說，是感性。於是，讀周非先生的《非議歷史》，先跳入腦海的是一首詞，記不全，好像是：「將咱兩個一起打破，用水調和。再捏一個你，再塑一個我。我泥中有爾，爾泥中有我。」詞是明代某夫人寫給相公的，卿卿我我，與《非議歷史》似乎有些不著調。但周非先生可以「非議」歷史，我自然也可以妄談《非議》。在我看來，上下五千年，天地一盤泥，都讓周非先生打翻了，而後，他以三十年來閱讀思考積攢下的功力，重新揉和、構築，未曾離開了歷史的原塵，卻誕生了一個讓人激動的結果——在周非先生的筆下，一個嶄新的歷史劃分法出現在我們面前，十個時代如骨骼，一根根支撐著歷史巨人站立起來，而作者賦予它的正動逆動之說，更是讓它虎虎生風。彷彿，歷史這個從來就在竹簡故紙裡存活的老人，抖落千年的塵封，穿過歷史的隧道向我們走來，骨骼清秀，風神朗朗。

每個閱讀者因自身的閱歷和識見不同，對一本書自然就會有不同的認知。像我這樣一個普通閱讀者，對中國的歷史文化只有一鱗半爪的感性認識，從未想過還會有教科書以外的體系。而今書市上雖也有不少對歷史文化的另類解讀，或說明朝那些事兒，或評大清的重臣們，但都是從某個橫斷面入手，很少有人沿著中國文化歷史的脈絡，從泱泱五千年的歷史長河裡順流而下，且敘且論且歎。所以，初讀《非議歷史》，給我的第一感覺就是震

撼！看看這樣十個時代的名字——神話時代、理想時代、文治時代、競爭時代、帝國時代、信仰時代、復興時代、逆動時代、啟蒙時代和跨越時代，標新不脫史實，嚴謹不乏浪漫，觀古不忘照今……

胡適曾說，歷史是個任人打扮的小姑娘，對於《非議歷史》這本書來說，「打扮」這詞更確切的定義應該為梳理，作者不乏感性的理性思維像一雙手，輕輕拂過歷史的髮，為中華歷史文化做了一個最酷最炫的髮型。也許，這樣打破編年體的述說歷史，對於學術研究來說，細節與分類有值得探討之處。但在我看來，歷史因此而變得鮮活靈動，浩浩湯湯從遠古流淌至今，許多耳熟能詳的故事是一筐散珠，傾落在歲月的河床之下，而十個時代如一條鏈子，將它們一一串起，我們因此可以看到它們在當今的陽光下熠熠生輝。

從盤古開天地、女媧摶土造人的神話傳說，到諸子百家的文化啟蒙，再到隋唐盛世的興旺衰落，鴉片戰爭的落後挨打……中國歷史在十個時代的劃分裡，各歸其位，閱讀者在新的位置上重讀這些史料，會品出一種全新的滋味。比如，一直被中國人推崇敬仰的智謀，在《非議歷史》裡被一針見血地指出是變通術，而正是這變通，成了一把雙刃劍，將中國人心目中的「信」砍得傷痕累累。這樣新穎獨到的發現，在「非議」中比比皆是。

《非議歷史》尤為可貴的一點是，梳理中國文化發展脈絡，作者所持的心態如其所言是健康的，其一：正確認識老祖先留下的文化遺產，既不妄自尊大，也不妄自菲薄；其二，盤點歷史，提煉中華文化的精華，為今所用；其三，在中國歷史文化的縱向梳理中，與西方文化橫向比較，有參照才知是進退。

　　當然，《非議歷史》不會是僅僅在新的框架下給我們複述歷史故事，它更重要的意義所在，是試圖從中國歷史文化的起源發展中，剖蚌取珠，為讀者解讀中國歷史的三大之謎：為什麼中國會從「大漢盛唐」的輝煌燦爛走向鴉片戰爭的落後挨打；中國傳統文化的精華和糟粕究竟是什麼？實現中華民族文化的偉大復興到底應該「復興」什麼？在我看來，這才是「非議」之良苦用心，是「非議」之精髓所在，更是「非議」超越於普通說史書的標竿尺度。因此，我的匆匆淺讀，只能言說其結構與立意帶給我的震驚。有評論家言，《非議歷史》是具有工具意義和探索意義的，誠然。從這一方面來說，《非議歷史》的確可以作為案頭書，一讀再讀。

遠眺許崗

　　讀的是美籍華裔許崗的一本書，《近看東西方》。他談的是「近看」，我想到的卻是「遠眺」。打開這本書，就彷彿推開了兩扇窗子，可以看遠方的風景。其實，不止是看，這樣的閱讀，注定是要啟發人們的「長考」——長久的思考，是一個人遭遇了什麼，在夜深人靜的時候，抱膝靜想。這是一個新新人類的用語，我覺得很形象，所以拿來用。

　　至於這樣的「長考」是否有益，能汲取點什麼，全在於閱讀者自身的感悟。作者著書，就是要將他獨特的經歷與感受，與世人分享。往往，我們平時感受最深的，是視力所及的現實範圍。於是，不可避免的，就有了坐井觀天般的狹隘。雖然，西方的新聞鋪天蓋地，西方的電影也沒少看，但我感知的總是東一鱗西一爪，究竟西方是怎樣的世界？那裡的人們又是過著怎麼樣的生活？他們的認知，他們的行為，又和東方人有著怎樣的差別？這些，都缺乏全面和細緻的感性認識，但在許崗先生的這本書裡，我看到了這些。

　　從縱向上來說，許崗是一個時代的親歷者，作為「文革」後恢復高考的首屆大學生，到現今的安徽大學的外籍專家，他目睹了中國文明進程的變遷；從橫向上來說，許崗二十多年前以美國全額獎學金公派赴美國深造，取得了社會心理學博士學位，從事教育和研究工作，也從事國際貿易和投資活動。在東西方之間來來去去，對於兩種文明的異同，內心所產生的強烈對比是可想而知的。

對此，文化學者余秋雨在《近看東西方》的序裡，有一種詩意的表達——許崗在東西方之間來來去去，他讓自己成為兩種文明對接的使者，他要把兩種文明的雲彩帶來帶去，一片又一片。

在我看來，許崗的經歷於他自身是一筆財富，而他將所觀所思所感記錄下來，形成文字，這財富也就成了社會的共用。這本書中的許多章節，曾經作為報紙媒體的專欄，深受讀者歡迎。如果，你想要拓展你的視野，如果，你想要瞭解東西方文化的差異，如果，你想讓思緒豁然開朗，那麼，《近看東西方》，開券有益。

書名「近看」，還有一層意思，那就是貼近。作者從泊車、排隊、就醫、討債、買房等生活中的小事入手，沒有艱澀難懂的概念，沒有拖沓的長篇大論，文字樸實無華，敘說簡約通俗，但字裡行間，謀篇佈局，依然可以讓人感到作者獨特的精神氣質和文化使命感。余秋雨對此評價很中肯，他說，這本書有兩大優點，一是作者從親身經歷的小事情入手來引發感悟，比抽象而武斷的結論更具備說服力；二是雖然具體卻立意甚高，處處從兩種文明的根本差異著眼，沒有陷入瑣碎的個人遭遇而不可自拔。

教育與醫療、生活與誠信、文化與觀念……這些都是改革開放後中國的熱點問題，也是老百姓關注的焦點，人們，也最容易在這些社會現象的斷裂層前感到迷惘。許崗先生的這本書，在探討這些問題時，是以一種理性的、平和的心態，用一個社會心理學家的專業眼光，將東西方文明的見聞與感悟流於筆端，「既無自炫，也無自虐」，讀他的文章，可以讓人感受到西方思維的敏捷和東方文化的淡泊，這兩種原本南轅北轍的特點融合在一起，形成了一種全新的風格，帶著強烈的時代色彩。

　　如果說，《近看東西方》，為我們觀照世界和自身提供了一個值得借鑑的視角，那麼，還更深層次的意義值得我們深思：如果我們每一個人都能理性、客觀地認識自己民族的文化，汲取另一種文化中值得借鑑的，那麼，古老的東方文明才能不斷更新，才能永遠傳承。

　　這種有益的思考無疑得到了讀者的認同，所以，《近觀東西方》才能初版三次印刷，再版四次印刷，而二版中，許崗先生又新增了新的內容和章節，比如，中國下一步的路怎麼走？作者在再版前言中這樣說：「希望新版能給讀者朋友帶來閱讀後的思考和快樂，畢竟，人的最傑出的功能是思考，而生活的終極目標是快樂。」這，無疑是東西方文化結合而產生的經典語錄——思考，並快樂著。

茶緣

如果，我們不留下文字，我們的身影也就和街頭熙熙攘攘中人群中的任何一個一樣，是個時間的過客，任歲月帶走一切，從青絲走向皓首……

我有多少次會從鏡湖邊走過？已經多得數不勝數，鏡湖邊的風景，就在我的眼皮底下，把流年偷換。現在鳩茲廣場對面的街頭花園，十年前，或者更早些，是一排平房式的門面房。那裡是一家書店──一個陳設簡陋的書店。李幼謙老師就是那家書店的負責人。現在想起這些，已經是黑白膠片的底色了。

記得，是在一張報紙上，看到關於李老師的報導，就尋蹤而去。在書店裏，第一次看見了李老師，買了她的第一本書《抗婚》。那天，是夏季還是冬季，相見時的情景，說了什麼話，全然忘記了，只記得書店像個鋪子，到處都堆滿了書。那時候的我，應該是羞怯的，我不知道我怎麼會有那樣的勇氣，會有那樣的心思，在書店裏找到了李老師。

如果，煽情一點說，那次的尋找，是一個文學青年──當年，我是不折不扣的文學青年，不管今天的人們給這個字眼潑上什麼樣的髒水，在孤獨文學路上的尋覓，是一個飛蛾飛向一個光亮的地方。

那次小小飛翔的結果，是在晚報上的「秉燭三人談」上做了一次客。是李老師約我和另兩個文學青年共寫了一組同題作文──憾事。那兩位和我一起秉燭的仁兄是誰，我一點記憶都沒有了，抑

或，他或她也混跡在今天的我們中間。是李老師搖著輪椅，把稿子送到了報社，也把我們向通往文學的道路上領了一步。

從此，李老師搖著輪椅的身影，就一直在前方，曾在哪裡看過李老師的弟弟李郁夏的一幅攝影作品，是黑白的——在雨中，搖著輪椅的李老師艱難前行，雖然穿著雨衣，但她的臉，她的髮，依然滴著水珠，這張照片，給我印象最深的是她的那雙眼睛，毫不退縮，是的，唯有這四個字，能形容她的頑強、堅韌、不屈服。

有位文友曾寫過：「記得那一回，是雜誌的首發式上吧，李老師匆匆地來了，又要匆匆的離開，那麼多人自發地站起來給李老師送行，如果有人可以稱為蕪湖的驕傲，那必然是李老師無疑。」

然而，李老師那嫌破舊的輪椅，那風雪中行進的履痕，沉沉地壓在我們的心中——太吃力了。二〇〇八年，李老師的兩部作品分獲蕪湖首屆文藝獎的一、二等獎，我就一直慫恿著她用獎金買一輛電動輪椅車，看她自如地行駛在落滿金黃銀杏葉的九華山路上，心裡也暗暗鬆了一口氣。而且，她在中央城的新居，寬敞明亮，她終於有了更好、更舒適的寫作環境。

有多少次，我們曾走進她的舊居，探討文學，因為不同的看法，曾經爭執不已。李老師看不出來也想不通，我這樣一個外表隨和的人，內裡有這麼堅硬固執的核。但她依然可以接受晚生的行為方式，不以為杵。而且，她的朋友圈子平均年齡還在降低，我笑言，十年前，我們是她的小朋友，十年後，我們已經是她的老朋友，她把更新生代的文學愛好者們介紹給我們，讓我們一起和她更新著年齡的印記。

　　李老師家院子裡，有一樹金桂，花開時，濃密得讓人欣喜，那濃郁的瑞香就這樣留在了記憶的深處。「一枝淡貯書窗下，人與花心各自香。」朋友在李老師的書桌上、電腦旁看到那一垛垛的書，不由在文中感歎：與李老師相比，我們虛度了多少時光？

　　《君子如茶》，已經是李幼謙老師的第七本書。綠色的封面，如江南綠茶的顏色，氤氳著清新與澄淨。我在那裡，找到許多我熟悉的身影，甚至，有我自己的影子。茶緣，即人緣，品茶，亦是品人，從官員到平民，從模特到驢友，從家人到陌路……一件件的往事，一點點的善意，都如一片片茶葉，泡在這一杯茶中了。寒冬的午後，這樣一杯熱茶在手，心，也彷彿是暖的了。

當閱讀成為速食

　　早些年，極想讀點經典，又囊中羞澀，便做了枉法之事——在春安路私人攤上買了不少盜版書。標價幾十塊錢的書，一律十到八塊，屬於經濟能夠承受的範疇。其他的書倒也罷了，有些錯字也能湊和著看，猜個八九不離十。最愚蠢的是，買了一本《唐詩宋詞鑑賞辭典》，幾乎成了辦公室的笑柄。每首詩詞都有錯，且錯得離譜，斜成了抖，蟬成了彈，闕成了闊，烏成了鳥……讓人哭笑不得，又被大家合夥兒嘲笑，惱羞成怒，把書撕了的心都有。但到底沒捨得，不為了八塊錢，是為了那麼多字，畢竟混進書的壞分子是少數啊。最後，只得發揚阿Q精神，把這本盜版書變成了改錯本。從圖書館裡借來同版本的辭典，一一校對糾正，也算讀書創新之舉。只是潦草改完後，到底不放心，不忍卒讀，古詩詞，錯一個字就是笑話啊。

　　好在現在有了網路，當當網購書，全是正版。有時候便宜到不買你都感覺虧。王國維的《人間詞話》，裝幀印刷俱佳，三折，七塊錢。網路購書還有個好處是版本全，只要一搜，大多數的書都能買到，即使新書折扣不多，也不會比書店裡的書更貴，且是貨到付款，好處多多。只是，現在買書多，看書少，頂多玩味一下封面，隨意翻翻，就丟下了。

　　我的床頭，我的案上，都堆著一些書，這些都是我喜歡的書，我隨手可以拿到。普通一點的，排列在外面的書架上。有時候，我會看看王曉波的精神家園，有時候，我會翻翻車前子的魚

米書。有書可讀的日子是多麼幸福啊，這話，好像是蘇童等作家在接受報紙專訪時的通欄標題，看到這個標題，我鄭重地把這張報紙疊起來，收到一個放資料的盒子裡。

在我們童年的時候，我看高玉寶的《我要讀書》，翻來覆去的看，因為，沒有更多的書可以讀；上班了，我買岳麓書社的《紅樓夢》，五塊錢一本，非常非常小的字體，能把四冊紅樓融在一起。這本書，後來被看得香消玉殞，封面和封底都掉了。現在呢，現在不同了，不同版本的《紅樓夢》，我買了幾套，因為稍有眼生的字眼就自己會跳出來，再也找不到看第一本《紅樓夢》的醇美感覺了，而且，《誤讀紅樓》、《捶碎紅樓》、《紅樓新續》……這些書都陸續登場。有書的好處是覺得自己很富有，壞處是找不到那翻爛一本書的執著了。

翻到哪頁讀哪頁，本是讀書的一種境界。然而，對於我而言，傷就傷在此──不曾用心認真去讀一本書。對於忙碌的現代人來說，千字文都嫌長。

也許，八百字的專欄，對於報紙讀者來說，長度恰好。不怎麼生澀，即使淺顯，也還蘊涵著一點思想，也有一定的信息量，非常適合都市速食閱讀。當許多人都哀歎專欄能把人寫廢了的時候，我看到的卻是，一個個名人誕生在專欄作家中間，或者說，一個個專欄作家成了名人。我們在期間讀到他們的機敏與閱歷。

毛尖的《當世界向右的時候》正是這樣一本專欄文集。先看第一篇《因為你不美》，寫的是上海和香港的差別，所取角度可以說是反其道而行之，卻言之有理。毛尖看《文匯讀書週報》的專訪，熟悉一部叫作《露易絲》或譯作《地下鐵續集》的電影，

八百字的文字裡，這些信息量很自然地匯聚到一起，如水中的跳板，作者幾個輕盈的起跳，就到達了彼岸。

彼岸有塊站牌，也就是結尾。上書：本雅明說，在一個駝背小矮人身上，我們的愛情莫名地降落下來。是真的。

說實話，結尾也很莫名，但嚴肅的生活裡來點無厘頭的文學，也很有意思。

閱讀的「沙拉」

在光明書店樓上的一角，有一個書架靜靜地在那裡，其實，在我想像中，那裡是有聲息的，有一些思想在那或薄或厚的書籍裡，等待著人們的打開，等待著與人們交流。那裡，是蕪湖作家專櫃，在林立的書架裡，它就像一條在書海中獨行的小舟，輕輕漂浮著。

我去書店的情景，有點像魯迅先生《吶喊》自序中所寫的，從一個櫃檯到另一個櫃檯，那場面不說百感交集，也是有些許感觸的。那是我第一次在櫃檯裡辦理代售手續，而不是買書。我的身旁，有幾位母親，她們在搶購買一本據說就要脫銷的書——《好媽媽勝過好老師》。書店的業務人員很善解人意，他說，純文學書向來是寂寞的，他還說，有的暢銷書粗製濫造，連我們都讀不下去。我的心裡是明白的，那善意的理由不過是一層薄霧，不用借一雙慧眼，我們都能看到真相。

其實，真相就在那裡，沒有人願意挑開——

一位老師感慨地說，現在中國人不讀書了。我很老實地告訴他，中國還是有很多人讀書的，你去看看網頁上的圖書熱銷榜，你去看看書店裡那麼多席地讀書的人們。在鏡湖畔的徽商城，有幾座書店從這裡輻射開來，如果書有光影的話，這些光影會投在讀書人的心上，為人們打開一扇扇天窗。

也許是讀書節就要到來的緣故，一位八十後，將 QQ 個性簽名改為：「一日不讀書，無人看得出；一周不讀書，開始會爆

粗；一月不讀書，智商輸給豬。」讓人看了忍俊不禁，比起那句眾所皆知的「開卷有益」，草根智慧的坦誠直抵人心。還是要說一說「開券有益」的，宋太宗每天讀《太平御覽》二卷，漏了一天則以後追補，他說：「開券有益，朕不以為勞也。」這是「開券有益」一語之由來。如今，書易得了，我們還有閒情去開卷嗎？

　　知道四月二十三日是世界讀書日的時候，我就在想，當讀書成為節日的時候，它給我們傳遞了兩個資訊，一是，對讀書的重視，二是，對讀書的漠視。這二者並不是矛盾，因為重視，所以有了倡導讀書的節日，因為漠視，需要喚起人們的讀書熱情。蕪湖，是早於世界讀書日就有讀書節的，今年已經是蕪湖市第二十一屆讀書節，而世界讀書日的確立是一九九五年。這可謂是開新時代讀書風氣之先。

　　我很喜歡讀到的這樣一句話，讀書，永遠不恨其晚。晚，比永遠不讀強。至於怎麼讀，各人有各人的需求，有人還專門列出人生必讀的一百本書。有專家言，我們的日常閱讀應該融會貫通，要學會做出一盤有利於精神和心靈健康的「沙拉」。只有這樣，人的生存才能不偏頗，精神的林木才不會因營養匱乏而枯萎或畸形。

　　讀書如是，寫書也如是。希望，有那麼一天，以波光粼粼的鏡湖為背景，那排寂寞的書架，因其更為廣闊豐富的內涵而熱鬧起來。

四

行走人生

五月青島五月風

青島，一直是我遠遊的一個夢——在長江之畔懷想大海的蔚藍，夢裡的我是輕的，是有翅膀的。我一次次抵禦著，寧願錯過她，也不願錯過現實裡的一衣一飯。即便如此，她依舊被好友從照片裡帶回來——歐洲風情的洋樓，鐵欄雕花的院牆下，一蓬蓬怒放的薔薇；還有大海，長浪如線，漫捲而來，遠方的樓宇是一團朦朧的灰色，如海市蜃樓，朋友在海邊彎腰掬水，笑意盈盈……我以為，這就是青島的模樣，事實上，這也的確是青島的模樣，只是，這些只是青島的一角。

還是和青島有緣，在生活的一個拐點，終於與她相遇，彼此都淡淡的，如迎面碰到的兩個人，各自伸出手臂，讓手掌輕拂一下，然後擦肩而過。這個城市太美，而我只是她的過客。浮光掠影下，最多餘的就是我們這些遊客。在棧橋，在沙灘，在遊艇，我們上演著風光片裡最俗氣的橋段。跟團旅行，心思最是浮躁，到哪裡都是行色匆匆，但好處也有，該去的景點絕不會漏下，哪怕是蜻蜓點水。

五月的青島，海水還是冷的，春風卻是暖的，深呼吸，海邊城市特有的鹹腥撲面而來。青島的街道，兩邊是綠樹花叢裡的房舍，帶著曲線坡度，高高低低地綿延著，因為出門即是上坡下坎，所以自行車幾乎在這裡絕跡，彷彿是為了印證大海的廣闊，連行人也寂寥。街的盡頭是海，廣場的盡頭也是海……

　　廣場，是城市的表情，一個城市的韻致，就在那一顰一笑中閃現。「面朝大海，春暖花開」，人人都知道海子的這首詩，默念著這兩句，彷彿看到一個看海的人，背靠青山，依石而坐，海面波濤翻滾，他卻心平如鏡。然而，青島的五四廣場不，臨海觀潮，前面是一望無際的大海，背依的卻是現代化的時尚廣場，雖然廣闊，卻空落落的。這樣的感覺有點錯位，像是戀愛中的人陷入甜蜜的遐想，平地裡一腳踏空，驚出一身冷汗。

　　如果說「紅瓦綠樹、碧海藍天」的青島老城區，是深宅大院裡典雅的名媛，五四廣場的青島新景，就是都市時尚前沿的時髦女郎了。漫步在五四廣場，幾乎要將青島從熟稔的印象裡顛覆，但如果這樣全新的場景，以三維旋轉的方式，不斷夯進你的記憶，也許，老舍筆下那樣寫意的五月青島，會暈漶開來，直至融進五四廣場這樣時尚的顏色與元素，讓你不得不接受，這，就是五月的青島，現代的青島。

　　如果你明瞭五四廣場命名的含義──它是因紀念青島作為「五四運動」導火線而得名，你也許就明白了廣場中間那紅色雕塑的寓意，「風」，五月的紅色旋風，代表的是一種激情與意志。青島的五四廣場，有許多放風箏的人，高高低低的，在藍天上飛著，看著就叫人心裡歡喜，比起家鄉的廣場，那裡的風箏放得更高些，還帶著銳利的哨聲，海邊的風，到底不同。

　　我的江南小城也有廣場，名鳩茲，也臨水，但是一面湖水，波瀾不興，柳樹垂拂，秀麗溫馨。同是廣場，因為地域的不同，在人的心裡留下的印記也不一樣，湖泊與大海，水的痕跡蔓延而來，直至夢裡。

玄武湖的溫暖與憂鬱

去南京，有一種獨特的感受，四個字，恍如隔世——分明是六朝都會，彌漫散發的卻是光怪陸離的現代氣息，摩天大廈彷彿都氤氳在濃重的水汽裡，空氣濕漉漉的，整個人像是浸在熨涼的水裡，現在想來，也許是陰雨濛濛的天氣帶給我的錯覺吧？

走出南京火車站，玄武湖的水色蔓延而來，冥想中，漫天飛舞的水分子，潤濕了天空，潤濕了地面，潤濕了遊人……方方正正的灰色鋼筋水泥，也沒能把這一彎湖水的歷史感抹去。徜徉在湖邊，竟然有幾分傷感，南京的歷史沉澱，濃稠得連玄武湖的水氣都化不開。

現代南京人的日常生活，是老實平淡的，又帶著一點見過世面的、滿不在乎的倦怠，他們說著外地人戲稱「含著大蘿蔔」的南京話，在夕陽斜照裡，甘心把日子過得像鴨血湯一樣清湯寡水。這也許是匆匆而過的旅遊者的誤讀，他們無心體味南京的現代生活，偏要橫越時空，用悠遠綿長的歷史長線，貫穿起整座城市的命運。比如我，遊覽這玄武湖，在意會中，就權當在摩挲這個城市最溫潤的一塊碧玉了。

玄武湖的名氣很大，但倘若你不曾翻閱它的歷史，它與其他城市的名湖一樣，不過是山光水色、楊柳輕拂、風光瀲灧罷了。然而，就因為不同的人，在不同的年代，在這水邊演繹了不同故事，玄武湖，就被賦予了不同的個性與風情。

——昭明太子讀書的地方；明朝存放皇冊的地方；南北朝時期操練水軍的地方；如今是新人戀愛和婚紗攝影的地方。四句平實不加雕琢的話，濃縮了一部風起雲湧的歷史。順著這根脈絡還有許多故事，驚心又動魄。玄武湖這部「電視劇」，從兩千多年前的先秦就開始上演，就算是最高明的編劇，拍破腦袋也想不出那麼多的劇情。一湖水裡，有刀光劍影，有兵來將往……

「桑泊」，一個綠油油、水汪汪的名字，六朝前，這美麗的名字還屬於玄武湖，而秣陵湖、昆明湖、後湖，說的也是眼前的這個湖。某年間，有人發現黑龍在湖中出沒，從此改名玄武湖。按現代人的考證，黑龍，也許就是揚子鱷。如果是真的，這醜陋又珍稀的傢伙，就這樣和古人開了個玩笑。不過，如果讓我選擇，我更喜歡把它叫作「桑泊」，嘴巴輕輕開闔——桑泊，像是在輕喚一個最親昵的人，溫柔又多情。

行在玄武湖的煙柳長堤，看一湖細皺偶起波浪，臆想中，宋時的王安石，也行在這十里長堤，他輕撚鬍鬚，做出了瀉湖得田的決定，神宗奏准，玄武湖從此消失了二百多年。二六八年後，經過兩次疏浚，玄武湖才重新在南京的版圖上出現，但面積只有六朝時期的三分之一了。到底，這是個命運多舛的湖，明代，朱元璋一紙禁令，玄武湖又與外界隔絕了二百六十多年……

有位作家曾這樣評論玄武湖：「南京是十朝古都，若沒有溫馨清秀的玄武湖，只有帝王的政治濁氣，那將變成門窗閉鎖、沉悶污濁的殿堂。」這些年，我是越來越敬畏歷史的沉重與真實。我們，在大地上只活一次，而如果我們有契機，在現存的人文古蹟中，在某些特定的氣場裡，與前人共呼吸，尋找他們的脈動，

這機遇本身就讓人激動。譬如，在這波光粼粼的玄武湖畔，遐想
它的古往和今來。

烏鎮的春夜

五年之後說烏鎮，依舊清晰。

那是一疊畫片，一張張的放在那裡。什麼時候想起，什麼時候就可以拿出來翻看。那時候，我們還很年輕，歲月也很新鮮，像剛出爐的青團，綠油油的。

烏鎮是一塊藍印花布，我想不出來一個合適的詞來修飾這樣的藍底白花，不是鮮亮，也不是黯舊；不是古樸，更不是時尚。這樣單純的藍白二色，一下子就把四周的景象扯進電影的畫布裡去了。踏進烏鎮，就好像闖進了一個影棚，成群結對的遊客們都像在排演。他們的頭上，不是藍印花布頭巾，就是藍印花布帽子。他們有的撐著船嬉笑著，有的徜徉在碼頭上，水波卻是不興，一直靜靜地，寵辱不驚的模樣。有片刻間的詫異，轉眼間，驚奇就轉換成喜悅。我們，也全副武裝，融入了這藍印花布的世界，連脖子上掛著的手機，都套上了藍印花布的小旗袍……以至於到今天，想起烏鎮，那藍印花布就一塊塊地疊加過來，蔓延開來。

一路上的桑樹林，矮而密，葉子綠油油的，沒有見到採桑的羅敷女，但那樣的景象是熟稔在每個人的想像裡。走在古鎮深巷的石板路上，一路上，我們與茅盾故居、與林家鋪子碰碰撞撞，時間短，沒等到回味，一切又都過去了。在某個老宅，聽人說，黃磊和劉若英在裡面拍電影，什麼名字忘了，當時也沒時間去追星。烏鎮，有許多沉澱下來的事物，讓這些明星都黯然失色，但，到底在烏鎮找到了什麼呢？至今，我也沒有答案。

　　只記得，一路遊來，盡頭是一座廟舍，梵音繞梁。對面，卻是鑼鼓喧天，熱熱鬧鬧唱著大戲……知道這一切都是做給遊人看的佈景，卻陷入一種恍惚隔世的感覺之中，到今天想來，都是一種不真實的感覺，像闖入到別人的夢裡。

　　值得一記的是烏鎮的夜宴，圓桌，就擺在遊廊的水邊，有紅燈籠的光微微照著。畫在眼前，我們在畫裡。已經記不確切吃了些什麼，似乎有紅燒小龍蝦，燒得並不入味，顏色卻紅紅地好看；也許還有菱角菜？浙江菜，對於我們來說，並不合口味，但所有人的表情都很恬淡，很愜意，也很享受。

　　夜宿烏鎮，是另一番情調，確切地說，是浙南小鎮的情調，穿過小鎮的運河蕩著水波，泛著古舊的波紋，一路蕩到現今。夜晚，沒有月亮，我和她在長廊上漫步，遊人都隱去了，四處靜靜的，水依舊無聲。遠遠的石板巷裡，彷彿有著長衫的幽靈在穿行。她的神情幽憂，低低地用手機給她的男友打電話。我把目光投向遠處，其實，這裡並不適合遠眺，兩岸鱗次櫛比的小木樓擋住了視線，只看見河上石橋隱約有兩三個坐著站著的人影。入夜，旅館的粉牆，因了在水邊的緣故，似有濕氣捲襲而來，夢也變得濕漉漉的……

桃花二十鋪

　　所有地方的清晨都是清亮新鮮的，無論這裡還是那裡，無論二十鋪還是芙蓉鎮。

　　她往來於合蕪之間，已經算半個合肥土著了。她說，我帶你去一個鎮上吃早飯，就像芙蓉鎮。鎮，這個詞讓人動心，更別說像芙蓉鎮了。彷彿，走進鎮裡，就走回從前，那裡有濕漉漉的青石板，有黃狗在巷道裡狂吠，白牆黑瓦的房子裡，還有芙蓉花一般的女人。

　　要我說，二十鋪更像鄉村裡的步行街，一條乾乾淨淨的水泥路，兩邊是乾乾淨淨的水泥房子，全是鋪面，尚未開門。二十鋪見不到幾棵樹，只有一家在門前隨意放了兩盆花。一盆，是淡黃色的月季，半人高，另一盆是深紅的小雛菊，開得蓬勃，也亂，但自有一種生機，在這清晨的二十鋪上，這兩盆花，簡直就是小鎮的點睛之筆。

　　也許，很多年前，這裡有二十個鋪面，有的打鐵，有的賣布；或者，這裡是一家打尖住宿的大車店，有二十個鋪位……一個匆匆走過的人，對於這樣一個陌生的地方，想怎麼想就怎麼想吧？這裡的地名都讓人一眼難忘，葛大店、凌大塘……就是當年一個個村莊的名字，隨著時間一點點往前流淌，這些村莊就像柳枝在春天抽條發芽一樣，左衝右突，最後枝葉茂盛，根系發達，變成了集鎮，變成了城市。

　　去的時候，合肥車堵的厲害，尤其在蕪湖路上。從公交車上看去，十字路口的車流，從四個方向匯集，頭碰頭抵在一起，誰都動彈不得。上了高架，豁然車速才快了。公交上，有一對青年男女緊緊地擁在一起，人多車擠，看起來就不突兀。女孩子很漂亮，說著不知道哪裡的方言，但能聽得懂，女孩子說，合肥很好啊，我們那裡太破咧。然後，她像唱歌那樣一句句念著：太破咧，太破咧，太破咧……

　　早點鋪有個很豪氣的名字，包子城。友說，這裡的稀飯好，還可以吃點獅子頭，或者小籠包子。走進包子城，就像走進十年前的蕪湖某食堂，牆上貼的字畫有點雜蕪，有臺灣雙胞胎，有松鶴延年。就餐的桌子是大圓桌，十二人的，在一張桌上吃早飯的人，就像是一家人，或者，至少是親戚了。稀飯端上來，我驚奇那顏色，是絳紅色的，米燒化了，紅豆也燒化了，像調的藕粉，喝一口，適口適胃，有鹹的味道，只有加鹹才能把稀飯燒得那麼黏稠。獅子頭是油炸花捲，果然酥，掰碎，泡進稀飯裡，依然脆。小籠包子也點了，吃一個，不如蕪湖的好，但也說不出哪裡不好，甚至，肉餡還多出許多。獅子頭掰到最後，還剩下一點白麵團，與酥的花捲相比，口感欠缺，將剩的幾小團扔了。也許，我們的胃口精細得只能受用這紅豆稀飯吧。像生活，把什麼都放進去，加點鹹，熬，端上來的就是一碗看不清形狀，分不清米豆，但卻暖心貼肺的稀飯。

　　二十鋪在桃花，過去的肥西，也是一個地名，那又是一個讓人浮想聯翩的地方……

在李府喝茶

　　總是在黃昏的時候到達李府——合肥步行街上，李鴻章的故居。

　　上兩次是錯過了，去晚了，李府已經關門。走在喧囂的街道上，想著，已經從文字裡的合肥跳進來了，跳進真實的合肥。其實，蕪湖離合肥並不遠，兩小時的路程，但，就如兩個很少走動的朋友，遙望，知道對方的境況，卻並不走近，以期求得那份距離產生的美。

　　戰線拉得很長，近十年，來過合肥三次。第一次，去的是包公祠、逍遙津。紅彤彤的祠牆，綠蔭蔭的街道，還有包公河畔的清風閣，簇新，剛剛竣工；第二次，是三河古鎮，走進楊振寧外祖家的舊宅，看年輕時楊振寧和賢淑端莊的夫人合影，再看年老時的楊振寧滿面春風地牽著年輕的翁帆——獻寶一樣，與他在物理上的成就相比，楊振寧的忘年戀更是紅塵中的傳奇，鼓動了多少躍躍欲試的不老心，不提也罷；第三次，就在這個桂花也忘了開的秋天，從天鵝湖畔一路駛過，也就快到黃昏了。

　　鬧市間，忽然看見這麼一座明清的古居，有些恍惚。身邊的川流人群，在這古老建築的氣場排撞下，隱化而去，一切喧囂都在遠處，彷彿李府前，就一個我。立在石階前，看緊閉的黑漆大門，看高懸的大紅燈籠，色彩鮮明又壓抑，透出一種富貴人家的端然與冷漠，更壓迫出劉姥姥般的無助與窘迫。轉身，看那小小的偏門，彷彿那裡，會「吱呀」一聲，門開處，走出周瑞家的那

樣人物。李府，或者賈府，在現代人的模糊視覺裡，大致都是差不多的。

天井，木樓，雕花木門。展覽館與我想像中的李府不一樣，沒有舊時大戶人家生活過的煙火痕跡，只有照片、文字和實物記錄著歷史。即使，客廳裡有暗舊的傢俱擺設，臥室裡有方方正正的老式木床。我知道，面對歷史我是膚淺的，我想看還原的李府生活，怎麼可能？據說，這只是李府保留的一小部分，我想也是。狹小的天井裡有一株肥大的芭蕉，碧綠可愛，從這個視角，舉目望天，天就這麼方方、藍藍的一塊，方塊之下，有明潤的日光投下來，框住了這株植物，好像這株芭蕉是從那個時代活過來的，我知道這是認知的錯位，但人的感覺有時候由不得人。天井裡，還有一眼被鐵絲籠住了的古井，探頭去看，裡面竟雜草叢生，但還是有些怵意，彷彿古井深處會有幽怨的氣息冒上來，也許是想起珍妃了。

最後走過的庭院，有點後花園的意思了。雖然沒有花，但綠意盎然，一張石頭圓桌，幾張石頭的圓凳，在白牆黑瓦的背景下，像等著上戲的舞臺佈景。若是有紅裙綠襖閃過，那該是當年李府的小姐丫環了。時光的指標針，一下子從清代撥到了現在——物是人非。靜靜地坐下來，喝想像中的茶，吹秋天裡的風，心意到了，心願了了。

下次來，該去大蜀山了。

一路向北，天門山

　　據說，詩歌是依附意象而生的，如麥子，如鐵軌，如落日……而我閉目遐想天門山那峭壁、那江川時，奔跑在記憶之前的是一路向北的汽車，是的，一路向北。從喧鬧奔向寂寥，從繁華奔向蒼茫，從當下奔向遠古……車輪戛然而止的時候，彷彿車轍壓著的是時空碑文的一個句號，這一圈重重地將天門山頓在了城之盡頭。而李白、賀鑄之英氣，正和著天門山頂的雲、和著天門山下的浪，與尋古而來的我們劈面相逢。

　　好在，有一線長堤，可以緩衝一下千古的氣場，讓初來天門山的我們在回轉的眩暈中遠眺。山，依舊是那座山，景，卻不是那時的景了。一架鐵塔凌絕頂，雖然它的出現，讓尋覓古詩裡景觀的遊客瞠目結舌，但這是時代的符號，如水泥的臺階、如現代的遊人，任是什麼樣的神筆也還原不了古貌。所以，我願意把它解讀成時光在依山攀延，它是想舉臂擁抱藍天呢。

　　天門觀濤，有兩處絕佳——銅佛寺內、天門山頂。站在銅佛寺的平臺上，在香火繚繞中極目遠眺，船帆點點隨江水流過，心彷彿也隨之悠然遠去；而在陡峭的山頂，攀石撫樹俯視江面，刀劈斧削的岩石被波濤拍打著、洗刷著，幾千年也沒磨圓了尖角。

　　一帶長江，水天一色，浩淼無窮。在城市鋼筋水泥裡兜兜轉轉，眼神與心界似乎都變得曲曲彎彎，置身與此，豈是心曠神怡四字能涵蓋的？閉目想像一下，李白的〈望天門山〉若是由童聲合誦出來，該是多麼清脆動聽啊：「天門中斷楚江開，碧水東流

至此回。兩岸青山相對出，孤帆一片日邊來。」二十八個字，吟出便成千古絕唱。可惜的是，當年詩仙詠天門是乘舟而下，如今我們臨山觀濤，領略的詩中之景觀不過一二。多想乘一葉輕舟，揚帆而行，若是晴空萬里，東西梁山會如佳人的兩彎秀眉，為我而舒展嗎？若是風高浪急，楚江飛流會在兩山的夾峙下，為我千回百轉嗎？

　　若是無舟，依然可以想像，站在天門山之東邊，我可以與西梁山上的賀鑄目光對接。九百多年前，人稱「賀鬼頭」的賀鑄在和州任管界巡檢。身為小吏，讓曾經「劍吼西風」的賀鑄壯志難酬，他登山臨水，排遣幽思。衣袂飄飄的他在山頂上吟道：「牛渚天門險，限南北、七雄豪占。」難得他有好興致，月華初上，他與朋友夜觀天門江濤：「清霧斂，與閑人登覽。待月上潮，平波灩灩，塞管輕吹新阿濫。風滿檻，歷歷數、西州更點。」這樣清凌絕塵的鏡像，與李白的〈望天門山〉相比，是另一場視聽盛宴了。「天門煙浪」，因為李白、賀鑄等人的題詠而承載了豐富的文化語義。一個城市的厚重，通過歷史人文古蹟的保留而傳承延續著。

　　順山而下，山腳蒼翠的草叢裡，時而會冒出一片粉色或白色的野花；江邊沙灘上有行人的足跡，直插進柳林裡；一艘船兒從江面駛過，蜿蜒的浪花就如頑皮的孩子，一下，一下，輕輕拍打著岸邊，遠遠的，參差的峭石上有一個釣魚的人兒……佇立在江邊，時間的鐘擺彷彿在瞬間停滯。千年以前，這裡的景象也是如此靜默而遼遠著嗎？

為一樹桃花鼓掌

　　車過青弋江，向繁昌駛去。長江，猶如被抖起的一匹白練，雖有彎曲逶迤，但卻保持著與道路平行的姿勢，為我們送行。漸漸地，看不見江水了，車窗外，碧綠的田野裡，一閃而過的是農家院裡的一樹桃花。當青山綠水的潤澤之氣慢慢溢過來的時候，馬仁山就要到了。

　　幾年來，四遊馬仁奇峰，有在初春、暮秋，有在盛夏、隆冬，同行者也各不相同，有同事、有家人、有文友……許多溫暖又瑣碎的片段，如散落的珠子，灑在歲月的深處。拾起它們，耳畔響起的彷彿是一串清脆的山村散板。

　　初春，到馬仁山開會，借宿馬仁山莊，幾個人放下行李做的同一件事情，就是推開陽臺的門，去眺望遠山的風景，探頭相望，是彼此盈盈的笑臉，有誰，不喜歡在這青山綠水間，放逐一下按部就班的心情呢？看著山上綠樹掩映的一兩間粉牆黛瓦的老宅，我在想，那是不是「馬仁三怪」的房子呢？「三怪」，是三個特立獨行的朋友，喜歡舞文弄墨，厭煩市聲喧囂，於是，在馬仁山下尋得幾間老屋，荷鋤勞作，相與招飲，那份散漫脫塵，讓人生羨。

　　進山之前，站在馬仁風景區的入口處，我看湖邊那株孤獨的柳，它剛剛在春風裡發芽，枝條嫩黃嫩黃的，隨著風兒搖兒搖，一下子，就把我們的心，搖到一個清朗明闊、幽靜古遠的境界裡去了。我說，走進馬仁景區的大門，就像走進春天裡。那一刻，我覺得我有點像詩人了。

　　月亮湖的顏色，是一種純淨得沒有沉滓的蔚藍，湖水在微風中輕輕漾著細波，即使不進山，就在這裡靜靜坐上半天，也是神仙過的日子。身後，是可稱巍峨的天下第一香爐，它矗立在空曠的山野間，與碧竹修篁間的千年古寺一起，給恬靜、秀美的馬仁山增添了一份凝重與禪意。

　　山間多樹，蓊鬱青綠；潺潺溪流，碧清無塵。在山間遊走，太陽洞、月亮洞、石壁、石屋……風景，無處不在。岩邊探出的幾株映山紅，山下一覽無遺的田野人家，都讓久居城市的人欣喜。在山上，我們與銀髮旅遊團的老人、與學校春遊的孩子們相遇。老人們是安詳的，他們靜靜地坐在岩石上歇息，眺望著風景；而孩子們卻像炮彈一樣，「嗵」地一聲，就從我們的身後衝過去了，一張張汗津津的臉興奮得通紅。

　　拾階而上，有一樹爛爛開放的桃花，橫在了路的上方，同伴們中的一個提議：讓我們為桃花鼓掌。多有詩意的倡議啊——花開一季，即使是開在深山無人知，也毫不偷懶。我想，那一刻，桃花與我們是相知的。

　　再往遠處想，是幾年前進山時的情景，十幾個人被塞進紅色舊「的士」，隨著「妹妹你坐船頭」的歌聲，在泥道上顛簸搖擺，笑聲灑滿一路；還有那年春節，搭馬仁山下村民的便車進山，原本素昧平生，卻像走親戚一樣，被邀到人家喝茶吃飯，那殷殷人情，至今難忘。

五華山水多奇蹤

　　一路塵土飛揚。

　　飛馳的計程車是與詩的意象無關的，浮躁，急速，所謂禪意在我們出發的時候毫無預兆，甚至，我們不知道我們一行浩蕩前往的寺廟名字。前車，捲起的灰塵遮住了路邊的蔥蘢，如看不清前途的人生，後車，緊隨而來步步不讓，如撞著腳後跟趕著你跑的歲月。誰說每次旅行不像一次人生？誰說人生又不是一次旅行呢？當時只知道的是向前，向前。

　　車外閃過的鄉野人家，多是二層小樓，前樹後竹，間或有柿紅菊黃點綴著，靜謐安寧。有幾隻肥雞搖著笨拙的身體匆匆跑過，黃狗黑狗們卻膽大，遠遠對著車子吠幾聲。似乎路邊還有樹林，太陽下眩目的飛馳也看不真切了。

　　彷彿是路的盡頭，一座小廟像前朝遺落的珍珠，悄無聲息地隱在灌木叢中。繁昌五華山的「隱靜寺」——如此古舊的寺廟給我的感覺是那麼蕭瑟，白牆上印出黑色的斑駁雨漬，尚未修葺的山牆欲傾欲斜。曾經去過一些小寺，黃色的牆壁有乾焦的細細裂紋，顯見新建的局促與簡陋。而「隱靜寺」不同，它的滄桑後面卻是一種千年的從容。你去尋它，你去訪它；或者，你不去尋它，不去訪它，它都在那裡靜默著。而我，卻多情地以為它是在等我們的，等我們去那裡尋找千年的古蹟與名僧的行蹤。

　　若是事先知道我們要拜訪的是南朝的古寺，我不知道我們在寺後竹林裡的留影是不是要肅穆一點？一隻白羊作道具，被我們

擺來弄去，我們像頑童，而白羊像智者。隱靜寺周圍的空氣似乎氤氳著充沛的水霧，清新濕潤，滌淨了滿面灰塵。竹林的綠，草地的綠，樹叢的綠，綠得讓我們心醉。

尋階而上，我不知道那是踏著南朝高僧杯渡的足跡；山路旁，叢林稀疏，我也不知道那曾有杯渡所植的「十里松徑」。對於旅遊中的風景，我們總是這樣懵懂無知，來去匆匆。不知道所尋何景，不知道所去何地，只知道一味隨流急奔。人生也是如此，一站一站往前趕，等到回首四顧時，風景已在身後。

我們沒有登上五華山的頂峰，雖然，據說那裡的大殿已修復得初具規模。我們要趕時間，計程車還在路口等著我們。因此，我們錯過了「碧霄、桂月、鳴磬、紫氣、行道」五峰，錯過了「金魚、噴雲」二泉。或者，我們已經經過了那裡，但我們卻全然不知。「我聞隱靜寺，山水多奇蹤。」李白足跡雖然未到過隱靜寺，但他卻留下了這樣的詩句，而隨意而來漫遊的我們，卻那麼輕慢地忽略了奇蹤的山水。

歸途依然是一路塵土。而後進入秀氣的繁昌小城，進入繁華的蕪湖市區。出租、公交、摩托，人聲鼎沸。而五華山的奇峰、清泉、古松，還有已經絕跡的孤鶴、啼猿，我們只能從古人的詩句裡尋找了。

尋古滴翠軒

　　時間是正午，清冷的薄陰天，突然想去廣濟寺。穿過一條曲折的小巷，兩邊是平常的百姓人家，一派人間煙火的喧騰氣象。漫步過去，廣濟寺就在前面。寺是千年古寺，創建於唐朝乾寧年間，從明清到現代，屢毀屢興。元朝歐陽元有詩云：「山分一股到江皋，寺占山腰壓翠鼇。四壁白雲僧不掃，一竿紅日塔爭高」。但在我這個歲數人的記憶裡，最早的關於廣濟寺的記憶竟是一座工廠，文革的時候，這個依山而建的唐朝的古寺變成了蕪湖電錶廠。

　　平日裡，站在單位十五樓的視窗看過去，赫然正面與廣濟寺前的小九華廣場遙遙相對，淺淺的臺階，古意的牌坊，城市裡難得一見的四方空地，赭山的墨綠直漫過來，幾角明黃的寺牆隱映其中。若是陰雨霏霏或者輕霧繚繞，則像海市蜃樓，又像天涯仙境。繞過廣場中央的噴泉，正前方就是廣濟寺。

　　進了大門，蕭瑟的天空突然有一隻黑鳥斜斜飛過，不是初一和十五，廟裡靜靜的，廟前的空地香爐上的風鈴隨著風聲叮咚作響，像來自天邊純淨的瑜珈音樂。浮躁的心、天上的雲、四周的空氣，似乎一下子都從喧囂的鬧市裡跳出來，安妥地跌落在這座幽靜的古寺裡。

　　陡峭的八十八級石級幾乎是筆直的，石級兩邊護以鐵鏈，鐵鏈上掛滿了連心鎖，許多鎖上還刻著名字，很普通、很世俗的男

女的名字。相愛的人到這裡來把命運鎖在一起，然後又到塵世裡摸爬滾打，這些鎖的主人們還都長相廝守著嗎？

石階邊的花牆裡有幾棵小小的蠟梅，因為不是冬季，寒香撲鼻的意境是領略不到了。且看宋人所植銀杏樹吧，虯斜橫逸的樹幹像蒼勁的筆，在灰白的天空上留下滄桑的筆觸。地藏殿旁有一棟兩層樓的「滴翠軒」，據說取意於「青幢碧蓋儼天成，濕翠濛濛滴畫楹」的詩句，傳為宋朝詩人、書法家黃庭堅隱居讀書處。亭中曾有黃庭堅的石刻像，自題像曰：「似僧有髮，似俗無塵；參夢中夢，悟身外身。」

上中學的時候，學校裡一位值班的老人似乎與廣濟寺有著不解的佛緣，記得當年她給我們說過黃庭堅「夢中芹香」的故事。黃庭堅得中進士之後，被朝廷任命為黃州（蕪湖）知州，就任時才二十六歲。一日他在夢中吃了一位老婆婆香案上的芹菜麵，醒後嘴裡還留有芹菜的香味。於是循夢景所指，找到了夢境中的老婆婆。這位老婆婆向黃庭堅講起用芹菜麵祭奠她已死去二十六年的女兒的故事。這時黃庭堅才明白，這位老婆婆就是自己前世的母親。於是，黃庭堅跪拜母親，並把她接回「滴翠軒」供養。清朝詩人袁枚的《隨園詩話》中有「書到今生讀已遲」一句，說的就是黃庭堅轉世的故事。

徘徊在寺廟的庭院裡，仰面看寺內建於北宋的赭山塔，遠處飄渺傳來誦經聲，這帶有遠古神秘的聲音，似乎發出共震，讓塵世裡結在身上的灰殼，撲落落地墜地。在清泠泠的空氣裡，我開始往回走。邁出大門，走進喧囂沸騰的鬧市裡去。

丫山風景幾軸畫

幾年前初入南陵何灣，丫山還是一座安靜的山，寂寞的山。無論遠處的風景有多麼喧鬧，它依然維持著幾千年的沉靜，儘管它的廣闊胸襟裡，有曲折的溶洞、有嶙峋的石林、有萬丈的天坑、有汩汩的泉眼、有陡峭的絕壁、有縱橫的暗河、有深絕的峽谷、有俏麗的牡丹……若是說，別處的風景或是雄壯或是秀美，但風格大致是綿延承接的。但丫山就不同，它的風景是截斷的、更迭的，如我們小時候看到的幻燈片，一張張疊將上去。

走進丫山，人的眼睛彷彿就成了一個取景框，隨便往哪裡一定，「喀嚓」一聲，就是一幅風景畫，而且移步換景，張張不同。我確信，在千萬年前，腳下的丫山，曾經有一次天翻地覆的訇然巨變：滾燙的熔漿順流而下，天被映成了一片赤紅，轟隆的巨響聲中，石裂地開……惟有這一次次的天搖地動，才不難解釋，丫山，為何會有江南難得一見的喀斯特地貌，為何會有大大小小八十八處溶洞，為何會有如天外飛碟砸出來般的無底深坑。

都說滄海桑田，亙古難見。但就近在一九七六年，大自然就在我們眼前，做了一次小小的演示。唐山地震期間，在丫山龍山之頂，一夜之間驚現南陵湖。雖然有人糾正說，南陵湖早在清朝就有，但原本乾涸的湖區，因地震而使泉水暴湧，匯而成湖，卻是事實。站在湖邊，同行的人都靜默無聲，惟恐嘈雜凡俗的人聲，驚了湖邊淺水裡的蝌蚪，擾了湖面嬉戲的水鳥。碧綠的湖水，與岸上樹叢的淺綠深綠相接，中間偶爾有雜草的赭黃、蘆葦

的淡白過渡。輕風拂過，幾片枯葉蕭蕭飄落，水面有細波凸現，漣漪綿延……這幅鏡像曾被我當作電腦桌面，每日看著它，斗室裡的我，如井底之蛙，痴想著這方野性又恬靜的自然之湖。

第一次看到岩洞裡流過的暗河，看到依河浣衣笑鬧的農婦，我以為我來到了桃花源，恍然若夢。這神奇的地河從哪裡來，又將流到哪裡去？更讓人叫絕的是，龍井洞口的正上方，生長著三棵大樹，如斜插在香爐裡的三炷香火，難怪當地村民把它演繹成先人在向蒼天祈福。

如果我是個藏寶者，我要把丫山的山山水水捲起來，裝裱成山水畫，裝進我的青瓷畫甕裡。讓我隨便為你攤開幾軸吧：溝壑叢生的山石峰岩間，有朵朵粉白的牡丹，在青枝綠葉襯托下，爭奇鬥豔；林濤轟響，一條深邃的大峽谷如巨龍橫陳，遠處峰巒如波濤般湧來；巨石陡峭如壁，直立谷底，有楠木遮蔽，有湧泉滋潤，鐘乳石狀似飛龍，盤旋壁上。丫山的好處便是，不用去雲南，你就可以觀石灰岩洞；不用去洛陽，你就可以賞國色牡丹；不用去黃山，你就可以讚浩瀚峽谷……

再探丫山，這裡已經成了著名的風光遊覽區。沿著開發者指定的路線前行，少了幾許天然的野趣，卻多了幾分妥帖的溫馨。有人說，旅遊景點的開發是以犧牲原生態為代價的，這是個兩難的選擇。我們只能期盼，現代人自以為是的審美，對自然的損害越小越好。

甄山尋梅

三月，田野裡還是荒蕪，黃燦燦的油菜花尚未鋪染，一切都清冷冷的，無論是淡青的天空，還是微寒的空氣。

這是一個度假村，古蹟並不多，一個湖面，一座青山。好在是初春，好在是雨後。草們還沒發青，毛絨絨的，像淡黃色的地毯。湖水雖無二致，但清冽。風，也和煦。園子裡，空無一人，不規則的鵝卵石路，在輕柔的背景音樂裡，可以隨著節奏跳著走。

雨，沒怎麼下就停了。淡金色的太陽，閑閑地照著大地，靜的地方，就有鳥聲，有鳥，這地方就更靜。水中的亭榭，蜿蜒的石徑，幾桿翠竹，幾叢茶花，只差有古裝女子，嫋嫋娜娜地從那院門裡走出來，《紅樓夢》裡，雨後的大觀園就是如此吧？

夜宿甄山，是一個半山坡上的四合院，有農家小院的意思，這裡尚未完全開發，晚上沒有休閒活動。於是，我一個人走出院門，坐在長木凳上。不遠的湖中有一個攢角亭，用五彩燈泡拉出輪廓，漆黑的夜，也就這一點點亮色，不驚豔，也不奇特。似乎有風，也似乎沒有。湖對面是條馬路，在這夜晚，不算喧鬧，有點車聲人聲罷了。

來早了，院外的山坡上的桂花還差著季節。早起的時候，有小雨，像霧，迷迷濛濛的，空氣很濕潤，湖畔柳條上冒出了許多嫩綠點子，夠作幾首詩的了。別墅式的小樓之間，植滿了青草，一片綠色中，有幾株梅花。這樣的意境，古人早就描摹過：「芳

草茸茸沒屨深，清和天氣潤園林。霏微小雨初晴處，暗數青梅立樹陰。」只是這個時候，梅花是該凋落了。可是，當我走到山上憑欄觀望時，卻驚喜地看到一片粉紅的花海。俯身，一團香馥之氣直撲上來，花香襲人啊。以前，看到蠟梅的時候，還在疑惑，為何江南無紅梅？古人作了那麼多首梅花的詩。去年才知道，一直將紅梅認作桃花，可想而知，有時候自以為是是多麼大的錯誤。

明朝陳道復寫：「梅花得意占群芳，雪後追尋笑我忙。折取一枝懸竹杖，歸來隨路有清香。」意趣盎然，即使今日讀來，還能會心一笑。雖然，我沒有折取紅梅，那縷梅香也隨著意念，和我一起回到江城，回到按部就班的日子。

春天來了，四處走走吧，地界決定眼界，哪怕只走出去很近的地方，也是給精神放了一個假。

無中生有的湖

　　合肥，是個陌生又熟悉的城市。雖是同省，卻又隔江。長江為界，風土人情大為不同。在情感上，也有一種說不清、道不明的感覺。這種滋味，從來沒有仔細掂量過，但，一定是在不知不覺中潛在心底的，否則，為何每次去合肥回來，都想寫一點東西？從桃花二十鋪到步行街李府。與合肥，更多的是文字緣。

　　那日傍晚，走在合肥政務新區的大道上，在合肥工作的朋友指著前方對我說，喏，一直走到頭，第一家就是出版集團。正是傍晚時分，前方的天空，濃厚的晚霞被夕陽勾勒出金邊，宛若油畫。我想像，我們的那部書稿，正靜靜躺在出版集團某個辦公室的某個辦公桌上，它先我們抵達合肥。南宋詞人張孝祥，曾被皇帝欽點狀元，書策賦俱佳，卻命運坎坷、仕途蹭蹬、報國無門，於盛年歸隱，在蕪湖捐田百畝，匯而成湖。八百年的鏡湖，成了城市中心明眸善睞的眼。遙想鏡湖，對遊子來說是一種精神蘊藉；漫步鏡湖，對從未遠離故土的我們來說，是一種無形的撫慰，這種感覺淡淡的在心裡，讓乾枯的心柔軟。我們無田可捐，我們所能付出的只有文字，於是，我和唐玉霞，為老張寫了一本書──《情斷南宋》，是的，我們把張孝祥叫做老張。

　　上周，去了兩個省會城市，一南京，一合肥。在南京的時候，住的是玄武湖畔的鳳凰台酒店，在二十四層樓上俯視玄武湖，也就是一柄模糊的鏡子而已，它靜靜地在太陽下閃著銀白的光，從遠古到如今。它的周圍，現在是峭拔高聳的現代化鋼筋水

泥樓群。玄武湖是個命運多舛的湖，宋代時，王安石要人定勝天，於是瀉湖成田，從此，玄武湖消失了二百多年……一個千古的湖，往往是歷史的見證，任是刀光劍影，還是花好月圓。

成就湖的是人，而湖成就的也是人。城市的湖，在古代的文人墨客眼裡，是起興的源頭。古往今來，留下多少詠湖的佳句？但，在現代的我們看來，它更重要的功能是城市大客廳的空氣加濕器。

合肥也有湖吧？我曾問過合肥的朋友，他回答的很乾脆，有，我們小區前面就有個湖。他說了個湖名，但我沒記住。他到合肥工作已經十幾年，原本還算白皙的皮膚變得黝黑，見到他的人都詫異，然後就替他開解說，合肥乾燥，水質也不好，硬。也許，這是典型的誤讀，但合肥缺水的印象就無形中刻在腦海裡。

去年，乘車從合肥老城區一路到政務新區，道路，漸漸地豁然開朗起來，一切都是新的，樓群、道路、街頭公園，彷彿天也比老城區更高些、更藍些，有到了另一個現代化城市的感覺，這是新合肥啊。憑窗遠眺，有一彎長長的湖畔，朋友很有些興奮，指著遠方說：你看！你看！天鵝湖！

哦！天鵝湖！我從此記住了這個名字，一泊清水，靜而深遠。

下車遊湖，我們從幾株銀杏樹下走過，那樣純淨無暇的柔黃，把秋天點染得讓人心醉，疏朗開闊的湖畔，讓喧囂的心一下子安靜下來。遠處，有風吹過來，湖畔有株老柳，風起處，柳條兒齊齊地飛起來。靜靜坐在湖畔，看清水起波，看兒童嬉戲，對岸，高樓林立，直入雲霄。恍惚間，覺得這清冽冷峻的湖光水色有一種寓意，一種匆匆遊客只能意會無法言傳的感受。現在，我仔細梳理著當時的感覺，到底那飄忽而過的情緒是什麼？

合肥的天鵝湖，到底與蕪湖的鏡湖不同，鏡湖是圓潤的，色澤也醇厚，如陳年的酒。是啊，它可是沉澱了八百年的風花雪月，一眼望不到底。那日，在鏡湖煙雨墩上，參加張孝祥研究會成立大會，本是碧空無雲，卻在突然間下了一場細雨，淋濕了墩上的石子路，也淋濕了我們的思緒，那是老張湖中有知，借著雨，與我們知會他的感觸嗎？

天鵝湖，沒有這些滄桑的往事，它是一個新生的湖，如果，將各大城市的有名之湖都排列出來，它最年輕，也最新鮮，最有活力。本來它只是一個洩洪的河道，而今，卻因為當代合肥人的精心設計和巧手打造，成了安徽的新地標。多年以後，也要寫景作文的人，會這樣記錄：天鵝湖，由十五里河道改建而成，自二〇〇三下半年開始蓄水……

當我們感懷歷史的時候，我們度過的今天，也已經是未來的歷史。有一些名勝起源於遠古，還有些新景誕生在當下。無中生有，是一脈相承，更是對後代的福澤。湖光瀲灩的合肥天鵝湖如是，欣欣向榮的合肥政務新區如是。

奎湖糯

深秋，雨後，田野。

許多開闊的視野在前面拉開大幕。成熟的稻子，稈矮而穗重，它們被秋雨淋濕了，密密麻麻靠攏在一起，深深地向地面傾斜著，顏色深黃。看著它們，所有人的心裡是喜悅的。太陽一出，這些金黃的、燦爛的稻穀，就會變成雪白的米粒。而日子裡有了糧食，一切的行為都有了根基。老人們不是常說，倉中有糧，心中不慌嗎？這其間的辛勤勞作和繁複程序，都被走馬觀花的人忽略了。

秋日的原野上，還有一些點綴背景的什物：農家門前怒放的橙色大理菊；斑駁老牆外的一棵柿子樹，葉子落完了，星星點點掛著幾個黃果子；遠遠的溝渠邊，有一個預製板搭的水跳，兩個農家婦女，結伴在那裡洗著什麼，她們一站一蹲，腳邊，還安靜地棲著一隻黑色的水鳥……這些，都是畫家筆下的水墨畫，我們取景的是一些可以入畫的，還有一些更為厚重的，我們入心。

我們去的地方，是南陵許鎮。

一天的行程，蜻蜓點水般，從黃墓老集鎮，到大浦新農村，還有煙波浩渺的奎湖。幾隻白鷺，從船的遠方飛過。眼前的一切景，眼下的一切事，與清朝強立寫的《奎湖賦》太貼切了，反倒有些游移，比如「乘舟覽景、放棹清溪」，比如「水明金鏡，波澈琉璃」，還有「夕陽返照水邊樹，繫得扁舟遊子住。」連些微

傷感的遊子心境也一併收錄了，再寫什麼都是陳詞，不如什麼都不要說了，只管把心再沉一沉，靜一靜。

中國許多瓷器的顏色，有著詩意而且貼切的名字，比如豇豆紅，煙灰青，不知道怎的，我覺得奎湖糯也是一種瓷器的顏色，白色的，帶點質感，像銀狐的毛。其實，奎湖糯是一種米，清代時，與洋河藕一起，是此地進貢朝廷的珍品。意象中，奎湖糯如銀色的瀑布，嘩嘩地流入糧倉，鋪陳出農家一張喜悅的豐收圖。

走進黃墓老街，沉澱的歲月氣息撲面而來。如果光影可以重播，你就可以看到，熙熙攘攘的鄉民，從四面八方來趕集——這是我的臆想，因為沒有親歷過。而老街的百貨攤、老屋的木格窗，都讓我想起蕪湖的長街。雨後的河埠是泥濘的，河埠下，就是漳河，即使是雨後，水流也是輕緩的。河面上彎著幾隻小船，河灘上有幾株老柳，幾筆，一幅古意的畫就有了。一切都靜默著，漳河以靜默迎來送往，我們以靜默懷古撫今。

翻書，會從某頁裡落下金沙般的東西，讓人驚喜。比如在安師大張慧敏老師的書裡，看到王國維為南陵藏書家徐乃昌的題詩：「朝訪殘碑夕勘書，君家故事有新圖。」從黃墓老屋的魚鱗瓦，到大浦豪華的別墅區；從稻穗沉沉的金色田野，到機器轟鳴的開發區車間……新舊疊錯，移步換景。我彷彿看到，時代的巨足，只一步，就從漳河的渡口，踏入迅捷的通途。「君家故事有新圖」，我想，再沒有比這句更合適的話，可以抒發我對許鎮之行的感慨了。

九月桃紅

　　有些地名，我們得把它沉入心裡，不能由著輕飄的筆墨讓它流極而俗。我不知道用什麼樣的筆墨，能不辜負那樣紅霞般的團團粉紅，那熱帶森林般的叢叢碧綠。我知道，嚴謹的人會這樣告訴我，那不過是人工的鄉村風景。可是，走進那裡，就好像走進了魔幻般的水晶球。每個稜角，每個晶面，折射的都是現代人在喧囂城市裡無法安放的夢。

　　像任何要到達的目的地一樣，渡我們而去的是馬路。一條筆直寬闊的馬路，一座外表看似平常的建築，都是現代詩裡極具寓意的意象。線條簡潔，形狀方正，彼此交錯，它們以一種無言的冷峭，直達生活的本質。而我們，在某年某月抵達了這裡，今天落筆時，我鄭重其事地在想，那彷彿是冥冥之中的一種緣分。

　　這麼短短的一天，卻像脫線上天的風箏，在那一刻，我們飛離了瑣碎，飛離了平庸，飛離了刻板，飛離了……若有神助，我們成了水晶球裡移動的風景。

　　九月啦！我的朋友在網路上歡快地叫喚！就像一匹在草原上甩著蹄子蹦躂的小馬。九月的天空朗潤無雲，九月的氣候清涼如水，而我，卻在澄黃的九月裡邂逅了粉紅色的桃花。

　　「人間四月芳菲盡，山寺桃花始盛開。長恨春歸無覓處，不知轉入此中來。」在這裡，我是可以用無比舒緩的語調，念一念這首詩的。說起來很幼稚，像我這樣不惑的年紀，居然會喜歡粉色，那樣柔和溫暖的色彩，看一眼，堅硬的心就會丟盔卸甲。何

況，這團錦堆繡是以一樹樹桃之夭夭的模樣，在碧綠滴翠的樹叢襯托下，像水粉畫一樣在我們面前展開的。

獨坐在一株不知名的綠樹下，身邊是同樣不知名闊大綠色植物，淺黃色的竹籐椅，那圓弧的曲線與周圍的景致很相配。再往深處，是一座彎彎的小石橋，橋下是脈脈的流水，還有爭食的五彩錦鯉。在這樣的景致下，有茶亦可，無茶也罷。或者，小資一點，可以要一杯摩卡，多久沒有放鬆過疲憊的身心？平日裡，無時無刻不在追趕著時鐘的秒針，哪怕什麼都沒做，心也汲汲忙忙無安放處。我有個朋友曾寫，在與別人熱烈交談的時候，她彷彿分身為兩個，另一個她游離在交談的氛圍之外，冷冷審視著說話的自己。我被她這樣的描述擊中了，受傷了……因為，我們是太過相似的一類人。我們像水，在現實的容具裡，被塑成了各種形狀，但若是回歸小溪，回歸河流，回歸大海，我們依然是水的形態，無形無色。

但是，坐在桃花樹下的這一刻，我對自己微笑了，心態平和，無欲無求，彷彿生活對我的辛勞給予了豐厚的回報，其實，的確如此，這樣閒適豐足的感覺很好。

春風沉醉

有時候，我是個短途的旅人，稍稍偏離兩點一線的生活，在近郊的原野上撒一次野。奔馳的車輪履過國道，我的目光所及，有時是四月的金黃菜花，有時是碧綠無垠的菜田。深秋的時候，道路兩邊是收割後蒼茫的稻田，短短的稻梗被火燒過，留下一攤攤黑灰的痕跡，像一顆顆焦灼等待著的心。

有時候，看著孤獨的人影，在無垠的田地裡勞作；看著一閃而過的路邊農家，院前晾曬的幾件花花綠綠的舊衣裳，不知道為什麼，我的心裡滿是憂傷，甚至，我會狹隘地、淺薄地猜想，有多少人能忍受農村這單調簡樸的生活？還有多少人願意面朝黃土背朝天，辛辛苦苦耕耘一輩子？

田野風光，向來是久居城市裡人們溫柔的懷想。那村頭的香樟樹，那開著喇叭花的籬笆牆，那荷鋤而歸的農夫……已經是撫慰思鄉之情的一味藥。

老家堂哥每次來的時候，都要帶些土特產，還有自家編織的掃帚，與一切農家的中年人一樣，少言寡語，黝黑消瘦，他的兒子們都在城裡打工，只有農忙的時候，才像候鳥一樣飛到家裡，忙上幾天。

也許，我是杞人憂天，但我知道，我故鄉的小山村，已經只有老人和小孩居住了。這是個集體遷徙的年代，那樣僻遠的山上，哪怕春天的映山紅再燦爛，哪怕屋後的綠竹林再清蔭，也留

不住年輕人嚮往城市繁華的腳步，將來，隨他們而去的是，是老病後再也無法勞作的他們的父母。

田園將蕪？那是一個城市平民在心中若隱若現的擔憂，沒有深想，也容不得深想，那是肉食者謀之的事情。不是沒來由，卻是無歸處。

而今，在這九月的桃花源裡，我卻找到了我的鄉村理想。那四季都有果實成熟的田疇，那整齊劃一的農村別墅群，那像現代化農場一樣採摘葡萄的農人……有趣的是，這裡依舊保留了農村的水中跳板，居然，真的有一兩個女子，在清凌凌的水塘裡漂洗衣服。一切都比城市生活來得更清新，一切都比農村生活來得更閒適。

是的，我們匆匆而過，我們所看到的，可能都是付出昂貴代價的標本，但，在這裡我看到了農村生活的一種新模式，可以這麼時尚，可以這麼富饒，可以這麼美好。

如我所願，我們的晚餐，是在桃紅耀眼的花樹下，周圍綠樹環繞，點綴其間的是杏花、梨花、迎春花……有人說，朋友，是上帝送給你的甜蜜禮物。如果，你坐在一樹粉紅之下，周圍是滿含盈盈笑意的至愛親朋，我想到的是郁達夫的名篇題目——春風沉醉的晚上。

最後，我希望，在這一切的鋪墊和渲染之後，我能吹氣如蘭，輕輕吐出這四個字，而這四個字，有了水氣的潤澤，有了陽光的沐浴，如飛揚的蒲公英種子一樣，隨風灑落在青青的草原上，這四個字就是——中國大浦。

五

印象人生

風向標

　　說到傻子，蕪湖人的態度似乎都有些心照不宣。

　　不是羨慕，誰會羨慕一個文盲啊？

　　也不是嫉妒，他這三十年，幾進幾出，大喜大悲，一般人誰能受得了？就在今年十一月初，幼子在鄭州被歹徒劫持，還好被警方解救，差點又成了生命中的一劫。

　　也不是瞧不起，人家好歹也闊過，現在也不窮。

　　更不是自豪，雖然他是改革開放的風雲人物，別說蕪湖，放中國，除了小崗村的農民，誰能和他比？但，他畢竟只是個符號，一般符號的意義都是象徵性的，而且，消失得很快。

　　雖然，蕪湖人對傻子的感情很複雜，但傻子不是文人，沒有多少敏感的細胞，他成不了，大約也沒想成蕪湖人佩服和敬仰的對象，所以，他以他獨特的風格，張揚著。其實，他也是個老人了，但在他身上找不到老人的影子，當年怎麼樣，現在還是怎麼樣。嗓門依然大，大得壓住所有人的聲音，他吃定新聞界了。改革開放三十年，各大電視臺，誰不開著汽車，帶著攝像機來找他？傻子見的世面太多啦。

　　傻子是個有堅強意志的人。他的思維是──他說的，你一定要聽；你說的，他一定不聽。你讓他說舒服了，說暢快了，也許，能從幾個小時的攝像裡，找出想要的那句話。

　　傻子和我在一個城市，從報紙上，從電視上，從書上，經常看到他，但從來沒有想過——何時去看看這個名人。在接受了一個與傻子有關的撰稿任務後，突然有了想走近傻子的念頭。

　　機會很快來了，某電視臺來採訪傻子，我主動請纓陪同前往。傻子現在的大本營在鄭州，他在蕪湖的家，簡陋得讓人不敢相信。一間倉庫裡隔的小小房間，房間裡只有一張床，牆上掛著幾套他出鏡穿的衣服。一上午，他都按照他的意願說著。採訪完了，已經快到下午一點。傻子並不傻，人情世故是懂的，他提出要請記者吃個便飯，地點在新蕪路一家土菜館。不遠，也不近，但傻子沒有車，他還是那個觀念，養車不如「打的」。傻子「打的」也比我們一般人有「派」，一上車，他就把十元錢甩到駕駛臺上，說，不用找了。我問司機，知道他是誰嗎？司機笑著答，知道，傻子嘛。

　　菜是傻子點的，一色的蕪湖本土菜，有臘味合蒸，有紅燒小本雞，還有醬板蒸蛋。餐桌上，傻子談鋒依然很健，我突然發現，他那跳躍的思維，他那不連貫的話語，他那看似混亂的邏輯，有的，竟也不無道理。但，說到最後，他扯得沒有邊了，誰也當不得真了。

　　傻子在飯店門口送客，我站在一邊靜靜地看，我想看路上的蕪湖人，看到傻子是什麼反應，也想看看傻子怎麼在眾人面前亮相。其實，都很平常。行人有的會抬頭看看傻子，注視片刻，然後沒有表情地繼續走自己的路；傻子也分明知道自己的回頭率，他的一舉一動是端著架勢的，只是這種架勢並不張狂，比常人的動作略大一點。

　　寫和傻子有關的文稿，開工前，給自己泡一杯綠茶，拆一小包瓜子。突然，發現有點嘲諷意味，因為，瓜子是「洽洽」的，清涼味的小瓜子，小包裝，想得細緻，不讓你吃得發膩，也不讓瓜子拆封後回潮。我為什麼不買「傻子瓜子」呢？這是個問題。其實，買也是買的，等外地親戚朋友來，買幾斤「傻子瓜子」送人。

　　傻子，是年廣久。蕪湖人，沒有不知道他的；外地人，知道他的也很多。他自己說，人家曉得他傻子，不知道蕪湖。於是，我在電腦上，打下標題──傻子：改革開放風向標。

城市土著

　　田野鄉村，會升騰一種白霧，有一種青澀、樸實、厚重的意象，帶給人們對生命、對生活永久的感動。

　　這些年，總能看到許多與土地有關的文章。遊吟的人情感充沛飽滿，而且，帶著淡淡的、悠悠的惆悵。是啊，享受著城市的繁華便利，再去懷想田野的清新，這樣的思緒多少有點空中樓閣的意味。現在，還有幾位在農村裡生活的作家呢？頂多，下鄉體驗采風而已。據說，劉恆寫作劇本的時候，要到山區裡獨居三個月，最多三個月，剛好給一個人足夠的獨思時間，而又不會寂寞。

　　所以，這樣的抒懷，對於農村艱苦的日常生活而言，有一種脆弱的不真實感，知識份子敏感的觸鬚，架構出的棉花田的彎月，黑鱗瓦的夜霜，美是美的。有時候，我們需要這樣水氣和月色的滋潤。

　　而對於生活在長江邊小城的我來說，沒有這樣的經歷。我連這樣的虛無的水氣也承接不到。城市是乾燥的，即使有雨，也只夠洗刷掉樹上的積塵，或者，豪雨如注，讓下水道泛出淤積的淡腐氣味……

　　城市是緊密的，房子與房子之間的距離是緊密的，人與人之間的空間距離是緊密的，但，人心呢？人心很遠，不是有首歌是這樣唱的嗎？「天上的星星像地上的人群一樣密集，地上的人群像天上的星星一樣遙遠……」

　　城市還是快節奏的，路上的人群匆匆，給人視覺衝擊的是
——時髦女郎捲曲的長髮，黑紫的口紅，短亮的皮裙。商場的人
流，高音的喇叭……熙熙攘攘，不知道有誰的心，可以在這樣嘈
雜、喧鬧裡的環境裡，沉靜篤定？

　　然而，我們就生活在這裡，城市的天空下。沒有多少優美的
故事發生在這裡，沒有多少想像在這裡拔節生長。當人們的筆觸
流連在城市裡，會有些什麼呢？是面色萎黃的下崗工人？還是夜
夜笙歌的酒吧女郎？是充滿競爭的職場風雲？還是霓虹燈下的真
假鴛鴦？

　　其實，城市裡，生活著許多小人物，大街上，我們擦肩而
過，沒有表情的臉後面，隱藏著多少都市的故事？

　　許多複雜的意象和片段，隱在歲月的深處，因為無力重現這
些事件背後的沉重，所以，寧可讓它們沉在潭底，三十年，抑或
六十年，當我們帶著宏大的命題去歌詠主旋律的時候，一些低迴
的小曲被湮沒了，也許，這樣來自民間真實的場景，呈現的正是
這幾十年來的變遷，但是，有人會在意嗎？

歲月的深處

　　這個宿舍區是一九五八年興起的，緊貼著廠區。半個世紀前，他們正當年，二十郎當歲，風華正茂。從上海，從哈爾濱，從蕪湖，聚集到這裡，填平了小墳山，建起了這個廠。進左邊的廠大門，上班；進右邊的宿舍大門，回家。當年的工廠，許多都是這樣的格局。宿舍區最新的房子是上個世紀八十年代建的，灰粗的大板水泥牆，難看得要命。還有許多年久失修的破平房，在這冬天，突然在簡陋的籬笆牆裡，伸出幾枝爍爍的粉紅月季，或者在土堆邊盛開一大片黃野菊，突兀地對比，讓人不知所措。

　　當年的年輕男女，彷彿在一夜間都老了。大門口經常貼著黃色的訃告，又一個人走了。像一群人，在原野上走啊走，突然，地面裂了一條縫，掉下去一個，人越來越少。許多老夫婦形單影隻了，有時候記錯了，以為那些已經故去的叔叔阿姨，會背著孫子的書包，或是拎著菜籃子，從哪條巷子裡走出來；有時候，以為那已經不在的人，突然又出現在你面前，嚇你一跳。再定神想一想，走了的是另一個相像的人。

　　幾個月前，左邊的廠區徹底安靜了，搬到遠離市區的郊區，搬去的人也不過幾十個人。當年，廠區人來人往，機器轟鳴——我們工人有力量！一排排的車間，中間有花園隔著，夏天，翻過車間的大窗子，可以到花園裡摘葡萄。葡萄豐收的時候，工廠還分過葡萄，有點像農莊。現在，野草已經很長了吧？很長了吧？

這裡的土地，是歷史的一個斷裂層，一些跟不上時代的事物，湮沒在歲月的深處；又有一些新生的事物，崛起在時代的前沿。記得，一個工人作家離世，有人詫異，他原來的工人兄弟為什麼沒來送行，其實，只有身處其間的人才知道，這些老一輩的工人，還有多少眼力，能看到報紙上一則小小的訃告？即使看到了，又有多少精力為逝者送行？一個不復存在的工廠，原先聚集在一起的人，已經像被洗衣機甩過的衣服，散了的是人心，乾了的是人情。

遠處，幾十層的高樓林立。那，原來是叫一號橋的地方，一座靜靜的小橋，下面原是脈脈的流水，彎彎曲曲的溝渠盡處，是一個小村莊，村頭村尾的綠樹，覆蓋了紅磚黑瓦，小村就像碧波裡的小島。那時候的工廠和鄉村很近，有家常的人情味道。我在這個叫黃埂的小村莊，吃過羊糕，一種用碎羊肉做的肉凍，還吃過剛摘下來的絲瓜燒的蛋湯。現在這個小村莊和工廠一樣沒了，變成了一個現代化的商場。

中午，在中江商場的十字路口等紅燈，不遠處的小九華，徽式樓群已經初具規模，雖然有點密，但那粉牆黛瓦讓人有歸屬感，到底是江南的味道了。

衰敗的老廠區就在遠處，上面已經被標上「拆」的紅字，又是一個破舊立新的年代。好日子，老人們還能趕得上。

人才市場

　　那日從人才市場走過，也許是在舉行什麼招聘會吧？招聘的攤位從大廳溢到了外面。看起來，招聘的人和被招聘的人，境況迥然不同，但是，也許就在上個月，那招聘的人也在被聘的行列之中。或者，過了不久，那被招聘的人就會成了招聘的人上司。有點像繞口令，現在的時代，就是這樣，在短時間內，會有無數個可能。而我們的父輩，他們的職業是終身制的，我的父親，我的母親，都在參加工作後，在一個崗位上幹到退休。

　　而我們呢？我已經沒有興趣去數我換了多少職業，現在這個辦公桌是兩年前的。而且，從前的幾種職業互不搭界的。之前，我不願意回顧走過來的路，倒不是因為過去有多少艱辛，而是我感覺未來的路還很長，未來總比過去更有希望。而現在，當我發覺，如果我不在故紙堆裡尋找些素材，就沒什麼可寫的時候，我就在想，被我埋在時光垃圾堆裡的那些，會不會有再生的價值？

　　人才市場，對於我來說，並不陌生，十幾年前，我便來過這裡，走馬觀花。那時是因為感到了一種危機，失業的危機。我記不得具體的時間，好像是夏季。因為，在市政府門前罷工上訪的我們，被路過的人稱為一群花蝴蝶。那應該是裙衫飄逸的夏季。

　　那是一個企業工人的激變，原本毫無話語權的工人，讓一個不可一世的廠長，在一夜間喪失了權利。這樣的結局無論是上級主管部門，還是企業的管理者，再或者是工人本身都是始料未及的。

　　「農村土地承包制」，讓曾經貧困的農民逐漸滿足了溫飽，但對於曾經的「廠長經理負責制」，大家集體選擇了迴避和忘卻。土地承包，農民只需要管好自己和自己的土地，而失去了有效監管的廠長和經理呢？除非是聖人，才能清楚地讓自己記得——哪些是公家的，哪些是私人的。

　　前不久，單位招聘三名記者，應聘者有三百個，這是什麼概念？面試的考官回來有點灰心，說是兒子將來考取大學又怎麼樣？是啊，哪個家長願意讓自己的孩子成為三百中的一個？失敗幾乎是必然的，成功才是偶然的。但，畢竟還會有三個人勝出，一個個進入面試的學生，腳步輕盈地從我們身邊走過，從這些年輕的臉上我看不出沉重，如果容我樂觀地想，他們已經習慣了四處應聘，這三個崗位不是他們唯一的備選目標。而對於我們這些成年人來說，能承受這些被淘汰的結局嗎？被淘汰，在我們這些人的心目中，意味著自身的價值被否定，意味著整個人被社會拋棄，我們被這樣的臆想所圈定，也用這樣的標準圈定著別人，然後窒息。

　　我親眼目睹身邊的人，因為企業的改制，因為單位的變故，失去了職業，備受打擊，從此萎頓，再無生機和活力。

　　我們的價值真的需要被每個人認可才能被自己認可嗎？

　　我想，有機會，我該去問問這些學生，面對應聘的失敗，他們會怎麼想？我知道，像我們這樣的成年人，如果職業有個變故，一定會找出無數理由，為自己辯解，總之，一切錯誤都是別人的，一切失誤都是社會的。真是這樣嗎？

　　我們看似自尊的面容其實不堪一擊。

　　但我還是無法為我們的孩子即將面對的競爭而感到輕鬆。我希望，他們比我們堅強和客觀。

秋霜似雪

　　如果你仔細看一棵青菜，那深綠的葉子，一瓣瓣包在一起，可不就像一朵綠色的花嗎？但有誰在意過一棵青菜的美麗呢？

　　冬至過後，原本就該「一天長一線」，下班回家的路上，還是夜色沉沉。小區外面的那個騎路小菜市，也都在收攤子了。有許許多多的青菜堆在一起，賣菜的吆喝：「楊家門青菜唻！好吃的不得了！」橘黃的路燈下，菜們也失去了原有的色彩，茄子、胡蘿蔔、韭菜……一律和青菜一樣，灰濛濛的。若想買，閉著眼睛抓就是，誰有時間耐心挑挑揀揀，也看不見。若是下班電腦再關得慢一點，連這些收攤子的都看不見。賣滷鴨的、賣水果的、賣酒釀的、賣鍋貼的，也一概不見。街道，乾淨得像水沖過一樣，只有劈天蓋地的寒氣，將一兩個行人夾裹其間。也是因為這冷，小販們收攤子早，他們，活得更不易。沒有固定的工資收入，沒有預計的人生安排，今天不知道明天的事，但他們還是樂呵呵的。

　　我媽住的病房裡，就有這樣一個小販的媽媽，因為咳嗽，住醫治療，他們是山東人，在菜市裡賣乾貨。每每，要到晚上八點，老人的小兒媳婦才能急急忙忙送飯過來。這小媳婦濃眉大眼，梳著一根又粗又黑的麻花辮子，穿一件大紅的花棉襖，還未說話就帶著笑，很喜慶。她說的山東話一字一頓，咬字很深，句末又帶著拖音，所以聽起來韻味十足。「哎呀，人家要是不知道的，還以為我們虐待老人呢，呵呵，我們做生意的，走不開

啊！」她的婆婆很安靜，有時候輕輕咳兩聲，媳婦送來就一口口吃著，沒送來就啃個饅頭墊一下。老人的方言更重，說話我們不太懂，半估半猜的聽明白，她有三個兒子，在蕪湖做生意的是小兒子，老人沒有醫保，醫藥費由三個兒子分擔。醫院的清單是一日一下的，住了三天，雖然沒好清，老人還是出院了，回家調理。

那日進醫院，大門被病人家屬封了，聽說，是因為他們的家人到醫院吊水後，死了。是一個六十出頭的農村婦人，在家帶孫子，下田，很能幹。過了兩天，大門又被封了，這回，死的是個中年人，四十多歲，心肌梗塞，——都是聽說。醫院，是個讓人百感交集的地方。有時候，我既怕醫院，又感激醫院。我覺得，那走廊的門就是一張口，把病人吸了進去，好在，更多的人，能站著從這裡走出來。

走廊的前面是輸液大廳，中段是搶救室，後面是老人病區……

進病區，先經過搶救室，匆匆地走過。有時候，裡面搶救的是一個被公交車軋斷腿的中學生，有時候，裡面搶救的是一個垂危的老人，還有次，有個年輕的媽媽在裡面放聲大哭，聲音淒厲，她的寶寶，因為發高燒，已經昏迷了。也有在這裡劃上人生句號的，一個老人，因為尿毒症，沒搶救過來，我經過時，護工正把她換下來的衣服扔到垃圾桶裡……

秋冬，有太多的孩子感冒，一度，我還以為輸液大廳是兒科，兒科－搶救室－老人病區，這設置讓人感慨萬千。最後，當我自己在深夜，坐在輸液大廳裡，靜靜地看著吊瓶裡的藥液，一滴滴流進我血管的時候，我才明白，我與醫院的這段走廊，有個過結，這個結，非把我挽進來繫三道，才算完。

　　其實，並無病痛，只是在這甲流施虐之時，一個鼻塞的人，到哪裡都是心懷揣揣。那日，已經是感冒的尾聲，貿然去赴一個聚會，看著五花八門的菜式，卻不能入口，不是辣就是油。口味淡薄之時，只想經過秋霜的青菜吃，一盤碧綠的炒青菜，那綠，那綿，那脆，清淡適口。

　　想一想吧，廣袤的江南平原，那一片菜田，在夜間，掛上了一層層雪白的霜。為何要經過了一場寒劫，這綠色的小花才能在人們不經意間換了筋骨？

　　昨夜，翻看一本雜誌，拿著一枝筆，在一篇文章上劃線，是鄭板橋的對聯：「刪繁就簡三秋樹，標新立異二月花。」等樹幹都刪成了枯枝的時候，就該花們在和暖的春風裡綻紅吐綠了。只是，人生，能看多少次二月花呢？

山裡的妹妹

　　火車就要開了，妹妹小春牽著她的女兒匆匆趕來了，我從窗口探出身子叫她，她跑過來遞上了兩個紅色的塑膠袋，還沒等我們說話，火車就發出一聲長鳴，緩緩開動了，妹妹小春不會像電視劇裡常演的那樣揮手告別，她只是牽著女兒退後幾步呆呆地站在那，漸漸地，她的身影越來越小，消失在家鄉小站青山白雲的背景中。我打開塑膠袋，一包裡面裝的茶葉、另一包是筍干。

　　小春只比我小一歲，是我姑媽的小女兒。她的兩個姐姐都嫁到了杭州，在那裡安家落戶成了城裡人。只有小春還在老家山裡種田採茶。這次回鄉我們是為了祭奠我故去兩年的姑母、她們的母親。我們姐妹都給孩子們帶來了各色的禮物，只有身在家鄉的小春妹妹空著手來的。她還梳著兩條大辮子，和我姑母一樣捲曲的髮質，那麼黑粗的辮子墜得我心痛。她的格子襯衣有點緊、有點皺，身上有點汗餿味，她的女兒丫丫瘦瘦小小的，和我兒子差不多大，但她放學回家就要放牛了。兒子在山裡很不習慣，沒有電腦遊戲讓他整天鬧得不停，丫丫在田裡找了一把她叫作「藍扣子」的小果子給他玩，那樣碧藍剔透、圓潤可愛的藍色果實啊，可是兒子卻很不屑地將丫丫的「藍扣子」扔到地上，哭鬧著要回家。我的堂姊妹們都寬容地呵呵笑著，丫丫雖然有點窘，但她還是依然微笑著，我望著丫丫那稚氣的小臉有點心酸，丫丫和她的父母住在高高的山上，石頭房子裡連電視都沒有，即使有電視也收不到信號，這就是我山裡妹妹和她的女兒過的生活。

　　第一次回家鄉是二十年前的事情了，父親帶我回老家過年。下得火車，我不禁驚詫於家鄉山的綠、水的清、雲的白，這樣純淨的空氣彷彿讓人進入了一個無塵的世界。疊疊嶂嶂的高山，潺潺流過的小溪，讓我每次回故鄉都能得到一次心靈的淨化。可是，綠竹掩映下的粉牆黛瓦卻留不住家鄉的年輕人，他們相伴相攜著下山投入到城市裡的霓虹燈影裡去了，在那裡，他們有個通用的名字叫「民工」。而我也不過是家鄉風景裡的一個過客。

　　還記得那年春節小春在大灶前忙碌的身影，她在做過年的唯一的一道大菜：冬筍燉紅燒肉，她從大鍋裡撈出一片冬筍給我嚐，真鮮哪。氤氳的霧氣、昏暗的燈光使得小春的身影朦朦朧朧的，像在今天車站上的她們一樣看不真切，雖然今天陽光明媚。

　　火車在山道上飛馳而去。拐彎時我們能看見後面的節節車廂，像條盤旋飛舞在群山峻嶺裡的長龍。山風撲在我平靜如水的臉上，再過幾個小時，我就會停靠在另一個車站，匯入到城市的茫茫人海中去，而穿格子襯衣的妹妹也會攀登幾個小時的山路回到那雲霧繚繞的石頭屋裡去……

最後的印象

　　故鄉是一幅未經塵世暈染的古畫，那裡的青山綠水藍天白雲都好像剛在水裡漂洗過一樣，那麼透明那麼純淨。走過清澈見底的小溪，我們去看長眠在溪邊石墓裡的姑姑。墳邊不知名的野草用那鋸齒般的葉子在我的胳膊上拉了一道道血痕，我希望它再拉深一點，讓我再痛一點，因為這是姑姑唯一能留給我的紀念了。表弟放起震天響的爆竹，將紙紮的轎車、樓房、電視在墓前點燃，姑姑生前勞累一生沒能掙來的，統統燒給她，讓她在另一世界裡能享一享福。可姑姑，你真能收到嗎？大家都忙著在姑姑墳前焚香祭拜，沒有人哭，面對死亡，活著的人誰不是硬著心腸過？

　　姑姑在深山裡住了一輩子，採茶、種稻、養蠶、挖筍——家裡吃的筍干、喝的新茶，姑姑總是源源不斷地寄來，白色的老粗布的口袋工工整整寫著姑父的正楷毛筆字，我姑姑有兩個哥哥，大哥解放前去了臺灣，直到八十年代才回家尋根。二哥就是我爸，參加解放軍後轉業落戶城市，回家的次數也是屈指可數。一座雕花門樓、白牆黑瓦的老宅就交給了姑姑。為了支撐這個家，姑姑招了親，生了子。又緊貼著老宅蓋起了一幢二層小樓，只不過門樓上雕的不再是秀竹蘭花，而是南京大橋的圖案。姑姑想把老宅給兩個哥哥留著回來住，葉落總是要歸根的嘛。當大伯父回來一家團聚時，仨兄妹都已是鬢角髮白的老人了。大伯父在山下城裡買了房子，讓姑姑下山來住，可姑姑捨不得她的茶山、她的

稻田、她的竹林。一天當姑姑感到不適時，到醫院檢查已到了晚期
——姑姑下葬是我沒能來，因為工作離不開，其實我心中更害怕的
是看到咫尺天涯陰陽相隔的人間悲劇，這將是我心中永遠的痛。

　　死亡對姑姑而言未嘗不是一種解脫，她已經被癌症折磨得生
不如死，姑姑曾偷偷藏起一把剪刀，想用它扎進自己的心臟，她
實在是疼痛難忍呀。姑父發現後流著淚讓她為兒子想想，如果她
自盡，鄉親們會說兒子不孝，姑父和表弟為了服侍病中的姑姑，
已經半年沒睡過一個好覺了。姑姑也哭了，她說為了兒子她再痛
也要忍著。

　　姑姑病重時，我曾抽空和先生、兒子回家鄉去看望病中的
姑姑。因為大家把病情瞞著姑姑，所以我們都像沒事人似的哄姑
姑開心，也許是心情好的緣故，姑姑那兩夜沒像以前一樣痛得在
床上打滾，時間很快就在人來人往的繁雜忙亂中過去了。臨別的
時候，姑姑彷彿預知到自己的生死，竟然拉著我的手哽咽著說：
「這是我最後一次見你了。」走出家門，我無意中一回頭，見久
臥在床的姑姑竟然站起來了，她扶著門框目送著我們離去，單薄
的身體像張紙一樣在風中搖晃，我不忍再看，逃也似的匆匆離
去，那一回首竟是姑姑給我的最後印象。

高山上的稻田

家鄉徽州的山遠看鬱鬱蔥蔥，滴碧流翠，當你身在其中的時候才會發現，樹與樹之間也稀疏的很。濃密的綠是表面的，樹冠下面如果沒有草，依舊是黃土連天。

第一次跟隨父親回鄉，感覺有爬不完的山，上山還好說，下坡的時候，要不是表妹拉著我，我都不知道滾下去多少回了，感覺腳下全是大粒的黃沙，非常滑，當我跌跌滾滾跟隨眾人回到老屋的時候，天已經全黑。

與高山上的稻田相遇是第二天。在連綿的山窪間，突然看到一片平展的稻田，那種莫名的感動在身體裡升起，在寂靜的山野裡，在藍天白雲下，這樣一大坪用石頭壘起的水田，有青青的秧苗在蓬勃生長，感覺剎那間時光就停滯在這裡，人類最原始的生存狀態也就如此吧，這裡沒有收割機，沒有一切機械化的農具，我的姑姑、姑父就在這樣揮汗如雨的勞作著……

我在稻田邊的綠草叢中躺下來，如一切城市裡休閒的人一樣，折了一根草放在嘴邊啣著，看白雲悠閒自在地飄過，看稻田裡的秧苗在微風中搖曳，心裡想起一句俗話：死在徽州。在徽州高山上的稻田邊長眠，也是一種愜意的永生吧。

山村裡的飯食是簡便的，一根泡在壇裡的酸黃瓜，撈起來加點辣椒炒了，有點嫌老的豇豆用過年炸圓子的油燴一下，就是待客的菜了。而鄉下的米飯是最好吃的，細長白玉般的米粒香且韌。在這裡，飯是真正的主食，不像城裡人反倒是菜唱主角。而

姑姑一家，是從早飯起每人都要吃幾碗乾飯的，稻田裡有那麼多大體量的活等著他們呢。當我這個閒人端起衣服幫他們到溪邊去洗的時候，發現他們衣服的背後和腋下，都被汗染黃了，再也洗不出原色。

惟有在鄉下，我才和農人一樣關注著天氣的變化，只有在這個時候才明白風調雨順這四個字的分量，在稻田的上空，我和姑姑一起仰望天上的風雲變幻，黝黑而瘦削的姑姑在收穫的時候是充實而快樂的。夜晚，在房前平地上，她坐著與父親和村裡人閒聊的時候，突然說：還是鄧小平的分田責任制好。這是她的心裡話。

我不知道是不是因為繁重的勞動縮短了姑姑的壽命，不然在那樣山青水秀、空氣清新的地方，姑姑怎麼會得癌症？在痛苦中掙扎了一年，姑姑撒手而去。她長眠在高山上的稻田旁，守候著她一生的希望……

溫潤如玉

　　這是一張粉青色的賀卡，有點像薛濤箋，執筆，心忽地澄靜下來，於是，氣定神閑地寫下了四個字：溫潤如玉。我想，她一定喜歡。

　　第一次見到與她有關的物件，是她的一篇手稿，散落在編輯部書櫥的抽屜裡──前任編輯走了，遺落一抽屜的名片和稿子。不大記得那文章的內容了，初出道時的她文字自然也是稚嫩的，字裡行間流溢出對文字的喜愛。那時候的她也是工工整整地把文字抄在稿紙上，然後把希望寄出去。璞玉未雕，說得就是她那時的寫作狀態吧？

　　漸漸地，她的名字越來越多地出現在報紙上。看她的文章，寫越劇水袖揮灑間的韻致，寫男女情感間的痴迷……文字越來越老到，柔美中時而夾有幾絲譏諷的俏皮，銳利但不刺骨，像塊已經雕琢成型的玉佩，已經有了自己的形狀，但還不圓潤剔透。

　　與她的相識，完全在不經意間，那時的她已經成了幸福的母親。她的文字越發溫潤，年少時的青澀與尖銳已經完全無影無蹤，取而代之的是平和與從容。只有走近了才知道，她的心思依舊如玉，在細密的紋理裡保持著清脆的質地。

　　我們都是愛文字的女人，但聚在一起的時候卻絕口不提寫作。前兩天暖陽乍現，隱約間已經有了春天的氣息，她發短信給我們，說是這樣的天氣極宜找一個地方喝紅酒。找了家依山而建的茶樓，紅酒過於奢靡張揚，我們還是放棄了，選了綠茶。坐在

古色古香的木樓上，有一搭沒一搭地說笑著，在茶樓幽暗的燈光裡我打量著女友們——雖然人到中年，卻有一種成熟女子的從容淡定。穩重端莊的Y，像一隻純白的玉墜，清澈冷逸；漂亮爽利的Z，像瑪瑙手鐲，晶瑩鮮麗；而她，就像一塊碧玉佩，溫潤隱性。

　　我沒有把這些瑣碎的心思告訴她們，因為我們都不是善於用言語來表達想法的人。我們本都是頑石——玉的本質就是石頭，是歲月的風浪把我們打磨成各種形狀。每次，在報上又讀到她的文字的時候，我會細細體會她文字裡不張揚的思想，如同摩挲一塊碧玉。周作人曾在一篇散文裡這樣寫道：生活裡有些東西似乎是可有可無的，但生活的樂趣恰恰在這些看似無用的東西。於是，我心裡暗想，無論我們是塊什麼樣的石頭，我們都要把自己打磨成器，像玉墜、像玉掛、像瑪瑙鐲、像瘋狂的石頭……點綴昇華著平淡的生活。

故園無此聲

　　一條長長的巷道，兩邊是灰白牆黛色瓦的深深院落。像一個「工」字一樣，一豎是羊腸般的巷子，一橫是匯流到長江的小河，另一橫是青石板鋪地的長街，小時候，我經常在這巷子裡來來往往，抬眼看那一線青天，買兩分錢一塊的麥芽糖餅，看巷口一個大姨賣腦後綰髮的網髻，她是我們家一個很遠很遠的親戚。

　　王瑩的《寶姑》曾經描述過這裡沿河小木樓人家的生活景況：晚飯的桌子上有一小碗豆腐渣炒小蝦，裡面加了紅紅的水辣椒和碧綠的小蔥，每到晚上，寶姑蜷縮在冷冷的被子裡，聽翹簷下掛著的風鈴在風雨中輕敲出碎心的叮噹聲。我也蜷縮過在這樣的夜晚，沒有雨敲風鈴的陪伴，卻有夢魘著的狐魅的影子。

　　小木樓後都有幾進幾出的院子，外婆的那個院裡有戶姓崔的人家，解放前是個富裕的商賈之家，這整個院落原來都是他們家的，不知怎麼這家有遺傳的神經病，弟兄倆都是瘋子，他們住的房子裡沒有傢俱，弟兄倆就睡在屋角的稻草堆裡，大哥瘋的時候少，臉上常微微的笑著……

　　關於老屋裡外婆的記憶是混暗晦澀的，像是經年的發了黃的舊報紙顏色，她的影像疊影似的向後退著，消失在時空的深處，我看不清她的臉，也許是一身藍步大褂粑粑頭？她的娘家在哪裡？十個小孩的出世，就是她有一身的血肉也掏空了，何況，做月子時也只有吃鹹菜？外公的卻清晰，因為留有一張一寸的標準照，長長的臉，不太和藹，富裕的時候做過小生意，為了不被人

欺負，加入了什麼幫，誰料到這一污點影響了他的一生。外公的
經典之作是有錢時候去聽戲，沒錢的時候拿帽子去買米。

殘存在那個沿河的院子裡的記憶裡還有一個燃著木炭的火
桶，裡面飄出燒焦的橡膠鞋底的味道；一個白鐵皮敲成的圓鐵
桶，裡面裝著焦黃的鍋巴，那是童年的時候我們最好的零食。再
後來的記憶就清晰了，改朝換代似的明朗了。

日子如青弋江的水一般流過，亙古不變的沿河風景彷彿在
一夜之間換了新顏，防洪牆代替了多年的土堤，我們也拆遷搬到
了新居，站在陽臺上，看半城山半城水美如畫，想起納蘭性德的
《長相思》：山一程，水一程，身向榆關那畔行，夜深千帳燈。
風一更，雪一更，聒碎鄉心夢不成，故園無此聲。

把酒笙歌

　　女人喝酒總歸有點不雅相的，所以在一般場合，女士們都會做淑女狀，曰：不會喝酒。若是宴請者資產可觀，可以要些新鮮榨果汁或者酸奶，皆大歡喜。若是對方財力不逮，乾脆以茶代酒，也替主人家省錢。然三二知己相聚，那是不會再裝假的，定下來要喝酒，第一選擇肯定是啤酒。

　　有人說啤酒實際上是酒店裡最平民、最可親、也是最不慍不火的含酒精飲料，我想這話是對的，而且我覺得啤酒最好的一點是不分性別。席間清談總需要一點道具，白酒太猛，紅酒太溫，不喝酒呢又太單調，有鼓著腮幫子吃著肉圓子大談面朝大海春暖花開的嗎？又不是單位過節聚餐可以埋頭苦幹，那像什麼話？所以啤酒剛好，此時的啤酒填補了最不引人注目的空白，這樣拿著盛滿金黃色液體的酒杯，說說海子，踏實，優雅，而且感覺不怎麼寂寞。

　　有文友自海子故鄉來，閨中女友約好一起為此君接風。女友信誓旦旦有福同享、有難共擔。那日相逢美食街，又邀本地新銳詩人坐鎮，孰知那遠方而來的客人不但文章寫得好，酒司令也當得好。兩地文友把酒話桑麻，怎麼能少喝酒？就如紅樓夜宴猜令一般，同庚的要喝，同姓的要喝，名一平者當然要喝一瓶。酒至半巡，地主們突然醒悟，開始防守反攻，可是晚了，我們的本地新銳詩人已經「掛花」了，不但申請要再喝幾瓶，而且還要申請做詩，我們瞠目結舌地看著他一反往日老成持重的模樣，像個

孩子似地手舞足蹈地朗誦現做的詩歌的時候，我們的心已經像啤酒泡沫一樣開了花，大家笑成了一團，多率性可愛的人啊。可惜的是朗誦完詩歌的新銳詩人已經分不清敵我，席間統戰形式驟然從兩地變為兩性，他在意識尚未失去的最後一當兒，打手機叫來了他的死黨──五平，當時就嚇得我噤若寒蟬，五平啊！繳械投降吧我。可喜的是，那五平已經趕了一個場子，戰鬥力大減。從他一落座毫無節制地亂笑，我們就知道他不行了。這哥們開始還知道敬酒，還知道說這個妹妹我曾見過的，後來就兀自在椅子上搖晃，笑到我如湘雲一樣把酒噴了鄰座妹妹一裙子。那遠方客人饒是見多識廣，也有幾分微醺了。散席後那幾人走在燈紅酒綠的美食街上，腳步都有幾分飄搖，才女妹妹悄聲問：咱們還沒怎麼喝，他們怎麼都醉了呢？許是酒不醉人人自醉吧，誰知道呢？

買房前奏曲

前不久，朋友電話相邀，要去城郊某樓盤看房，說是雙休有免費看房車接送，權當郊外一日遊。於是動心，那日風塵僕僕坐上大巴，居然滿滿一車人。而且，這一看房不打緊，還真動了買房的心。要說這新建的樓盤還真是漂亮，碧波蕩漾的水池，鬱鬱蔥蔥的樹木，鱗次櫛比的高樓，一看就是個高規格的現代小區，雖說現在看起來有點遠，但按照城市東擴西進的發展趨勢，要不了三五年，這裡的人氣也許會旺起來。

看房歸來，翻箱倒櫃，把家底子盤算一下，付個首付沒問題。先賣股票，天可憐見，這幾日股票有了起色，不但解套還略有盈餘，二話沒說，賣！接下來，收拾家裡的存摺、磁卡，管他到期沒到期，一律提現。

提錢那天，正是酷暑。和咱家那位連袂同行，剛出門，他一把搶過我的小坤包，緊緊夾在腋下，那副緊張模樣，別說是賊，連傻子都看出這包裡肯定有東西。心裡暗笑，不管三七二十一，又奪回來，隨意拎在手上，好大的事啊！

那天，就看我們兩口子穿梭在街道兩邊的各大銀行。這可不能怪我們家財務管理混亂，是如今單位發工資、績效都是分開的，因此，兩個人的收入寥寥，卻有四五個存摺磁卡，如星星一樣在金融機構裡散發著微弱的光芒。

在某銀行，我們的一本定期存摺引起了不小的波折，原因是二十幾筆存款要一筆筆計息清算，排在我們隊伍的顧客算是倒楣

了，隔壁佇列走了一批又一批，我們卻兀自巍然不動。到後來，我們只好歉疚地告訴後面的人，一定要看清形勢別跟錯人。好在後面的老先生、老太太通情達理，點點頭道：人家是辦單位大筆業務，也是沒辦法的事情。

可是，一筆筆單子算下來，櫃檯裡的女業務員開始流汗了，她的帳目對不上了。只怪我們每筆存款的數目小，一千兩千、取錢存錢，神都會暈，何況人？於是，女業務員問，你們算過了嗎？一共多少錢？我只有抬眼望天，本人天生一雷人，對數字不敏感，還喜歡扮清高，我哪裡知道上面有多少錢？再看看咱家那位素日號稱理財高手的，也是一頭霧水，囁嚅道：搞不清楚多少錢。女業務員無奈，埋頭再算，終於歡呼一聲，總算找到了錯在哪裡，一筆已經清帳的給算進去了。

終於，所有的款子一紮紮遞出來了，總數不過六萬而已，坐在銀行的沙發上，看老公把錢往包裡裝，突然鼻子有點酸，是一種微薄的幸福和滿足——這錢，雖然數目不大，來得不易，但，一筆筆的都是勞動所得，用的是那麼安心踏實。

遊戲裡的流年

　　如果說，青澀歲月在記憶裡的顏色是竹林般鮮亮的綠色，那麼，童年印象中閃耀跳動著的顏色該是牽牛花的粉紅、向日葵的金黃吧？或者是這些可愛的顏色在萬花筒裡組合出的最眩目的亮色。童年，就在跳皮筋、玩石子、翻繩花、丟手絹、砸沙包、跳毽子的遊戲裡，一路翻著跟斗逶迤著遠去了。

　　六七十年代，精神和物質都很匱乏。幾粒磨得滾圓的石子、一截鮮豔的短繩、一塊縫衣服剩下的布頭，在孩子們的手下，都可以變成遊戲裡最好玩的道具。

　　幼時的我實在是個笨小孩，三人或是四人分組跳的皮筋，我是很少能跳過第二關的。好的橡皮筋要錢買。那時候，百姓家裡都少有閒錢，有細心的家長用廢棄的自行車內胎剪成圈，然後把這些圓圈環環套起來，手拿橡皮筋的女孩，往那裡一站，就像一塊吸鐵石，立刻就會吸引許多孩子聚攏來，而這女孩在孩子們中間也儼然是個小公主了。

　　但凡過年過節有人家殺雞，總會有小女孩怯生生地來討要雞毛，最好是大公雞尾巴上五彩斑斕的翎毛，若是沒有，蘆花雞的斑點毛、萊克雞的全白毛，都能做成各具特色的毽子。有幾枝這樣的雞毛，再配上一個銅板，一截鵝毛管，一個漂亮神氣的毽子就做成了。跳毽子也是女孩們愛玩的遊戲，而我，只能一邊呆呆地看著別的女孩子靈巧地飛移挪騰，讓五顏六色的毽子上下飛舞，一旦毽子到了我的腳下，只會直不楞登打兩個滾，立刻就偃

旗息鼓了。玩石子的遊戲我也不行，這或許不是笨，而是手小的緣故。玩石子也叫「吃」石子，當然不是用嘴巴吃，是用手「吃」，幾粒磨得圓圓的石子一把灑下去，然後一把抓起一個，再拋起來接住，再兩個、再三個，難度逐漸加大，抓得最多的為贏，我頂多也就能用手「吃」進兩個，是遊戲場上的常敗將軍，現在想起來還倍感沮喪。

技巧性的遊戲玩不來，有幾樣小把戲還是能和小夥伴平分秋色的。比如翻繩花，找一截花花綠綠的短繩，接起兩頭，用手指繃起來，另一個夥伴可以翻出田字、井字、蝴蝶、蝙蝠等各式花樣。小丫頭們或跪或坐在床沿上，頭碰著頭，羊角辮朝天，翹起來的小指甲上還塗著鳳仙花粉紅色的花汁，窗外，綠蔭叢裡知了聲聲……這樣溫馨的場景，是可以入豐子愷風俗畫的。砸沙包我也玩得不差。找一塊大人縫衣服剩下的布頭，縫成麻將大的方袋，留一口子，裝進沙或者米再縫實。玩的時候，兩個孩子間隔五六米站在對面，中間一排孩子兩面跑著，躲閃著砸過來的沙包，砸中了就下場，但砸中又反手接住了沙包，可以積分，相當於現在電腦遊戲裡續命的「一滴血」。這些遊戲規則都是孩子們無師自通自創的，孩子們也自覺地在遊戲裡接受類似現在被PK的現實，這是在成長過程中，稚嫩的心靈必須面對的失敗吧？

出位些的遊戲也玩過，有些野，是另一種趣味。比如跟著大孩子們後面黏蟬，竹竿前面綁著麵筋，用它黏下樹梢上的鳴蟬，再用火烤來吃。焦焦的，有點香，那是饞肉的孩子們想出來的又能吃又能玩的遊戲。釣蝦也是，道具還是竹竿，過去溝渠裡的蝦很多，隨便在竹竿頭上綁點什麼，就能釣上來張牙舞爪的海蝦。最危險的遊戲還是那次在外公家，和一個孩子玩火，想看

看火柴能不能點著青磚，結果引著了牆角的草堆，差點禍及整個
院子裡的人家，為平民憤，外公做勢舉著菜刀「追殺」我……而
今，他老人家早已作古，我也早已經是孩子媽了。我不知道該是
慶幸還是遺憾，我的孩子再也不會玩我們童年時那些簡陋有趣
的遊戲了。

我去找芙蓉姐姐了

　　單位有位剛五十掛零就自封老爺爺的頭兒出了怪招，說是要請芙蓉姐姐做客本雜誌，大肆炒作一番。來一系列視覺**轟炸**——臨行前，來一整頁〈我找芙蓉姐姐去了〉，再整一個半頁啟事〈徵集芙蓉姐姐來蕪保鏢〉。哼，能不轟動全市嗎？在全國鬧點動靜也不是沒可能。然後，能請來更好，〈我與芙蓉姐姐面對面〉、〈芙蓉姐姐在蕪湖〉、〈芙蓉姐姐二十年〉……等等，那雜誌發行量能不呼呼往上長嗎？萬一，請不來也沒事，〈芙蓉姐姐不來蕪的八大理由〉、〈芙蓉姐姐一夜成明星，身價暴漲獅子大開口〉，也有小半個月好鬧的。我們聽著老爺爺的策劃激動啊，個個都報名要去北京找芙蓉姐姐，老爺爺抬起雙手，往前一伸，做了個暫停的手勢，然後斬釘截鐵地說：這麼艱難的任務，我來！週一我就出發，挖地三尺我也要把芙蓉姐姐找出來。

　　接著，老爺爺就給北京的朋友打電話，那邊一聽他要找芙蓉姐姐，抱著電話就在那裡狂笑，末了，說老爺子你真前衛，這個創意還真不賴。單位另一個頭兒也是一個很年輕的老爺爺，但是這個老爺爺比較保守不愛上網，聽了這個前衛老爺爺的策劃就一本正經地過來問我們：這個芙蓉姐姐長得漂亮不漂亮啊？不漂亮可是吸引不了人的。我們瞠目結舌，思忖半天才回答說：這個芙蓉姐姐出名的還真不是靠漂亮，她的本事，就是自信，不漂亮也要說自己漂亮。另一個同事言簡意賅地總結說：自戀！

　　我們給老爺爺看了芙蓉姐姐的名言：「我那妖媚性感的外形和冰清玉潔的氣質，讓我無論走到哪裡都會被眾人的目光無情地揪出來。我總是很焦點。我那張耐看的臉，配上那副火爆得讓男人流鼻血的身體。」然後又不懷好意地挑了幾張芙蓉姐姐的玉照，我們可愛的老爺爺當場暈倒⋯⋯

　　前衛的老爺爺啟發我們脫離小市民庸俗的視角，應該站在一個絕對高度看待芙蓉姐姐。於是我們就想到了人性的解放，想到了草根文化，想到了中國成功途徑對窮人孩子的不公平。

　　芙蓉姐姐怎麼了？她不就是喜歡把身體扭成 S 型，儘管這 S 前太凸後太鼓。可人家愛怎麼扭也沒妨礙別人不是？你愛看不看。再說，這芙蓉姐姐的現象完全可以上升到一個社會學的高度，芙蓉姐姐為什麼要這樣做？她這樣做受到全國矚目原因何在？於是乎，我們集體托腮作勤奮思考狀，以便老爺爺看我們其情可憐，帶我們一起去北京找芙蓉姐姐。

　　到那時候，咱們小禿子沾月亮光，大幅大幅的數字往新浪網易上貼；到那時候，咱也自信一把，即使俺們是土匪婆二代，也得自稱流星花園杉菜，嫵媚不讓芙蓉，風流不輸張國榮⋯⋯

　　正在那月朦朧鳥朦朧呢，老爺爺突然提問：芙蓉姐姐出場費會是多少？兩萬？五千？你們說，多少錢能請到芙蓉姐姐？

憂鬱的洋蔥

　　驅車郊外，半是荒蕪的田野邊緣，有幾株灰白的蘆花。路遠人渺，倒是有幾分蒼涼的意味。這冬天的調子，平白地就憂鬱下去。不由想起，自己曾經不屑和嘲笑女友的憂傷與自憐，如今，被雙親衰老病痛的沉重憂思壓著，才懂得體味一個人無言的悲傷。這就好比那句被時尚潮人們已經用得過時的那句話：生活是一顆洋蔥，總有一片讓你淚流滿面。

　　現在已經沒有人說起三毛了，不知道是在《哭泣的駱駝》還是哪本書裡，看過，她和外國女友一起吃飯，外國女友吃剩的洋蔥圈分她一半，吃完後，毫不客氣地收她一半的洋蔥圈錢，三毛寫：我這傻瓜就花錢買她剩下的洋蔥圈吃……多麼瑣碎啊，三毛，披著長髮睜著憂鬱黑眼睛的三毛，被這些雞毛蒜皮的事情刺激著，敏感著，我一點都不奇怪她用一雙絲襪結束了自己的生命，對於這樣心思稠密的女人來說，活著，痛苦多於歡樂。

　　江南人家，洋蔥難得進家門的，無非是炒魷魚時的必備。熱油下鍋，撲鼻的香味喧騰而上，與魷魚的腥鮮是棋逢對手，將遇良才，一番廝打之後，握手言和。其實，洋蔥是有點無奈的，它這樣一種個性十足的菜蔬，很難與食物成百搭，生活，是一隻熱辣辣的油鍋，除了臣服，它無路可走。

　　三毛和瓊瑤，差不多是同時代的。相比而言，我更喜歡特立獨行的三毛以及文字。然而，喜歡是一回事情，有些人，只可以遙望，三毛與張愛玲一樣，在現實裡都是難以接近的。她們，似

乎獨立於世外。喜歡三毛，是因為她筆下別一種人生，這種人生
是我無法想像的，因此有吸引力。

　　小友小線在美國，有次在 Q 上和她說話，我很老實地告訴
她，她的生活已經超過了我的想像範圍。即使是虛構，也空想不
來。看她博上照片，美國原野上濃厚的雲層，異國情調的小鎮，
彷彿是在電影裡。

　　而瓊瑤的愛情童話誰都能編，有人說那些痴情的愛情故事
是毒藥，害了不少少男少女，瓊瑤改編的肥皂劇也迷住了不少師
奶。那個年代，一個痴痴的小男生，捧著一把玫瑰，冒雨站在少
女的窗下，直到天明。這樣的橋段，成了少女們愛情的範本，其
實，這樣的調調真是害人不淺。唔，真實的情況是這樣的，瓊
瑤，作為一個成功的小三，順利地撬掉了大奶，成了福相的貴夫
人。那個下堂的糟糠之妻是如何的不堪，在愛情童話裡是看不
到。所以啊，瓊瑤編《還珠格格3》，怎麼也編不下去了，她怎麼
也不能讓皇帝不找妃子啊，一旦有了三宮六院，那郎情妾意、非
君莫屬的戲就成了一鍋夾生飯，胃口再好的人也不好消化。

　　瓊瑤的《窗外》我是看過的，一般而言，出道之初，即使
不是自傳，也有自傳的影子，她的師生戀是真實的，可喜可賀的
是，她和平鑫濤的婚姻好像還結局不錯，她自己也有兩把刷子，
哪部電視劇都能賺大錢。

　　有朋友解讀我寫的〈憂鬱的洋蔥〉為「魷魚的洋蔥」，真
好！還是想說說三毛的瑣碎。那是在荷西亡故的時候吧，三毛的
婆家來奔喪，三毛寫，她的婆婆也就是荷西的媽媽，在荷西下葬
沒幾天，就滿街去買名牌手錶，見三毛遲遲不談遺產問題，還委
託荷西的妹夫前來交涉，悲痛的三毛可能無心糾結在這樣的俗務

上。於是妹夫就發火了，說是既然要面對這個問題，何必耽誤大家時間，一再推託呢？大意如此。一地雞毛。

如今三毛和荷西俱已歸去，好像還有人考證出，三毛的許多沙漠故事都是編出來的。真難為他了。天下掃興的事莫過如此。如果，你理解成三毛為憂鬱的洋蔥而自殺的話，我是莞爾不起來的。紅塵滾滾，三毛如何又能倖免？像我等俗人，也未必考量出三毛不和她婆婆談遺產全是為了寄託哀思，若潛意識裡，全無經濟財產的概念，就二下添作五把該分的東西分了，也免得人家外國的妹夫發火。做人，俗成我這樣，真是連駱駝也要哭泣了。

一再表明自己是紅塵俗人，是看不得人裝雅。一看人裝雅，姐就低下了頭。不是姐修養好，姐是在找磚頭。

文學沙龍的式微

　　前些年，文友們成立了一個文學沙龍，大家定期聚會，討論彼此文章得失，也組織了若干活動，頗有收益。春節，沙龍裡的一位前輩老師想把大家找來一聚，聊聊二○○八年創作計畫，我老老實實地對老師說：老師，吃飯的人有，有寫作計畫的人不多啊。老師一生氣，聚會作罷。據我所知，那些意氣相投的文友中，有的患了「不可自拔的傷痛」，因為牙疼和頸椎疼放棄了寫作；有的沉迷於個人的寫作情緒，在鍵盤上敲打著不求發表的文字；有的在現時安穩的金粉金沙裡任細水長流；有的投筆從商做起了直銷生意；有的徜徉在幸福大街上樂不思蜀；還有一個乾脆改行給人家八卦算命了，據說一卦一百，比寫文章來錢。當時我在 QQ 上，聽他這麼一算帳一嘀咕，差點對著電腦笑出了聲，當初他那滿臉正氣指點江山的激揚文字去哪裡了？

　　曾經與一女友相逢，兩人站在路邊說寫作的心得，抄一段書可以描述當時的情景：「倘是兩個十分要好的人在一道，於平靜中有喜悅，於親切中有一點點生疏，說的話恰如一樹繁花，從對方的眼睛裡可以看出人間最深的理解和最高的和諧。」而近來，這和諧也被打破，因為我們對於寫作的意義發生了很大的分歧，她說：寫作，只是個人的事情，她沒有給閱讀的人提供養料的義務（大意如此）。我非常不同意她的觀點，但卻隱忍未發，我沒有權利要求別人一定要同意我的看法，何況，身邊的文友也大多贊成書寫的自由性。

　　有位文友經常思索蕪湖文學的出路問題，但文友們對他提出的「蕪湖有沒有文學大家」的話題私下也有爭論，他們說──為什麼寫作要有那麼多的功利性？為什麼蕪湖要出文學大家？我說：為什麼蕪湖不要出文學大家？這樣的爭論沒有結果，他們說，文學大家是寫出來的，不是說出來的，作品，是最好的回答。文章裡寫，他們經常在一起邊吃美食、邊談論文學，原來文學也是可以談可以議的。那天，我一本正經地對一位朋友說，我要去找你們談文學。其實，我說這話的時候心虛得要命，所以，到底還是沒去。繁昌，還有位朋友叫懶悟，他說，哪天你如果乘興而來，即使到了三山，興致到了，也可以打道回府。只是，這傢伙已經名為懶悟，也難指望他什麼了。

十年

　　二〇〇七年的減法做的是猝不及防，轉眼，十年的慣性換了軌道。幾大本的合訂本搬回去，沒有閒暇去翻，但還是鄭重其事地收好，彷彿，收藏的是自己十年的履痕，或斜、或直，但路總是自己走的。

　　減法做起來痛快，圖片、資料、文稿……選中，刪除，少了雜蕪，多了留白。卸了擔子的日子是輕鬆的，卻輕飄的找不到自己的根，好一陣子的茫然。潔塵說，好的人生，就是減法做對的人生。雖然，我的減法是被動的，對或錯，答案都不是我能算出來的，這樣也好。本質上，對生活的一切資源，我是貪多求全，但，「果斷一擲」的確是人生中不可或缺的選擇，哪怕是被動的放棄。

　　十載流年，總有些東西沉澱下來，但歲月河裡的水總是往前流的，有誰會願意經常折返，再從河底兜起渾水一潭？有朋友給我留言，諮詢情感問題，她說，舊情難忘，新愛難續，怎麼辦？雖然已經不再負責情感版面，依舊回覆道：不如憐取眼前人。

　　眼前，當下，才是最要緊的。愛情，人生，皆是。

　　但，還是想找點柔軟的感情來祭，過往的、值得在心裡懷想的。所有人，如揮手灑出去的一把沙，星星點點，飄落在各個角落，繼續生活，相見，竟也是無言。十年，不止一次想過離開，但卻沒有想過是這樣的方式……

今夜，我在想念，想念，可愛的人們，我們之間無忌、寬容的空間。

猶記得編輯部對面音像店飄來的那英、王菲「相約98」的歌聲；猶記得梔子花開的時候滿層樓都飄散的濃馥花香；猶記得週四速食麵、火腿腸的快樂簡單；猶記得校稿完畢時農夫收割般的快樂……

曾經感動過的，曾經沸騰過的，曾經壓抑著的，曾經擔憂著的，曾經……

十年，可以寫首歌了，陳奕迅唱的雖然是愛情，但林夕填詞的好處能讓你聯想更多：「十年之後，我們是朋友還可以問候，只是那種溫柔再也找不到擁抱的理由。直到和你做了多年朋友，才明白我的眼淚，不是為你而流也為別人而流……」

其實沒什麼可遺憾的，我們的青春不是獻給這裡也是獻給那裡，猶如我們的眼淚不是為你而流，也為別人而流。

食憶

本來，是說好中午與一個朋友一起吃飯的。她臨時有事，我就只好自己打發這一餐了。

過了吃飯的時間，越發不知道吃什麼好。記得，在遠一點的巷子口，有個賣酒釀元宵的，她家最出色的是紅豆酒釀，杯底是厚厚的豆沙，上面浮著碎玉般的酒釀。走過去，卻連攤子都沒看到，已經很久沒到過這裡了。在一家糕餅作坊裡，買了幾塊桃酥，權當午飯。其實，不吃也沒關係的，不餓，為什麼現在連餓的感覺都沒有了呢？

小時候，過年的時候，不知道怎麼就吃撐了，再一受涼，胃裡就餿了。打嗝的時候恨不能把嘴巴張得大大的，讓氣味不停留，直接從喉嚨裡出去。好像也沒有吃藥，餓幾頓，就自己好了。現在的一日三餐和過去的過年也差不了多少，三天兩頭還有些聚會應酬，吃起來挑挑揀揀，不會再打「餿飽嗝」，但胃的消化能力也不行了。一般，包裡都備著江中健胃消食片。這情形有點無奈，就像歌裡唱的：我想去桂林呀我想去桂林，有時間的時候沒有錢，有了錢又沒有時間……

我有個朋友，近幾年生意做得好，卻突然得了富貴病，高血壓高血脂之類，什麼葷的都不能吃，上酒店只點兩樣菜煮乾絲、涼拌菜，我看著都替他虧心，有錢不能吃，可憐呀。

還是說小時候，家父一生講究吃，幾個工資全讓我們吃掉了，其實，也就花生米、香腸之類。但當時一般人家都是青菜鹹

菜當家。記得小時候在家炒青菜，要留一小勺油，等菜炒好了，再把油澆上去，於是，這盤菜看起來油汪汪的。後來，我看到袁枚寫食單，說這種吃法是餓死鬼投胎，想想好笑，袁枚怎麼能想到幾百年後的事情呢？

那時候沒冰箱，飯菜都要一日吃完。記得有次夏天，父親買的豬肉不知道怎麼臭了，但他沒捨得扔，左洗右洗，紅燒了端上桌子，臭肉紅燒了還是臭，有一種怪味，要放今天，打死也不會吃的，但那時候都吃了。我記得，父母一直都用一種小心翼翼的眼光看著我們吃，童年的胃像刀子一樣，就這樣把一碗紅燒肉都消滅了。除了臭肉還吃過死雞，我養的小雞，半大的時候不知道怎麼死了。母親把死雞拔毛破膛，洗乾淨了，用鹽醃。雞沒放血，肉是黑的，曬乾後蒸了吃，很香。母親擔心我們吃了會生病，但我們吃了什麼反應也沒有。還在母親車間裡吃過憶苦思甜的糠窩頭，很粗糙，但比王小波文章裡寫的要容易下嚥……

這麼些年的一日三餐，對於吃的不良記憶也只有屈指可數的這幾件，除此，都是美好的，讓人回味的。我依舊可以說——自己活在一個衣食無憂的時代。

記憶不在現場

　　農曆九月十五那天，月亮很清亮，月華如水，鋪滿了大地樹木草地房屋。一個月前，中秋月卻被雲層遮掩著，不肯叫賞月的人盡興。世上的許多事情都是如此吧？得之無意，失之刻意。

　　本來，和朋友約好週六去隱靜寺，可以說是秋遊，也可以說是清談，還可以說是還願——一個小小的心願。

　　第一次去五華山，隱靜寺掩映在綠山碧峰中，像歲月遺落的一塊黯淡的玉。寺，古舊，拙樸，甚至有些搖搖欲墜。在寺裡，看見褪色陳舊的拜墊，心裡想，下次來，帶兩個新的拜墊吧。

　　一晃，就是三年，始終無緣再去。但這小小的心願時不時會浮上來，佛前不打誑語。

　　事先就知道，一定不能成行。這周，朋友有脫不了身的事情要辦，下周，我這老童生要到省城考試。友說，下月吧，下月一定能去成。但卻不想再拖延。且，一位外地朋友的五十元稿費放在我這裡，他讓我去寺裡的時候捐給廟裡。兩事加在一起，就找到了非辦不可的理由。

　　應該去郵局匯款，卻在秋日的烈陽下，走到小九華。今天不知道是什麼日子，有許多老年信女在寺前來來往往。走進寺前的居士林裡，翻看書架上的佛經書籍，和白馬寺一樣，拿取自便，隨喜。但我現在還沒有看懂佛經的悟性和心境。居士林裡，有一位頭髮花白的女居士，相貌嚴謹，說的是普通話，語速快，不和氣，不像修行的人。寺前，照例有殘疾的乞討人，坐在地上，聲

音跟著行人：給點錢吧，菩薩保佑你。我有位同事信佛，她每次到寺裡都要帶一大把零錢。她是真正善心人，現在開始吃全素。

鬧市中的廣濟寺，香火越來越旺，其實，人有個信仰是好的，至少精神有個歸宿。但我想，不該是現在這些人這樣的信奉法，佛，更精深的是那個禪字。也許，是我妄談了。

不時看見熟悉的面孔，也不比外面的世界安靜多少。

在寺門口逡巡，不想進去。寺裡寺外的香味，也有安定的作用。山門外的角落裡，胡亂堆著兩個黑色塑膠袋，一尊佛像，黯舊了，放在外面。這是誰把曾經供奉的佛像送到廟裡來了。蹲下來，本想看看是尊什麼佛，卻發現地上有一個小小的東西，大拇指指甲大小，黯淡無光。撿起來，輕輕擦拭，竟然是一個彌勒佛，紫銅的，上面還有個半圓，可以吊掛。祂從哪裡來？又經歷了什麼？祂歸於我，有什麼寓意嗎？

彌勒佛在我的手上，越來越有光澤。在路邊小店，買了一根咖啡色的繩鏈，掛在脖子上，感覺不妥，又放到衣服的裡面，還是感覺不對，於是取下來，依舊在手裡摩挲。

辦完應該辦的事情，早就過了吃中飯的時間。很想吃一碗熱熱的、辣辣的、香香的牛肉粉絲，這喧騰的、凡俗的人生欲望啊。

水木年華

　　我們像水鳥，很容易被人聲驚動，展翅逃離。

　　在我看來，「展翅」這個詞是我不配用的。對此，我有足夠的警醒。我們是塵世上庸庸碌碌的一群人，人世間該有的貪婪我們都有，人世間該有的俗氣我們都有，但唯一可以對我們報以希望的是，我們內心中最柔軟的地方，依舊有人性最原始的善良存活著。一部分人，將這善良發揚光大，行為舉止符合社會道德規範，凡事考慮他人的立場，於是，我們將他們稱為好人；而另一部分人則相反。我很慶幸，我遇到的絕大部分是前者。比如，今天我頭上綮的一朵頭花，是朋友給我買的，用一團白底五色圓點的絲帕纏成；還有同事從國外回來送我的禮物，一個不銹鋼做的大紅心型銀邊書籤；還有在一個比較嚴肅的場合，針對某人的某句話，看坐在遠處的朋友，發過來一個意味深長的暗笑，因為彼此會心，所以有趣；還有雨天下班，坐朋友的便車回家……接收著這些溫暖的資訊，就如現在窗外的冬日暖陽，有大片的明亮灑下來。

　　之所以說是驚鳥，是因為我們很在意別人的看法。即使是充滿靈氣的萱草也不能免俗，她也會為某個回帖的潛在意見而改變風格，也許改變的方向是對了，也許改變的方向是錯了，都有可能。比如，我上次隨便敲下的某段文字，小美喜歡看前面的，老柳卻認為後面的才是正題，而陽光靜靜不知道我在絮叨什麼。我感覺，這是很有意思的一個現象。我現在想不透也說不明白這些

事情，唯有盡自己所能。能提供水，那麼就是水，能提供酒，那麼就是酒。唯一，能讓自己滿意的是，敲這些文字是隨心所欲，沒有目的性。這對思想不啻是個解放，而思想若是解放了，天也就是藍格瑩瑩的天了。

　　近日，很慶幸得到了兩本書。一本書的作者千叮嚀萬囑咐，千萬別寫什麼讀後感。這是他對所有得到贈書人的要求。於是，不寫，但拿著這本漂亮的書，心裡很喜歡。因為：好漂亮好漂亮。是我喜歡的那一類風格。不沉重，有絲綢般的柔滑蘊美。另一本書，我先翻看的是後序，我曾經陸續在別的地方讀過，現在再讀一遍。我知道，這是很真誠的人在說很真誠的話。這樣的寫作，是需要勇氣的，就因為這個，我要站起來向他致敬。

　　他寫：「我們被自己欺騙的地方，常常是欲望叢生的地方。我們被自己斷送的地方，也往往是欲望叢生的地方。」這也是這些天我所想的，所羈絆的，至今尚未解脫的，許多人也都纏繞其中的：得之無意，失之刻意吧。——我們因為過於急切的目的性，而變得面目猙獰，有的人知道，所以用高尚的理由掩飾著；有的人不知道，還在裸奔，以為穿著皇帝的新衣……

　　還有：「中年為文，不可俗套，有道是墨陳如寶，筆陳如草。那種陳詞濫調，密不見人的俗套文字，那種不能讓讀者從中推導出觀念、動機、衝動以及情感的文字，就不能達到為文的目的，就沒有獨創性和靈魂。」這適用於文學創作，而對於現實中的生死場，需要的是別一些獨門暗器，至少要有厚黑學打底，端起武器，殺他個你死我活。若做不到這樣，不如早早繳械投降，做個心靈的放牧者，雲遊天下。而且，這些離群索居的靈魂需要時間來證明他們的正確，在等待的時間裡，我們有足夠的耐心嗎？

　　我曾經保留著這本書的作者十幾年前寫給我一個便箋。那時候，他是編輯，我是初學者。昨天，他對我說：「要保持文章的溫和，一個人待世的溫和，會反映到文字裡去。大多數讀者不喜歡劍拔弩張的文字。」他說這話的時候，我內心一陣發汗，因為，我正準備走特立獨行的路子，不從眾——不媚俗的話不敢講，因為原本就是個大俗人。其實，不溫和是一個捷徑，尖刻，從諾貝爾到奧斯卡一個都看不慣，用銳利的聲音震破別人的耳膜。而老師說，要溫和。所以，我又要修正我的路子，像被風吹過翅膀的白鷺，調整一下飛行的方向。我知道，從溫和中走出一條路子來很難，是外部綿軟內部堅硬的一種武功。但我相信他是對的。

　　在結尾處，他寫：「我常常用手摸著自己的書稿自語，唉，這是一個苦惱的、破滅的地方！」然而，他又安慰自己「賈平凹曾經說：我的不足是我的靈魂的能量還不大，感知世界的氣度還不夠，形而上與形而下結合部的工作還沒做好。你看看，賈平凹還在為自己的文字能力與文學胸襟苦惱著，我就別太在意了吧。中年為文，順其自然的好……」

　　其實，對於我來說，不順其自然又能怎麼樣呢？所以，我想對某友說，以出世之心，做入世之事。凡事努力不是錯，但不要有太強的目的性。入世太深，到底是不行的，挫折太多，煩惱也太多；我還想對另一友說：出世之心可以有，太虛無也是不行的。我們都是紅塵一份子，背負著生活的責任，「我們有什麼理由把自己隱晦的一面來讓別人承擔呢？」我覺得，我的人生態度和書的作者是一路的，內心深處，我們是一類人。或者，我想成為那一類的人，但目前沒有勇氣做到。但這位作者內心是不是很

快樂，我就不知道了。一個人，在競技場上，自己把軟肋暴露給對方，很容易受傷的，除非，他確信，他已經是鋼筋鐵骨。或者，他像鳥兒一樣，只需要一雙飛翔的翅膀。

茶意

現在，一天要喝兩遍茶了。而且，是家鄉的土茶。澀，夠勁。同事帶了好茶放那裡，全是嫩芽，但喝著不過癮，味淡。一早起來，得把茶喝通了，才舒服。如果，有個頭疼腦熱，只要一杯接一杯地喝茶，總能化險為夷。我們的茶水櫃裡，有綠茶、有普洱、甚至還有英國紅茶、印度黑莓茶，大瓶小罐裡裝著茉莉、野菊、貢菊、玫瑰……日子，被這些茶水泡著，彷彿水養的綠蘿，葉碧枝柔。

寫茶的妙文太多，朋友就寫過《茶意》系列，至今被方家讚賞。有此茶文在上頭，茶葉有味也不得言了。本想摘錄《茶意》一二，卻不能，除非把全文抄下來。

記不得哪個大家寫過，去買茶，挑貴的。賣茶的怒道：「何以用價格分高下，茶，並非貴的就是好的，先生為何不察？」那日在老三屆茶行，竟然看到有二十元一斤的茶葉，好生奇怪，很想問問，同樣是茶，這麼便宜的茶究竟是以何定價的？但到底沒問，怕人笑話。

中學的時候，回老家過暑假。一早，便用大瓷缸泡一大缸茶，全家人就合用這一個杯子，他們從田裡回來，端起茶缸，仰脖，灌一氣，這苦澀的茶水，不但解渴還解乏。此時，開門見青山，有白雲飄過。青綠的竹林，粉牆黛瓦的房子，都像從水裡漂洗過一樣。鄉親說，如果是春天來，漫山遍野都是青茶園，還有紅杜鵑。可惜，我回故鄉的季節，不是在冬天，就是在夏天。

　　也曾在茶館裡喝茶，水晶蠟燭爐上，是一小壺橙黃的水果茶，或者是嫣紅的果粒茶，我和誰對面坐著，傾聽。一個個的故事，一段段的日子，一塊塊的版面，就這樣以茶為引子，汩汩流出。新百的天橋、川流不息的汽車、還有那些向我走過來的人們，彷彿已經是很久以前的事情了。那時候，我不是在左岸，就是在左岸的路上。一棵樹，從一個窠臼裡拔出來，再移到另一個窠臼裡，竟然也可以活，而且還嚴絲合縫。

　　元旦，一位只有兩面之緣的文友出了書畫合集，還開了畫展，邀我去看。對於書畫，本是外行，但我想，一個人，於庸碌的凡世裡，有閒情提筆作書，有逸致揮墨作畫，那一刻，他的心神一定是寧靜和聚攏的。千頭萬緒都在世外，萬事萬物都在筆尖，這是一個從庸常中超脫出來的舉動，就彷彿一個人，任憑紅塵紛擾，還記得給自己泡一杯綠茶，喝一口，萬般滋味都在這茶中了。

雨，一直下

　　連續的雨，下得人無奈又恍惚。意外地發現，前段時間買的粉紅多頭康乃馨，根莖居然長了白黴。花凋謝了，總不能把它扔進垃圾堆裡，讓曾經嬌弱的她們，與腐臭的垃圾為鄰。但也不能扛個花鋤去葬花，那還不矯情得厲害？這點點小情調，讓我不能安放這一束即將枯萎的花兒，只得用舊報紙把花包起來，其實，用舊報紙包殘花，也有一種微微頹廢的意思，每次買鮮花，待到花開敗的時候，是無奈的，總是想，早知道還不如不買呢。一束花的一季，有時候也如一個人的一生。

　　連續十幾天在雨裡穿梭，終於失去了耐心，連湖邊看茶花的心境也淋得七零八落。湖邊的茶花看的那麼繁複豔麗，誰說菊花開盡更無花？低棵的是嫣紅的茶花，樹上的是粉紅茶花，想起曾經說過茶花的壞話，說她是徐娘半老，真的要給她平反了。我在想，為什麼茶花開敗後給人有憔悴的感覺，也許是，她那枯萎發黃的花瓣，還掛在花枝上吧？而且，茶花的綠葉也太濃密，花和葉，兩不想讓，不像桃花、杏花、梨花，先是讓粉紅雪白的花蕊鋪就一片煙霞，然後，茂盛嫩綠的葉子再慢慢暈絪開去，在層次和節奏上，先勝一籌。

　　其實花開自開，她們才不管人的俗念呢！人，總是要攀比，是太有榮譽感的動物，比如各種獎項。得之，也未見得有多興奮，不得，總會有些失落。有位女作者寫道，人總對自己占的便宜忽略不計，而對於吃的虧卻念念不忘——大意如此。據說，三

毛就因為《滾滾紅塵》沒有獲獎而絕塵而去。其實，得獎也有很多偶然性，再加上各種五花八門的專給人裝點門面的獎項，頒獎者和獲獎者分明是周瑜和黃蓋。所以，得之者莫顯擺，不得者莫灰心。

　　事實上，比賽的規則永遠不是非黑即白，比如奧斯卡，昨晚看了印度電影《貧民百萬富翁》，確實，有震撼人心的魅力，臺灣的《海角七號》也看了 N 遍，若是獲個奧斯卡，並非完全沒可能，比如上屆的《百萬寶貝》，也不過如此。也許，差別就在，《海角七號》是輕撫劇中每個人的命運，點到而止，輕輕的憂傷之下是人性溫溫的暖，而百萬富翁，卻直切人生的縫隙處，插進去，挑起來，讓人們看到，生活的沉重與輕盈，人性的飛揚與墮落。

半季春色在九蓮

我住的樓房是一條黃金分割線。樓前窗口，對著喧囂繁鬧的九華山路，殘冬初春的瀟瀟冷雨，也沒擋得住銀杏樹發芽，一天天的，馬路兩邊光禿禿的銀杏樹就綠了。其實，春天的銀杏並不出眾，樹幹本就拙樸，也就是頭頂一抹春綠而已。它驚豔的時候是在秋天，澄黃、純淨、明亮，像當街舞起了兩條華麗的黃緞，讓看葉的人有一種安寧的欣喜。

樓後窗口的九蓮春色，則要出眾的多。九蓮塘，陷落在城市的喧囂中，從當年人人避之的臭水塘，變成一幅至善至美的江南畫軸，靜謐，唯美。有首詩，是清人張維屏寫的，細品之下，唯有拍案叫絕：「造化無言卻有情，每於寒盡覺春生。千紅萬紫安排著，只待新雷第一聲。」

幾場雷雨過後，春天的腳步就誰也擋不了。最先感知春意的，是湖畔的柳樹。「春色遙看近卻無」，說的就是這柳樹吧。柳樹剛冒出芽的時候，近處看不見綠色，只有從遠處看去，才能看到淡淡的嫩綠色，如煙般，輕輕地飄在天際頭。春風拂幾下，漸漸地，煙柳就垂下來，變成了少女曼妙的青絲。楊柳並不寂寞，先是鵝黃色的迎春花，一叢叢的，在水邊綠棵裡跳出來，像給春天照亮的明晃晃小燈籠。白玉蘭、紫玉蘭也不甘落後，不知道何時開始，她們，悄悄地擎起了潤澤豐美的花瓣。櫻花、桃花、海棠花次第含苞，先是讓粉紅雪白的花蕊鋪就一片煙霞，然後，茂盛嫩綠的葉子再慢慢暈胭開去。

　　行走在九蓮，腳步不由得輕盈起來。每每，在固定的時間，固定的地方，總能碰到固定的人。穿橘黃馬夾的園丁和保潔員，不緊不慢地修剪著草木，清掃著落葉和垃圾。有時候撿到飲料瓶什麼的，就細心地放進隨身帶著的袋子裡。有時候，他們也嘟囔著罵人，罵那些隨地丟棄果皮垃圾的人——是該罵。

　　晨練的人，形成一種升騰向上的氣場。他們是最熱愛生活，也最會生活的一群人。有白衣勝雪的老先生打太極拳，挪騰閃移，旁若無人；也有穿紅著綠的老太太跳扇子舞，輕盈跳躍，歡天喜地；最愛看紫蘿架下跳舞的中老年婦女，有時候，她們跳迪斯可，雖然腰身不再纖細婀娜，但隨著音樂扭腰送胯，也自有她們的味道。有時候，她們跳恰恰舞，那歡快的節奏響起來的時候，連路邊的行人，都像是踩在節拍上。她們的教練，是一位身條高挑的老太太，腰身筆直，一襲白色風衣，頭髮高高地盤在頭上，她給她們做示範，自信到有一絲傲氣，但，一招一式，散發著恰恰舞迷人的韻味。

　　花開一季，是自然的造化，花們也沒辜負春天，奮力塗抹出千紅萬紫。而人呢？從四季更迭的歲月裡一路走來，我們又能留下幾許春色呢？

春望

　　那是江畔一片野意無限的青草地，草們或長或短，參差不齊地向天空伸展著，鋪灑出一種純淨明亮的綠色；這樣一種本是醉人的春綠，卻在這特殊的日子，特殊的地方，讓我感受到了一種空靈、莊重的肅穆。

　　四月二十三日，是薄陰天。天是淡白色的，遠眺江面，也是遼闊的灰白，蒼茫、寂寥。對面的江岸，被綠樹勾勒出無垠的弧線，江水輕輕地拍著泥土上，蜿蜒出一線線波濤──這裡是長江邊的板子磯。

　　山水無聲，一片寂靜。幾十個人乘船踏上板子磯的土地，聲音足跡頓時都被山坡上的樹、長江裡的水消融了。人群也立刻四散在草叢樹林裡，在這自然的曠野裡，人，小到點點，微不足道。

　　若是，沒有六十年前，那銘刻在歷史上的渡江風帆，那鳴響在想像中的隆隆槍炮，板子磯，會和長江畔的許多石磯一樣，兀自讓野草瘋長，讓江水遠逝。

　　漫步在環繞板子磯的長廊上，看四周茫茫的江水，遐想，那夜，解放大軍是踩著哪塊土地，把紅旗插到了山頂上？春去秋回，江畔的野草綠了六十回，我們何其幸也，能從喧囂的城市出發，一路上，看油菜田的黃花結下的纍纍豆莢……是的，我們可以在這和平寧靜的日子裡，來到風清水靜的板子磯，祭奠英烈，緬懷戰火紛飛的歲月。

　　六十年一甲子，它在歲月長河裡，只是一瞬間，但，六十年，對於人的一生來說，卻幾乎是黃金歲月的全部。當年參加渡江戰役的戰鬥英雄們，如今已經是白髮皓首的耄耋老人。曾見過一位和藹可親的老人，她叫吳亞男。解放前夕，她冒著生命危險，為解放軍傳送情報。如今，她雖已年邁，但思維依舊敏銳，記憶依舊清晰。她坐在那裡微笑著，不急不緩地說著當年驚心動魄的故事。翻看她那暗舊的照片，有穿著英姿颯爽的戎裝，也有穿著時髦嫵媚的旗袍，一部不亞於《潛伏》的精彩故事，慢慢地從單薄的紙片上飄出來……吳亞男從小是童養媳，她參加革命的動機很簡單，就是要讓窮人們都能吃飽飯。當年，她在送情報的途中，跌落在長江裡，隨流漂浮到採石磯，幸被人所救，但卻從此落下了終生的病根。解放後，她的個人命運，也隨著時代的潮流起伏著。有人說，她的經歷可以寫一部傳奇。是的，終歸要記錄下來的，歷史，也需要沉澱，在歲月長河的滔滔大浪中，一定會留下些金砂讓我們永遠珍惜。面對這樣一位勇敢的老人，感慨萬千，說句套話，但也的確是實話——我們今天的幸福生活，來之不易。

　　二〇〇九年四月二十三日的板子磯，風帆已經揚起，渡江紀念館即將竣工。石磯頂上的兩座古老的殘塔，靜靜矗立著藍天下，任由綠樹草藤裝點它蒼老的容顏。這小小的板子磯，是歷史上永不會抹去的一個符號，它目睹了遠古的足跡和變遷，它承載了六十年前的光榮與夢想，它還將記錄今天我們的懷想與祝福——願我們的祖國更加富強，願我們的人民生活幸福安康！

文喜波瀾，人樂一平

「文喜波瀾，人樂一平」，這是今年春節收到的一則原創短信，我覺得，這八個字有禪意。

現在還有人在意文章的直白或者波瀾嗎？即使有，也不會多吧？還有幾個人孜孜於文字的世界呢？有位文友曾經半開玩笑地說，之所以放棄了文學夢，是因為在筆耕這條路上，既看不到前途，也看不到「錢」途。我既無辯論的口才，又無說服的論據──韓寒、鄭淵潔等畢竟鳳毛麟角，於是，一笑了之。

曾讀到一位女作者的獨白，她承認，寫作，是她唯一的生活目的。為此，她可以放棄世俗中的一切。她生活在一個湖邊，每天早上安靜地寫一小段字，晚上也寫，她說，早上和晚上寫，語溫是不同的。她遠離人群，觀察一朵花，描寫一片葉子。我覺得這樣的心境是好的，只是，讓她用整個人生來交換的文字，當真有這麼大的魅力嗎？

要我說，在文字的天空下，還有那麼三五同好，彼此取暖，人生可說是豐盈的。咬文嚼字，給刻板重複的生活增添了很多樂趣。曾經一文友看我寫美食，也找不到什麼好表揚的，於是勉為其難，挑了我的一句：「撥」了塊魚肉，說是學習動詞的用法。真是為難他了。關於動詞的用法，我記憶比較深的，一是桂嚴的，她說在做飯的時候，拿了一本書，抽空「咬」幾行文字，我覺得這個字很生動，雖然，用得狠了一點。還有是唐玉霞寫的，說是出門吃午飯的時候，「撈」起一張報紙，也很形象，沒有用

「咬」猛，但卻適中，也很好，彷彿能看到她看似漫不經心卻又放不下的閱讀習慣。

那日，從起點站坐公交，要穿城而過，我也「撈」起一張報紙，準備在車上「咬」幾行字。在公交車上看報紙，不是一個明智的選擇，紙抖，頭暈，斷斷續續看了篇葉開寫的史鐵生，葉開說，史鐵生是中國少有的為精神寫作的作家。史鐵生在地壇徘徊，他一直思索的三個問題是：「要不要去死？為什麼活著？為什麼要寫作？」如果執著到這個地步，有點入禪的意味了。

我試圖將「文喜波瀾，人樂一平」八個字拆開來論，發現有點難。這八個字和史鐵生的三個問題似乎還有點關聯，都是和生活寫作有關的。「人樂一平」，文友的用意是人們都喜歡歲月靜好，現世安穩。但是，人平，世事未必平，社會有轉型期，人也有轉型期。尤其人到中年，心理容易失衡，我就看過，有人到中年的朋友要麼萬念俱灰，要麼牢騷滿腹。

我願意將這個「平」字理解從一種平和、一種平衡。在這個光怪陸離、斑斕多彩的物質年代，平和淡泊說起來容易做起來難。朋友寫了一句極為經典的話，我很是認同。她說：「你沒有擁有奢侈品的能力，就沒有藐視奢侈品的資格。」同理，我認為這句話可以擴展到職場、商場、官場……自己沒有遊刃有餘的本事，也就沒有資格鄙視擁有這些能力的人。曾經，也和朋友商議著要創個什麼業，尚未開始，那些繁瑣的手續和競爭的壓力就讓我們望而卻步了。我承認我不具備這些能力，如果勉強為之，會很辛苦，心會很累，掙錢為什麼？還不是為了快樂嗎？如果，追求的本身就不快樂，何苦為難自己呢？我試圖能解釋清楚這樣的心態：一簞食，一瓢飲的生活並非是所有人的理想，但有書可

看，有樂可聽，甘之如飴，又何曾不是一種簡單快樂的人生呢？何況，任何光鮮的背後，都有不為人知的辛苦付出。

當淘寶遭遇名牌，當單車遭遇寶馬，若我說，各有所樂！那不是吃不到葡萄說葡萄酸，真的。有時候，放棄，也是另一種得到。人生沒有彩排，直播已經過半，我們還有什麼理由讓自己不快樂呢？

碧瓦新過徽州雨

今年的蕪湖中秋月，注定是有些不同的。當鐳射燈將徽商博物館的那面粉牆照得碧瑩瑩的時候，歲月神針彷彿在倒轉，一切都是那麼渾然天成，電視螢幕上，徽派建築的背景凝重厚樸，古詩的意境在這月夜恣意飛舞。隨著央視女導演郭霽紅那柔美的聲音，我們穿越了螢幕背後那扇通往遙遠時空的隧道之門，走進了詩意的中秋，詩意的蕪湖，詩意的徽州……那無比神秘的馬頭牆後面，有多少驚心動魄的故事等著我們去聆聽？有多少散落民間的寶藏等著我們去發現？

入夜，赭山靜默地佇立在藍灰的天空下，山色若墨，宛若丹青高手的妙作，幾筆勾勒，江南丘陵的秀美就有了。靜靜地，我在現代又古老的徽商博物館前遐想。不用說那粉牆黛瓦的徽州風情，就是那些滄桑的徽州三雕、步雲石等，也都是無聲的彰顯和記錄，記錄著徽州那墜落的千年繁華。

徽州，山川秀美，寧靜安謐，就在這個被林語堂讚美為「中國的瑞士」的地方，走出了堅忍執著的徽州商人。無徽不成鎮，徽商也被人們稱為徽駱駝。那些在茫茫沙漠裡行走，無畏饑渴的駱駝，原本與徽州山區人的距離很遠。據徽文化研究者言，駱駝，與徽州方言「老大」同音，徽商當時被商界人稱為「徽老大」，後來，以訛傳訛，「徽駱駝」隱含著對徽商堅忍的讚美之意，也被人們認可了。此乃坊間傳說，即使不足信，但也足以證明當年徽商在商界的地位。

　　徽老大也好，徽駱駝也罷，今天的徽文化越來越熱，徽商的成功也成了人們關注的一個焦點。什麼才是他們成功的秘訣？

　　儒。在徽州，不用說胡適、漸江這些文化名家，便是山野之家的楹聯，也可看出徽州人對文化的重視——「讀書好，種田好，學好便好；創業難，守成難，知難不難。」讀書，是一種能壓制浮躁的歷練。「賈道儒行」的篤定與從容，成了徽商「克敵制勝」的法寶。

　　誠。當年胡雪巖經營胡慶餘堂「真不二價」，他曾說過這樣的話：「為人不可貪，為商不可奸，經商重信用，無德不從商。」從新安江走出去的徽商，正是以這個誠字打開了財富的大門。

　　勤。「前世不修生在徽州，三歲四歲往外一丟。」徽州人的勤勞，從我父輩身上就能看到影子，從小，他們就打著赤腳，從山裡把毛竹拖到山下，紮成竹排，順江而下。徽州人的孩子尚如此，成人的艱辛更可想而之了。

　　決。徽商的決，可從徽州的兩種風物中可以看出，一為「徽州粿」，徽州人出外經商，都要帶一大包「徽州粿」，旅途遙遠，前程茫茫，然絕無回頭退縮之意；二為「紀歲珠」，徽商出山，幾年、幾十年不回鄉乃為常事。據說有一徽商之妻，每年以耕織收入之餘，買珠一顆，待到夫歸，妻已亡，存珠二十餘顆……

　　有人說，徽州留下的是一個蒼涼的手勢，它定格在過去的時光裡，像一個模糊的背影，無法挽留。而在赭山的腳下，蕪湖徽商博物館就好比是一塊歲月的琥珀，它包裹了徽商文物的精華，

在「徽而新「的理念下，再現了一個「碧瓦千家新過雨，青松萬
壑正生煙」的徽州夢。

領異標新二月花

　　江南的季節，層次細膩得像個心思縝密的女子。就說這冬天吧，初冬和深冬，就如兩個世界。衣服也是長長短短厚厚薄薄，瑣碎得讓人無奈。轉眼，到了一年中最冷的季候了。天冷，連心情也蕭索。下班時，天總是黑的，清冷的空氣挾裹而來，覺得人在這世間，是那麼弱小無助，如豆莢一樣，被拋在收割過的荒野裡。

　　那日，一抬眼，正對著單位的大門，華億商業廣場的霓虹燈紅紅綠綠地閃爍起來了。不由在心裡微笑，無所不在的華億啊，竟然開到我們門口來了。也許是職業的關係，對於這樣標誌性的事件以及事件後面的人物，總要在心裡過一過，但也就是停留一小會兒，畢竟見識有限，說不出什麼道道來，簡單地想，一個人活在這世上，能做出這麼多事情來，容易嗎？

　　昨日，與女友相約逛超市「大潤發」，兩個文學女中年，在超市裡一路疾走，一路辯論，什麼米油蔬菜、什麼家用百貨，都成了我們的背景，我們說的當然是精神層面上的問題，還是衣食不愁吧？否則，為什麼不拎兩袋便宜的大米回家？

　　「肯德基」的場景是有城市代表性的，色彩明快，線條簡潔，處處都有快捷、便利的意思在裡面。吃的也簡單，漢堡、蛋撻、柚子蜂蜜茶，不需要謙讓舉杯，這都是當代人想要的或者必須要的生活節奏。在這樣的節奏裡生活，很難讓一切慢下來，我們還沒整理好那剛剛冒出來的心緒，新的想法轉眼又如雜草塞滿了腦海……

　　我們的辯論總是沒有結果，回到生活的窠臼裡，依舊會有一些陰霾慢慢地聚攏過來，揮之又來。女友每每慫恿我們，一起去鄉間夜宿，去感受夜的靜，去凝聽風的響。放下瑣瑣碎碎的生活，放鬆一天是可以的，但一天以後呢？

　　林清玄的母親曾經問他：「兒子，你寫的文章是快樂的多呢？還是憂傷的多？」林說：「快樂的寫一點，憂傷的也寫一點。」林清玄的母親說：「還是多寫一點快樂的吧，人生已經夠苦的了。」其實，我不大看林清玄的文章，我覺得那似乎更適合啟智青少年，但我們這一代人，是迷茫的一代人啊。我對自己也對好友說，不要太關注自己，把目光投出去。可是，能投到哪兒呢？身處江南小城，山也秀水亦靜，人的思路也波瀾不驚地一路小氣下去。

　　轉眼，二○一一年的元月已經過了一個星期了，在新年舊年交替的時候，史鐵生走了，這些天，有多少文學中年在說《我與地壇》，年輕人說不說我不大確定，我倒是看到有大學生在追念三毛的。對於他們來說，三毛和她的沙漠更是一個傳奇。史鐵生沒有再等到二○一一年，他應該活得很累很辛苦，不記得在哪裡看過，為了維持他的生命，國家每年都劃撥了巨額醫療費，如果是普通人，生命未必能延續至今。這樣描述有點冷酷，但是是事實。曾經，一個年輕的，殘疾的生命，在枯葉滿地的地壇苦苦思索著……現在他走了，他對他的境遇滿意嗎？他對他的人生滿意嗎？命運對他很殘酷，但是他卻沒負此生。我的心力、我的筆力、我的智力，都無以為史鐵生寫一篇祭文，但是，如果將來有機會去北京，我想我會去地壇，找一個安靜的地方坐一坐，什麼都不想，我希望那是個秋天，有點點陽光從樹叢中漏下來……

　　歲月很長，人生很短，等我們明白了一些道理，日子，已經將我們遠遠地拋在了腦後。世界，就在我們眼前多姿多彩的變幻著。也許，這世上能做經天緯地事情的人並不多，如果，人生是草原，我多希望我能躍馬揚鞭，馳騁向前⋯⋯

　　其實，僅僅是想像而已。當激蕩的思緒平靜下來，我知道，人們把生命比作四季再恰當不過。人生之秋，是應當刪繁就簡的，三秋過後，百葉凋零。唯有如此，在來年，才會有新的綠葉，新的花蕾萌發。

　　寒夜漫漫，我彷彿看見，有星星點點的二月花在不遠處的春天開放⋯⋯

徽州夜夢

　　績溪，是我的老家，多年前寫過，那裡的山山水水像是在水裡漂洗過一般。也就是這樣平庸的描述。績溪，一直在我心裡放著，無從落筆。我是她大樹上結的一個小果子，我看不到我的根，但是我知道她一直在。

　　過去回老家，要從上莊走過，老家的人，都知道胡適，也不是很在意，問我要不要去看看，那時候我還小，不懂得胡適對於徽文化乃至中國文化的代表意義，一直沒去。現在也沒去。我去績溪的次數，真正是屈指可數。

　　看別人走馬觀花寫績溪，無論是喜歡還是憂傷，都是別人的績溪，與我無關。我的績溪是這樣的——是姑姑布衫腋下的黃汗漬，是一串微微發黑的銀耳扒，是一把被我弄斷的桃木梳，是散著鹽味帶著鹽霜的小筍乾，是五塊錢一斤的粗茶……

　　沒有月光的山村夜裡，黑，像墨一樣，化不開。那時，姑姑還在，她給我蒸南瓜包子、冬瓜包子。山風很涼，晚上，門前的場院裡挑出一盞白熾燈，黃暈的燈影裡，左鄰右舍都圍坐在一起，說些閒話故事。老鄉們扯起績溪話，像是在說外語。我得費力地去聽，才能猜懂一言半語。第二次夜宿績溪，是給逝去的姑姑做「四七」，姑姑沒有女兒，習俗中，應該由侄女兒送。夜有小雨，有水滴從屋簷上慢慢滴下來，吧嗒，吧嗒，依然黑，我睜著眼睛，什麼都看不見。

　　姑姑曾端著小板凳，坐在馬路邊上等她的哥哥回家。大伯
離家幾十年，再回徽州，已然物是人非。即使我想像力再豐富，
都無法體味伯父那百味雜陳的心境。在一本雜誌上看到余光中的
〈鄉愁〉，雖然，早就看到過，可那天讀起來竟然有淚要湧上來
的感覺，這心酸，不是為自己，而是為伯父。因為，沒有比余光
中這首詩更切合伯父的命運了。伯父現在已經是八十五歲的老人
了，依然矍鑠。

　　　　小時候
　　　　鄉愁是一枚小小的郵票
　　　　我在這頭　母親在那頭
　　　　長大後
　　　　鄉愁是一張窄窄的船票
　　　　我在這頭
　　　　新娘在那頭
　　　　後來啊
　　　　鄉愁是一方矮矮的墳墓
　　　　我在外頭
　　　　母親在裡頭
　　　　而現在
　　　　鄉愁一灣淺淺的海峽
　　　　我在這頭
　　　　大陸在那頭

　　夏天的時候，杭州的堂姐打來電話，說遠在臺灣的伯父八月回來探親，這已經是他第四次回大陸了。堂姐的欣喜之情隔著話筒我也能感受得到。但我說，天氣太熱了，老人家身體吃得消嗎？若是秋涼些來，不更好些嗎？

　　姐姐在電話那頭，再也沒有聲音。也許，我是沒能理解她想見父親的迫切心情。她還在繈褓中的時候，父親就被抓壯丁去了臺灣，她是我們的祖母帶大的。我的祖母，我沒見過，連照片都沒見過。雖然她是徽州女人，但不會像韓再芬那樣嫵媚風流。我想像不出她會怎樣一顰一笑，也想像不出她是怎麼度過山裡女人的一生。我唯一知道的是，她曾牽著幾個年幼的孩子，在山道上跌跌撞撞追趕被綁走的大兒子。她的大兒，漂洋過海去了臺灣，直到她死，都沒再回來。這對一個母親來說，是怎樣刻骨無助的哀傷……

　　新安江水繞城而過，江水是那樣的清澈無塵，水流急的時候，會捲起長長的白色波浪，它以那樣一種靜默、決然、宏闊的姿態流出山外，像許多一去不復返的徽州少年。一切的悲歡離合，都在這亙古不變的潺潺流水中遠去了。

今日立春

　　立春，是二十四節氣的起點，是風花之序，是雪月之跋。現在的立春，也就是天氣預報中，主持人吐出的兩個字；是久居城市裡人對田野若有若無的懷想；是鄉下老農蹲著抽旱菸袋時吐出的那縷清煙……節氣，本應是一闋起承轉合的宋詞，令我們驚歡叫絕的，是它與物候、時令的奇異吻合與準確對應，就像平平仄仄仄仄平平，水袖曼舞上青雲。

　　現在想想，中國的古人是多麼有意趣啊，時不時的，和大自然開個玩笑，也給自己和家人找個樂子。立春這一天，每個人都是要「咬春」的，據說咬的是蘿蔔是生菜，在我想來，最好還是青潑潑的野菜，雖苦，卻清香四溢，像我們回味無窮的庸常生活。還有春捲與春盤。春捲如今還有，街頭小攤上四季都可以買來吃，但人們已經忘了它的來處，只知道是一種外脆裡鮮的小吃罷了。而春盤，早已經飛出人們的視野了，它從晉代的時候開始旋轉，在杜甫筆下是「春日春盤細生菜，忽憶兩京梅發時」，到宋朝蘇軾那兒是「漸覺東風料峭寒，青蒿黃韭試春盤。」如果，今天的人們像吃月餅、吃粽子一樣，再用青蔬紅果把春盤堆起來，那該是一件多麼詩意的事情啊！

　　「春天的時候，有幾樣野蔬我是要想法子弄來吃吃的……」

　　每次，讀到這樣本真無華的句子，就彷彿置身於漫無邊際的青草地裡，有絲絲清風，撲面而來。走在春天的節氣裡，人的腳步都是輕飄飄的。可是，好句子都讓人寫完了，比如，春如

線，柳如煙……即使冬天意猶未盡般地，走走停停，春天可由不得它，似乎在不經意間，她的每一個觸角，都會從去年的蟄伏處伸出來，將最後一絲寒意捲到最深的地方。這個時候的春天還是水墨畫，綠意，只要淡淡的一點墨，順著筆由濃到淡地一筆抹下去，意境就有了。

「詩家清景在新春，綠柳才黃半未勻。」漸漸的，這綠色就染上了枝頭，濃起來，洇開去，春天變成了一塊大花布。縱使花事再熱鬧些，城市的節氣，也無法和鄉村無法比，沒有青苗，沒有布穀鳥；現在的節氣，更沒法和古代比，沒有春牛，沒有春盤。有些對節氣敏感的人，或許可以在菜籃子裡，在餐桌上，搜尋點與之有關的菜蔬，薺菜餃子、苜蓿草頭、涼拌馬蘭頭……聊勝於無。它們，是立春丟下的一兩點標點符號，本來節氣該是一篇美文，但我們卻讀不到了，只留下這些綠色的痕跡，提醒著——我們的先人，曾踩著二十四節氣的鼓點，把歲月的年輪，把生命的年輪，轉到今天。

在一個即將被拆的小區，房屋都老舊了，可是，在搖搖欲墜的籬笆牆上，有整整一面薔薇花牆，有人說，桃花難畫，是因為難畫出它們的靜，而我，卻分明聽到薔薇的喧鬧，壓抑著歡快，卻抑制不住地低唱，千萬朵花，就像青春美少女的合唱團，沒有比她們的聲音更清麗更純潔的了。

然而，院子裡走出來的是一個老婦人，她的老伴在冬天裡去了，心肌梗塞。老婦人一如往昔地平靜，買菜掃地……薔薇，也依舊熱烈燦爛的綻放著，一牆的粉紅，美到極致。他卻看不見了。

　　這樣的對比，是一架神秘的屏風，讓我不能呼吸。我確信，屏風的後面，有著人們不能破解的命數，在強大的自然力量面前，人們是該有意點敬畏之心的。很慶幸的是，我們居住在這個江南小城，山亦青水亦秀。二十四節氣的輪轉，周而復始地為我們提供體驗生命的機會，那該是大自然對生命旅程有意的昭示與啟迪吧？

大地上走過我的姐妹

　　這是一張發黃了的新聞紙，這是一張看似普通、沒有太多攝影技巧的新聞圖片，卻在瞬間擊中了我的心——一群人，有記者、有醫生、有護士、有普通市民，他們，在一個普通女人的碑前深深地彎下了腰。那黑白的色調，那不甚清晰的人影，發散的卻是人們對生命、對大愛、對慈悲的頂禮膜拜。

　　我不認識她，甚至也沒看過她的影像，但我知道她的故事，知道她的名字——汪志拾，蕪湖縣一個普通的農婦。若是沒有那一段震撼人心的人生悲歌，她，一定還是田野裡眾多辛勤勞作者中的一個，她的生命曾經燦爛蓬勃，如金黃色的油菜花，隨風搖曳，卻平凡如斯，江南大地上，那麼大塊大塊的碧綠金黃就是她們用生命底色染就的。

　　我知道，現在的人們，在現實生活中，有多麼地愛惜自己的羽毛，有多麼地抵觸所謂的正面說教。但我沒有辦法，在這個普通農婦的故事裡劍走偏鋒，以輕薄的語氣道一聲戲如人生，人生如戲。她的故事是如此沉重，但在深長的靜默之後，我長出了一口氣，原來，我們原本已經失望的人性是可以如此偉大。生命，如此之重，可以沉重如泰山；生命，如此之輕，可以輕盈如白雲。也許，有人會說，偉大這個詞用在一個普通農婦身上過於誇張，可是，我找不到更適合的詞來形容，這個樸素的農婦，在生命即將結束的時候，做出的最本真、最善良的決定，她，要將自

己的眼膜捐給一個素不相識的小女孩。沒有動機，沒有目的，思之讓人落淚。

　　我沒能置身於為汪志拾鞠躬的人群裡，但我多麼希望，遙遠的心祭，能在汪志拾的靈魂前，結一朵世上最美的花，它應該像梔子花那樣淳香，那是一個江南女性最宜人的本色；它應該像百合花那樣素白，那是一個遠去靈魂最聖潔的顏色。汪志拾走了，和她一樣淳樸善良的丈夫，還帶著孩子在大地上過活，祈禱，好人一生平安。

　　記得，那日是大雪——節氣中的大雪。鏡湖邊的書畫院，在蕭瑟的寒風裡，也成了單調曠漠畫板上中的一抹灰色，然而，走進去，卻有春意鬧暖意生，因為那裡有牡丹，還有玫瑰。牡丹，是蘭州畫家藺述新畫的，玫瑰，是蕪湖各界人士送的。《母女兩代保姆愛心接力，托起一個殘疾畫家》，蕪湖「輪椅女作家」李幼謙在雜誌上發表的這篇文章，被全國許多家報紙轉載刊登，蕪湖縣的汪應蘭、金霞母女的愛心之舉，也感動了大江南北的善良人們。藺述新的畫展上，那一張張飄在畫幅下的紅色預訂單，像紅絲帶，像火苗，灼熱了人們的心，本來，想在簽名簿上寫：牡丹香江城，大愛滿人間。臨了，留下的還是那六個字——好人一生平安。

　　在生命本真的善良面前，我想，每個從大地上走過的生命，都能如白雲，如清風，如雨露，如鮮花，帶給世間美好與感動。

親愛的，你好嗎？

　　從她家出來，已經夜色闌珊，小區的路燈是青灰色的，幽暗，只能照到自己的腳下。回首看看，黑黝黝的小區樓群已經在身後。一個個視窗的燈光，一個個人家的悲歡，瞬間，離我們就遠了。城市的路四通八達，大家各自分手回家。我一個人，沿著九華山路，低頭往前趕。公交、計程車，與這冬夜的心境都不相吻合，在夜色裡吸著冷氣，腦子裡在構思那篇陶辛的荷——冬天，是草本們的終結者，許多花草的生命都走向了盡頭……

　　中江橋還是靜默的，我沒有像往常那樣，俯身去看橋下的流水，在許多的季節裡，弋江裡的水近乎乾涸，只在河床上露出淺淺的一線，豎立兩邊的河埝，像是老年人齙齒的牙床。走過橋，北門就繁雜熱鬧很多，商店林立，人頭嘈雜，這塵世間的溫暖立刻就包裹了我，置身其中，彷彿空氣中某個窠臼的位置是為我留的，身在其中，立刻帖妥安心。夜色裡，我走進蛋糕店，走進花店，買新出爐的新鮮麵包，買有許多乳酪的蛋糕，買多頭的粉紅小康乃馨……彷彿如此，才是一個人在世上活躍著的證明。

　　陶辛的稿子寫好，已經是午夜，關上電腦，坐在暖暖的被臥裡，回想在她家的時候，她靜靜地對我們說，寶寶發燒了兩天，她抱著他，叫他，他艱難地抬頭想向媽媽笑笑，但卻沒有氣力，只是嘴巴下意識地動了一下，她叫了兩聲，寶寶，寶寶，他望了望媽媽，順著眼角流出了兩行淚，身體就在媽媽的懷裡輕了……她說的時候沒有哭，一個年輕的同事受不了，摀住臉哭出了聲，

說：怎麼會這樣？是啊，怎麼會這樣？其實，面對孩子的夭折，作為局外人，更多的是震驚和惋惜。生與死，特別是這樣的意外事件，在生活裡和我們直面相對，讓人不適、惶恐。而作為孩子的親人，才是痛徹心扉的哀傷。

她懷著寶寶的時候，我們這些好吃佬沒少吃她的小零嘴，為了要這個孩子，她受了不少苦，因為體弱，甚至暈倒過幾次。她喃喃地對我們說，二十八歲前的生活是那麼的順利，怎麼一下子就來了這麼厲害的一個打擊？想想，真的為她難過，靠在床頭，流了一點眼淚，也許，感傷的不僅僅是她的命運，還有生命的脆弱和命運的無常。

記得，有次和她一起乘電梯，電梯門開合的時候，看到了她的一個朋友，那個朋友有很好聽的聲音，她站在電梯外，對著就要關了的門，大聲說：親愛的，你好嗎？這句話特別打動我，我們，很少這樣直白熱情地表達自己的感情。如果，她能聽見，我也想說一聲：親愛的，你好嗎？

釀文學79　PG0743

 像女人一樣去戰鬥
　　　——王毅萍隨筆集

作　　　者	王毅萍
責任編輯	黃姣潔
圖文排版	楊尚蓁
封面設計	陳佩蓉

出版策劃	釀出版
製作發行	秀威資訊科技股份有限公司
	114 台北市內湖區瑞光路76巷65號1樓
	電話：+886-2-2796-3638　傳真：+886-2-2796-1377
	服務信箱：service@showwe.com.tw
	http://www.showwe.com.tw
郵政劃撥	19563868　戶名：秀威資訊科技股份有限公司
展售門市	國家書店【松江門市】
	104 台北市中山區松江路209號1樓
	電話：+886-2-2518-0207　傳真：+886-2-2518-0778
網路訂購	秀威網路書店：http://www.bodbooks.com.tw
	國家網路書店：http://www.govbooks.com.tw
法律顧問	毛國樑　律師
總 經 銷	聯合發行股份有限公司
	231新北市新店區寶橋路235巷6弄6號4F
	電話：+886-2-2917-8022　傳真：+886-2-2915-6275

出版日期	2012年4月　BOD一版
定　　價	350元

國家圖書館出版品預行編目

像女人一樣去戰鬥：王毅萍隨筆集 / 王毅萍著. -- 一版. -
- 臺北市：釀出版, 2012.04
　面；　公分. --（釀文學；PG0743）
BOD版
ISBN　978-986-5976-13-2（平裝）

855　　　　　　　　　　　　　　　　　101004023

讀 者 回 函 卡

感謝您購買本書，為提升服務品質，請填妥以下資料，將讀者回函卡直接寄回或傳真本公司，收到您的寶貴意見後，我們會收藏記錄及檢討，謝謝！
如您需要了解本公司最新出版書目、購書優惠或企劃活動，歡迎您上網查詢或下載相關資料：http:// www.showwe.com.tw

您購買的書名：＿＿＿＿＿＿＿＿＿＿＿＿＿＿＿＿＿＿＿＿＿＿＿

出生日期：＿＿＿＿年＿＿＿＿月＿＿＿＿日

學歷：□高中 (含) 以下　　□大專　　□研究所 (含) 以上

職業：□製造業　□金融業　□資訊業　□軍警　□傳播業　□自由業
　　　□服務業　□公務員　□教職　　□學生　□家管　　□其它＿＿＿

購書地點：□網路書店　□實體書店　□書展　□郵購　□贈閱　□其他

您從何得知本書的消息？

　□網路書店　□實體書店　□網路搜尋　□電子報　□書訊　□雜誌
　□傳播媒體　□親友推薦　□網站推薦　□部落格　□其他＿＿＿＿＿

您對本書的評價：(請填代號　1.非常滿意　2.滿意　3.尚可　4.再改進)

　封面設計＿＿＿　版面編排＿＿＿　內容＿＿＿　文／譯筆＿＿＿　價格＿＿＿

讀完書後您覺得：

　□很有收穫　□有收穫　□收穫不多　□沒收穫

對我們的建議：＿＿＿＿＿＿＿＿＿＿＿＿＿＿＿＿＿＿＿＿＿＿＿

＿＿＿＿＿＿＿＿＿＿＿＿＿＿＿＿＿＿＿＿＿＿＿＿＿＿＿＿＿＿＿＿

＿＿＿＿＿＿＿＿＿＿＿＿＿＿＿＿＿＿＿＿＿＿＿＿＿＿＿＿＿＿＿＿

＿＿＿＿＿＿＿＿＿＿＿＿＿＿＿＿＿＿＿＿＿＿＿＿＿＿＿＿＿＿＿＿

11466
台北市內湖區瑞光路 76 巷 65 號 1 樓

秀威資訊科技股份有限公司 　　　收

BOD 數位出版事業部

┈┈┈┈┈┈┈┈┈┈┈┈┈┈┈┈┈┈┈┈┈┈┈┈┈┈┈┈┈┈┈┈┈

（請沿線對折寄回，謝謝！）

姓　　名：＿＿＿＿＿＿＿＿＿＿　年齡：＿＿＿＿　性別：□女　□男

郵遞區號：□□□□□

地　　址：＿＿＿＿＿＿＿＿＿＿＿＿＿＿＿＿＿＿＿＿＿＿＿＿＿＿＿

聯絡電話：(日) ＿＿＿＿＿＿＿＿＿＿＿＿　(夜) ＿＿＿＿＿＿＿＿＿＿＿＿

E-mail：＿＿＿＿＿＿＿＿＿＿＿＿＿＿＿＿＿＿＿＿＿＿＿＿＿＿＿